俺にトラウマを与えた女子達が
チラチラ見てくるけど、残念ですが手遅れです
who traumatized me
glancing at me.
it's too late.
2
second volume
御堂 ユラギ
イラスト：縣

「年上が好きなら私がいるだろう」
生徒会長
祁堂睦月
「お前なぁ。ちょっとは自重しようとかないのか？」
担任
藤代小百合

生活指導
三条寺涼香
さんじょうじすずか
「貴方という人は――」
俺
九重雪兎
ここのえゆきと

「その……けしからん桃、
なんとかなりませんか？」
姉
九重悠璃
「なんのこと？」

「なんのことかしら？」
母
九重桜花
ここのえおうか

「ぼっちじゃないって言ってるでしょ！
ふふーん。
こう見えても私、バド部なんだから！」

女神
相馬鏡花

The girls who traumatized me keep glancing at me, but alas, it's too late.

2

俺にトラウマを与えた女子達がチラチラ見てくるけど、残念ですが手遅れです 2

御堂ユラギ

イラスト／緜

プロローグ

The girls who traumatized me keep glancing at me, but alas, it's too late.

「ん……ぁ……ここは……雪兎？」

朦朧とする意識の中、愛しい息子が、こちらをジーッと覗き込んでいた。

「あ、起きた。母さん、喉渇いてない？　目の下の隈が凄いよ」

いつの間にかベッドに寝かされている。リビングにいたはずなのに……。

息子が持ってきてくれた清涼飲料水を口に含んで喉を潤す。

「いきなり倒れるからビックリしたよ。寝不足みたいだけど大丈夫？」

身体を起こそうとする私を押し留める。さりげない優しさが嬉しかった。

「ごめんなさい……。すぐに朝ごはん作るわね」

時計を確認すると十時を過ぎていた。どうやら一時間ほど眠っていたらしい。

「もう用意したから。休みだしゆっくりしてなよ」

どうにも気分が優れない。ようやく頭が働きだした。

——その瞬間、恐怖に襲われる。

そうだ、昨夜は一睡もできなかったんだ。徐々に記憶を取り戻していく。

封筒から取り出した一枚の紙。

まさかと思った。見間違いであってくれと祈った。

けれど、何度確かめても変わらない。記載された『要精密検査』の文字。

眩暈がして膝から崩れ落ちた。恐怖で取り乱す。

乳がん検診。主に四十代から受けることを推奨される。私も安心はできない。

なにより祖母は乳がんだった。親族に患者がいる場合、遺伝のリスクがあるという。

不安を払拭しようと受けたはずが、悪夢が待っていた。

カテゴリー3。慌てて調べたところ、『良性の可能性が高いが、悪性も否定できない』らしい。数%の確率で乳がんの可能性がある。

僅か数%。けれど、それは私を絶望させるのに充分だった。

焦燥。急いで検査の予約を取ろうとするが、身体が硬直して動かない。

突如、目の前に突き付けられた死への恐怖。

命の終わり、人生の終局。いつか迎える終焉。

けれどそれを理解するには、私はまだ若すぎた。

漠然とした未来。——今、私がいなくなったら、子供達はどうなるの？

嫌だ！　嫌だ！　嫌だ！　消えたくない！　消えたくないの！　だって、私にはまだやりたいことが、やらなくちゃいけないことが、沢山あるのに！

声にならない叫びを必死に抑えつけて我慢する。

自分が消える、この世界から。等しく訪れる必然。でも、今は駄目だ。

せめて子供達が大人になるまで見守らせて。私はまだ死にたくないの！

怖い。子供達と別れることが、未来永劫会えなくなることが。いつか会話もできなくなって、触れられなくなって、温もりを失って、孤独に死んでいく。

未練と無念を残して。流転する死生観。直面した現実。

恐怖がフラッシュバックして、身体が強張る。

「大丈夫。家のことはやっとくから。姉さんなんてまだ寝てるしさ。だから母さんも寝た方が良いよ。寝不足は美容の大敵って言うし」

「……雪兎」

息子の言葉に我に返る。気遣ってくれている。こんな私を。

なのに、私はこの子に何もしてあげられなかった。涙が滲んだ。

私が遺せるもの。預貯金、それに生命保険。車やこの家だって。遺産の中には有価証券なども含まれている。苦労させたくないと、これまで頑張ってきた。

子供達が成人するまで充分なお金を遺せるはずだ。それでも！

「……離れたくない」

縋るように震える手を伸ばして息子に触れる。そっと握り返してくれた。

後悔が押し寄せる。これまで無為に過ごしてきた十六年間。

やり直す時間は幾らでもあった。取り戻すこともできたはずだった。

それをしてこなかったのは私だ。私はこの子に母親を潰してあげられない。

私との思い出、母親から愛されていたという証明。確かな愛情。

今はまだ伝えるわけにはいかない。家族に余計な心配をさせたくないから。

精密検査の結果が出るまでは、どうか、どうかこのまま――。

「お願い……傍にいて」

「怖い夢でも見た？　それとも仕事で辛いことでもあったとか。いつもありがと。嫌なことは忘れるのが一番だよ。そうだ子守唄でも歌おうか？　待てよ？　この場合、親守唄なのでは？　だったら曲調はボサノヴァの方が――」

弱気になっている私を励ましてくれる。私には勿体ない素敵な息子だ。

「あのね……とても不安なことがあって眠れなかったの。一緒に隣で寝てくれないかな。貴方と一緒だと安心できるから」

人肌が温かい。不安と恐怖が押し流されていく。こんなにも簡単に気持ちを和らげてくれる。さっきまであんなに恐れていたのに、挫けそうな心を包み込んでくれる。本当は、私がそうしてあげないといけないのにね。

いつも愛情を貰うばかりで、後悔したときには手遅れで。だけど、私は！

――貴方のことを愛しています。

私のことを守ってくれる、最愛の逞しい男の子。

The girls who traumatized me keep glancing at me, but alas, it's too late.

第一章「手遅れからの一歩」

茫然自失とはこのことか。幾ら俺のメンタルがモース硬度10を誇り、世界最硬度の物質、あずきアイス並に最強だとしても、ショックを受けることもある。

なんなら膝も笑っている。膝「キャハハハハハ」。

自ら火をつけ自らを成敗する完全なるマッチポンプ。

それがこの俺、火付盗賊改、九重雪兎である。

幼馴染の硯川灯凪を助ける為、自作自演で悪評をばら撒いた結果、今や当代随一、校内きっての嫌われ者となった俺だが、学校中からハブられるのを今か今かと心待ちにしていたもののイマイチ効果を発揮していない。これで静かで平穏な陰キャぼっちライフを送れるに違いないと期待していたのに、とんだ見当外れだ。

俺が目指すところは、誘われてグループで遊びに行ったのに、会話にも交ざれず、自分がいなくても良いんじゃないかと悟り、そっとその場を後にするような空気めいた存在なのだが、自画自賛だった会心の計画もまるで上手くいかない。

とはいえこれも、俺の詰めの甘さが原因だ。噂通りであれば俺を避けているはずの灯凪や姉さんは、騒動後むしろ距離を縮めている。

灯凪には距離を置くことを提案したのだが、断固拒否されてしまった。

佐藤や宮原もしょっちゅうクラスまで遊びに来ている始末だ。

こうした状況下では悪評に説得力を持たせるのは困難だ。効果半減。結局は徹底しきれなかった俺の落ち度でしかない。

学校中から排斥されるという野望はここに潰えた。次なる一手が必要だ。

しかしながら、考えてみれば当然かもしれない。幾ら俺がクズであり、悪事千里を走ろうとも、直接関わりのない人間からすればどうでもいいものだ。

所詮は赤の他人。無関心な存在に、わざわざ労力を割く価値も時間もない。

そんなわけで、あまり変わらない日々を送っているのだが、どうやら俺の周囲は現状に不満があるらしい。特に当事者の佐藤達を筆頭に、汚名を払拭してみせると息まいて盛りに盛られた美談を触れまわっている。令和を生きる吟遊詩人かな？

俺の目的とは正反対ということもあり、正直なところ有難迷惑なのだが、純粋な善意に横槍を入れるような無粋な真似もできず放置する他ないのが無念だ。

「ちゃんとハンカチ持った？」

「はい」

そして今日もまた姉の悠璃さんと仲良く手を繋いで登校する日々。

炎上騒動の犯人が俺であるとバレて以降、過保護レベルが日増しに強まっている。あえて周囲に見せつけることで、噂が事実無根だと証明したいのだろう。

「お弁当も持ってるよね？」

「はい」

なんていうかさ、アレはもう駄目だと思ったね。これまで見たことないくらいのブチギレだった。怒りのあまり、熾天使に昇格したものと思われる。

ましてや姉さんは灯凪のことを蛇蝎の如く嫌っている。俺に許されているのは必死に赦しを請うことだけだ。

「テンションはどう？」

「Ｈｉｇｈ」

これ以上、機嫌を損ねてはならぬ。何を言われても無心で返事を繰り返す。決して言い訳や反論などしてはいけない。だって、怖いもん。

「私のこと好き？」

「はい」

「何処が好き？」

「肺」

「欲しいものある？」

「胚」

「ふ、ふーん。アンタ、そんなに私が欲しいわけ？」

「はい？」

「分かったわ。少しだけ覚悟を決める時間を頂戴。夜までには返事するから」

「……ん？　待って待って何の話!?」

生返事をしているうちに大惨事に陥っていた。

どういうこと？　ねぇ、どういうことなの!?

「お姉ちゃん、頑張るね」

意味深な笑顔もミステリアスで美しいね。などと、言ってる場合ではない！

玄関口。繋いでいた手が離れ姉さんが自分の教室に向かう。

「どうかそれだけは！　後生ですから、後生ですからぁぁぁぁあ！」

二人の小指を繋いでいた赤い紐が外れる。これは激怒した姉さんに胸倉を掴まれて「そんなに私と絶縁したいならしてあげる」と、付けられたものだ。紐というには随分と太くて固い。爆弾を解体するシーンでお馴染みの赤と青のアレだ。さながら運命の赤い糸ならぬ、運命の赤いＶＶＦケーブルといったところか。

絶縁違いも甚だしいが、意外と中身の心線を傷つけずに被覆を剝くのは難しい。頑丈そうだからという理由で選んだらしいが、そういう問題なのだろうか。

「おはよう九重雪兎！　相変わらず姉弟仲は良好のようだな！」

去っていく姉さんを慌てて追いかけようにも、熱血先輩に呼び止められる。

「実はちょっと相談があるんだが、良いか？」

「駄目です」

「いいから、いいから」

ズリズリと三年の教室まで連れていかれる。この学校に俺の平穏はないのか？

「どうしたんだ雪兎？　随分とギリギリだな」

「世間知らずの三年生に説教してきた」

顔面に太陽光パネルが設置義務化されている男は今日もエコだった。

「朝から何やってるんだお前は……」

「その後、常識知らずの二年生に懇願してきたが、伝わってるか心配だ」

妙に上機嫌になっていた姉さんに一抹の不安がよぎる。

「雪兎に常識を諭されるなんて今日は嵐かしら」

「灯凪」

「あっ、ごめんなさい！　嫌味じゃないの。私が言っちゃ駄目だよね」

しまったとばかりに、顔を曇らせる幼馴染の勘違いを正す。

「今日は曇りのち晴れだ。午後から晴れるらしいぞ」

「そういうところよ雪兎」

幼馴染がジトッとした呆れた目を向けてくるが、どうしたの？

「それはそうと、もうすぐインターハイだろ。どうするんだ？」

「お前もか爽やかイケメン」

熱血先輩こと火村先輩と同じキラキラした期待に満ちた瞳。

けれど、現実は非情なり。どうするもなにも、どうにもならなくない？

インターハイ予選を来月末に控えると言っても、弱小バスケ部にとっては無縁の話だ。現状を鑑みるに一回戦敗退は確実だろう。

本来であればこの時期の大会など一年にはあまり関係ないが、悲しいかな部員数がギリギリのバスケ部では一年生でも余裕でレギュラーになれてしまう。

火村先輩の告白が実るようにアシストするだけで精一杯だ。

そもそもバスケを再開したのも、灯凪や汐里の覚悟に応えたかった俺の我儘にすぎない。変わりたかった。変わらなければ駄目だと思った。

あの頃、抱えていた想いは消えて久しい。今となっては、どんな気持ちだったのかすらも思い出せない。ただその事実だけが残っている。

好きだと言われて、嬉しかったはずだ。もう一度誰かを好きになってみたかった。そんな当たり前を取り戻したかったからこそ選んだ道だ。

悪いが熱血先輩や爽やかイケメンが言う大会などには微塵も興味がない。

そこに何か成したいことが、目標があるわけじゃない。

未来に向けて努力する、そんなことに意義を感じられなかった。

その辺りは光喜達とは明確な温度差がある。どのみち、どれだけ爽やかイケメンが突出していたとしてもバスケは団体競技だ。一人ではどうにもならないし、練習時間も足りてない。先輩達も、毎日必死になって練習している強豪校相手に勝ち抜けるとは思ってないだろう。ならば俺達に何ができるというのか。

「ククク。良いこと思い付いたぞ」

「相変わらず真顔すぎて全然笑ってるように見えないからな？」

さっきから会話に交ざりたそうにしている汐里も、まだまだ男バスのマネージャーとして打ち解けているとは言い難い。ここはまた俺が一肌脱ぐしかないか。

◆

放課後。今日の部活内容は至ってシンプルである。

「俺からボールを奪えたら終了。奪うまで続行。な、簡単だろ？」

同学年の光喜や伊藤だけでなく、熱血先輩達も含まれている。

因みに弱小で部員も少ないバスケ部は体育館の片隅でこっそり活動中だ。

「それだけなのか？」

「止めろ巳芳、余計なことを言うんじゃない！」

熱血先輩と爽やかイケメンがやる気満々の一方、そうでもない組もいる。

ただでさえ、この少人数。温度差があるのは、あまりよろしくない。

しょうがない。皆にやる気を出させる為に、ここは一つ協力してもらおう。

「俺がボールを奪われたときには、汐里が全力できつねダンスを踊る」

「なに言ってるのユキ⁉」

唐突に振られたマネージャーの汐里が驚愕の面持ちになっていた。

「心配するな。俺を信じろ」

「う、うん。……って、やっぱり変だよ！　なんで勝手に約束しちゃうのさ⁉」

「皆、やる気出るかなって」

なんだかんだ男性陣は盛り上がっていた。

流石は汐里ちゃんだ。これぞマネージャー効果と言っても過言ではない。

「そんな急に言われても踊れないよ！」

「時間ならこれからたっぷりあるぞ。俺も見たいしな。コンコン」

「え？」

いそいそとスマホをチェックし始める汐里を尻目に向き直る。

「何がインターハイだ。その甘ったれた根性、叩き直してやる」

「そーれ、にゃふーん」

「お前、下級生だろ！　手心とかないのか⁉」

男バスのメンバーをユキがわからせていた。圧倒的な実力差。

コートの上で躍動するユキが好き。あの頃からずっと。あの頃より今はもっと。

今この瞬間を見逃さないように、ただただ目に焼きつける。

「このように、体格が勝る相手でも、重心を浮かせることでいとも容易く崩すことが可能というわけですな」

「もう一回だ雪兎！」

ユキが簡単にバスケ部の主将火村先輩を転がすと、巳芳君が勢い良く突っ込んでいく。息もつかせぬ目まぐるしく切り替わる攻防。けれど、勝負は一瞬でつく。

「クソォォォォオ！」

巳芳君も先輩達と同じように転がされ、死屍累々の様相を呈していく。

実力差を証明するように、立っているのはユキだけ。不思議でもなんでもなかった。私は知っているから。彼がそれだけストイックに打ち込んできたことを。

そんな展開が五分、十分と続けば、その異様な光景に、いつしか体育館で活動している他の部活の生徒も、手を止め遠巻きに眺めている。

「……格好良いなぁ」

私の口から自然と言葉が零れた。本当に今更だ。

こんな姿が見たくて、迷惑だと分かっていたのに、そんな資格なんてないのに、私は彼を追いかけて、ここまで来たんだ。

これはいわば、夢の続き。幸運が重なって許されたロスタイム。

内なる衝動に突き動かされるように、喉を震わす。

「皆、頑張れ！」

今ここでユキからボールを奪うことが重要なんじゃない。それはきっと全員が理解していること。これは、分かり易く与えられた試練。

この結果をどう受け止めて、これからどうするのかを決める、そんな時間。

「汐里、あの情けない連中を一緒に応援するぞ」

「う、うん！」

「ざぁこ♥　ざぁこ♥」

「それ応援じゃなくて煽ってない!?」

「ほら早く、君も！」

「ざぁこ、ざぁこ！　こ、こんなこと言って良いのかな……」

「もっと小悪魔っぽく！」

「ざぁこ♥　ざぁこ♥」

「困ったな……」

「どうしたのユキ？」

「いや、君は発育が良すぎて、小悪魔というのは無理があるかなと」

「いっそ清々しいほどのセクハラだね!?」

口では冗談めいたことを言っていても、動きはとても機敏で繊細だ。

「はぁはぁ。まだ……まだ。終わってないぞ雪兎！」

フラフラになりながら、諦めずに巳芳君が立ち向かっていく。

「光喜、俺とお前にそんなに大きな差があるわけじゃない。単純な身体能力ならお前の方が上だ。身体操作から覚え直してみろ」

「……身体操作？」

　決して見捨てず、その優しさを隠しきることができない。

「そんなんでインターハイだと？　まったく、ちゃんちゃらおかしい。待てよ？　ちゃんちゃらってどういう意味？　調べよ」

　ドリブルしながら片手でスマホを弄っている。あまりにもあからさまな挑発行為。それでも、そんなユキから誰もボールを奪えない。

　今はどうしようもなく弱小だけど、確かな予感。

「これからきっと強くなるよね」

　誰にともなく呟く。手も足も出ず倒れている皆の悔しさでいっぱいの表情。

　いいように弄ばれて、好き勝手言われて。きっとプライドはボロボロのはずだ。

　疲労困憊の中、それでも、その目にはまだ闘志が宿っている。

「……やっぱり、好きだ」

　一度は私が奪ってしまった夢。罪深い願いだと分かっていても。

　抱いた憧れは、よりいっそう強く私の身を焦がす。

　こうして彼は行動で周囲を変えていく。本気にさせていく。

　でもだからこそ思うんだ。昔ユキが教えてくれたこと。

幼馴染の硯川さんのことを振りきる為に打ち込んだバスケ。その想いは、こんなにも大きかった。想いを代償に得た強さ。周囲を呑み込んで圧倒する高みに彼を追いやるほどに強い想いを抱いていた。その現実を痛感してしまう。

「——負けたくないなぁ」

目尻に浮かぶ涙を拭いて、彼の下に駆け寄る。

キッチリ三十分。ユキはボールをキープし続けた。

私もこんな風に強くなりたいと、そう胸に秘めて。

ファストフード店に入り、目的の人物を見つけると素早く注文を済ませる。

「おう、光喜元気そうだな」

「お久しぶりです。先輩も元気そうですね」

「この頃、ポテトのLサイズが一人で食べきれなくなってきてな。もう若くないのを実感してるよ。ほら、お前も食え」

「俺と一歳しか変わらないのに、なに言ってんスか」

懐かしい姿に自然と顔も綻ぶ。一つ上で中学の頃、同じバスケ部だった大郷先輩。

高校に進学してからも、強豪校でレギュラーを張っているらしい。

「どうだ最近？」

曖昧な質問。こんな会話も楽しくて、話したいことが沢山あった。

「毎日、伸びきった鼻をへし折られてますよ」

「お前がか？　はー、凄い奴がいたもんだな」

アイツにやられて、全身が筋肉痛で悲鳴を上げている。でも、その痛みが心地よくて堪らなかった。久しく忘れていた、ぐつぐつと湧き上がる渇望。

「アイツを見つけたんです」

俺達だけの共通認識。俺達にとって、アイツは一人しかいない。

「アイツ？……そうか、アイツ。お前、やっと想い人を見つけたのか！」

大郷先輩が身を乗り出す。先輩達と悔しくて泣いた忘れられない夏の思い出。

夢破れ、立ち塞がったのは、俺と同じ当時二年生の男だった。

想い人。言い得て妙だと納得する。アイツに負けてから、俺達はアイツに恋をしていたのかもしれない。その姿に憧れを抱いていた。

必ず倒すと、先輩達の仇を取ると誓って臨み、されど、その機会はこなかった。

「骨折してたらしいです」

「怪我か……。こればっかりは仕方ないな」

三年の夏。応援に来てくれていた先輩達も拍子抜けしたはずだ。

全国へ出場を決めたが、歓喜に沸く中、俺達の中には、アイツの存在が心残りとなって、いつまでもいつまでも燻り続けていた。あの夏の未練。

恨んでいたわけじゃない。むしろ逆だ。毎日が、ただ楽しかった。

全国へ行く。それも目標だったが、なにより勝ちたい相手がいること、越えなければならない壁があることに夢中だった。その為に、必死になって練習した先輩達と過ごした時間。先輩達が卒業して、自分が引っ張る立場になってからの時間。

充実していた。輝かしく俺の青春を彩っていた。言葉にしてみれば、陳腐で青臭いのかもしれない。でも青春なんて、アオハルなんてそんなものだろ。

その時間をくれたアイツに、感謝しかなかった。だから俺は許せない。

今、アイツが置かれている環境が。不当に貶められている現状が。

「じゃあ、お前もバスケ続けるのか。これは楽しみだな。そうかそうか、アイツと同じ学校になったのか。顧問に言って練習試合組んでもらうか考えなきゃな」

「先輩達とやれるほどの実力はまだありませんよ」

「ほう。〝まだ〟ってことは、そのつもりはあるってことなんだろ」

「本人はあまり試合には興味なさそうですけどね。引っ張ってでも行きますよ」

「実際、アイツって、どんな奴なんだ？」

改めて人物像を深掘りするが、上手い説明が見つからない。

言葉も態度も行動も、他人を拒絶しているのに、アイツの周りにはいつも人が絶えない。

俺自身もその中の一人だという自覚はある。

それが何故かと考えれば、恐らくそれは、アイツがどれだけ他人を拒絶しても、そこに感情的な嫌悪が一切ないからなのかもしれない。

人は感情の機微に敏感な生き物だ。嫌われている相手に理由もなく自分から近づこうとは思わない。けれど、アイツは誰も嫌ってない。そもそもそんな感情などないかのように。だから近づきたくなる。触れてみたくなる。

じゃなきゃ、警戒心の強い釈迦堂みたいなタイプが懐くはずがない。

そして一度触れてしまえば、傍にいたくなってしまう。

器がデカいのだろう。途方もなく、全てを受け入れられるほどに。

「なにもかもが裏腹で、放っておけない奴って感じですかね」

「なんだそれ。でもまぁ、俺も楽しみになってきた。なら、待ってるぞ光喜」

「そう待たせませんよ」

「小学生みたいにワクワクした顔しやがって、お前もちょっと変わったな」

「そうですか？　自分では分かりませんが」

「中学の頃の方が擦れてたぞ」

「素直になったんですよ」

「おいおい、男のツンデレは格好悪いから止めてくれ」

なぁ、雪兎。今俺はどんな顔をしてるんだろうな。お前は乗り気じゃないかもしれないが、俺はもう一度夢を追いかけてみたい。今度は高校という舞台で、お前と一緒に。ようやく会えたんだ。それくらい付き合ってくれてもいいだろうが。

これから先の三年間に思いを馳せる。きっと楽しい日々が待っている。

その後も、大郷先輩と近況報告やくだらない話で盛り上がりながら、ひと時の休息に身を委ねた。

「変じゃないよね……？」

手鏡で確認し髪を軽く結う。思わずニヤけそうになり、唇を真一文字に結ぶ。

「調子に乗らないの神代汐里！」

自分を叱咤し、高鳴る胸を落ち着かせるように、鞄から腕時計を取り出した。

ガラスはひび割れ、ベゼルは塗装が剝げている。針が動くことはもうない。

時計としての機能を失って久しい。中学生になった記念として、祖父からプレゼントされたものだ。三年も経たずに壊してしまった。

大切にしてあげられなくて、ごめんね。胸中で呟き、そっと撫でる。ずっと捨てずに持っていた。捨てられなかった。

私が歩道橋から落ちたとき、ユキが守ってくれた。私に怪我はなかったけど、地面に強くぶつけてしまったのか、そのときの衝撃で壊れてしまった。

刻まれた時刻は、あの瞬間のもの。愚かな私がユキから全てを奪ったその時刻。

だから肌身離さず持っている。これは戒め。私がしたことを忘れないように。

部活終わりにユキを待つ。この時間がとても幸せだった。幸せだからこそ怖かった。また失ってしまうんじゃないかって。また、間違えるんじゃないかって。

恨まれていても仕方ない。憎まれていてもしょうがない。顔も見たくないと突き放されて、断罪されたって、なんらおかしくなかった。

私はそれだけのことをしてしまったから。

こんなにもユキは優しいのに、誰よりも優しくて、今もこうして幸せな時間をくれる。なのに、ユキを悪く言う人がいるなんて許せない！

ユキのことをあまり良く思っていない人も多い。あの騒動でそれは特に顕著になっている。別に暴力やイジメに発展しているわけじゃない。ただなんとなく、そういう雰囲気を感じることが増えたというだけ。

どうしても許せないのは、私を心配していると言いながら、ユキのことを悪く言う人達だ。思わず手が出そうになるのを堪（こら）えるのに必死だった。

……出る杭（くい）は打たれるってことなのかな？　馬鹿らしくて笑ってしまう。ユキを打てる槌（つち）なんてないのに。そんなことをすれば、自分がボロボロになるだけ。

強い憤り。胸にドス黒い衝動が湧き起こる。ユキが助けてくれたから、硯川さんだって、佐藤（さとう）さんだって、宮原（みやはら）君だって、誰も傷つかずに済んだ。

皆ユキに感謝してる。それなのに、何も知らずに彼のことを悪く言う。

そのことが辛くて、腹立たしくて、許せない。私にできることがあるとしたら、この状況をなんとかすること。

ユキが決して孤独に陥らないように、彼が学校で楽しく過ごせるように、彼の優しさに報いること、それが私にとって唯一の――。

「どうしたそれ懐かしいな？　なんだ壊れたのか？」

ユキの声に慌てて振り向く。咄嗟に隠そうとして躊躇った。

好きだから取り繕いたくなってしまう。好きだから見栄を張ってしまいそうになる。好きだから自分を良く見せたくなる。好きだから心配させたくない。好きだから誤魔化して、好きだから嘘をつく。

そんな小さな嘘の積み重ねが、いつか取り返しの付かない事態を招くんだ。

もう二度とユキに嘘をつかないって、そう決めたでしょ！

この胸のモヤモヤも腕時計のことも、ユキに話そう。いつだって彼は優しくて、どんな荒唐無稽な話だって、ちゃんと聞いてくれる。必要なら答えを、足りないならヒントを、分からないなら一緒に考えてくれる。だから――。

「この時計はね、あの日に壊れたんだ」

自分を偽らずに、ありのままの私で向き合う。それが成長した私の答え。

「……なるほど。修理も難しそうだな」

「ううん。これは直さないよ。このままで良いんだ。忘れちゃ駄目だから」

汐里が手に持っていた腕時計には見覚えがあった。中学の頃、いつも付けていたのを覚えている。高校で再会してからは見てなかったが、まさか壊れていたとは。それも歩道橋から落ちたときに壊れたらしい。咄嗟に抱きかかえて、なんとか怪我をさせずに済んだと安心していたのだが、時計までは守れなかったようだ。

それも祖父からプレゼントされた大切なものだったらしい。申し訳ない。

「俺がもっと上手くやれれば良かったんだが……。すまない」

「そんな！　ユキは何も悪くないよっ！」

汐里にとってあの事故はトラウマなのか、俺が幾ら気にしていないと言っても、それですんなり納得できるようなものでもないのだろう。

だが、いつまでも気に病んでいては彼女は前に進めない。静止した時計が示すその時刻で、ずっと停滞したまま。汐里にだって、高校に入学して、輝かしい青春の時間を楽しむ権利がある。たった三年間の今しかない限られた時間を。

「そうだ！　だったら俺が時計をプレゼントしよう」

「……えっ？　止めてユキ。そんな高いモノ貰(もら)えないよっ！」

「待て待て。資金の方は問題ない。むしろ使い道に困っている。実は――」

妙案を思い付いた。骨折で入院しているとき、汐里のご両親から謝罪されたのだが、入院費のみならず、相当額の慰謝料まで渡されそうになった。流石に貰うわけにもいかず固辞したが、それでは気が済まなかったのか入院費に上乗せする形で聊か余分に受け取ることになってしまった。

困って放置していたのだが、娘に使うのなら汐里の両親も喜んでくれるはずだ。なによりそれが彼女の懸念を払拭し、前に進む切っ掛けになるなら、これ以上の使い道はない。喜々としてそう説明するのだが、汐里は納得してくれない。

「絶対絶対止めてね！　そのお金はユキが――」

「俺が君に使うことを決めたんだ。使途について君に文句は言わせない」

「そんなの喜べないよ……」

良い案だと自画自賛だったが、この様子だと到底受け入れてくれそうにない。

汐里の不安げな表情を見て思う。一度壊れた関係は決して元には戻らない。天真爛漫なままじゃいられず、変わらなければならなかった。俺がそうさせた。

だとしたら、俺にできるのは彼女の気持ちを少しでも晴らすことだけだ。

「なら、作るか。既製品じゃなくて、君だけの腕時計を」

「作る……？　ユキが……？」

「パーツを一から手作りしたいが、流石にそれは時間が掛かって難しそうだし、今後の課題だな。善は急げだ。やるぞＤＩＹ」

「ちょ、ちょっとユキ！　私はそんな――」

往生際が悪く抵抗する汐里の背中を押して歩かせる。

もう一度、彼女が屈託なく笑えるように。


時計職人の朝は早い。嘘です、ただの高校生ですぅぅぅう！　いじけてみた。

早朝の教室は静かだ。ここ数日ばかり、三十分ほど早く登校して作業に勤しむ。

机の上には精密ドライバーやピンセット、三点支持オープナーなど工具が散乱している。

工具セットは意外と安価で驚きだった。修理や電池交換時にも使えるので、持っていて損はない。

「眠そうだな。君はわざわざ俺に付き合わなくても良いんだぞ？」

「ユキが早く来てるのに、私だけ知らん顔できないよ。あのさ、どうして学校で組み立てようと思ったの？」

「家で作業中に、ねねね、姉さんにバレたらどうするんだ！」

あまりの恐怖に手が震える。ただでさえ登校時間をズラした結果、ご機嫌斜めだというのに、バレたら確実にこうなる。（参考例）

「は？　なんで私の分はないわけ？　アンタ舐めてるの？」

「……舐めてないです」

「なんで舐めないの？」

「ちょっと何を言ってるのか……」

「ふーん」

「…………」

「ハチミツ塗ってくるから」

「うわぁぁぁぁぁぁぁぁぁああん！」

こ、怖すぎる……。なんなら最近、俺より俺の部屋にいる率が高い気がするんだよね。絶対にバレる。誤魔化すことは不可能だ。

それはともかく、自作を決めてから、ここまで揃えるのに時間が掛かってしまった。待たせて悪かったな。これも俺が凝り性であるが故、許して欲しい。

汐里の好みに合わせて各パーツを選んだのだが、妥協するのもつまらないと、細かく仕様を決めて発注したこともあり、コストもそれなりだ。

今回は潤沢に予算があるので助かった。内緒だけど、六桁近いよ。

汐里の誕生日は七月だ。文字盤の一部を誕生石のルビーとスフェーンの欠片にした。特徴的なのは、汐里たっての希望で、クロノグラフのような実際の機能はないが、事故の時刻をインダイヤルのようにして埋め込んでいることだ。

そして、一部のパーツを壊れた腕時計から移植することにした。

当初の趣旨から考えても、俺としては時計を見る度に暗い気持ちになるのではと心配したのだが、頑として汐里は譲らなかった。

初挑戦ということもあり、複雑な機能は一切搭載していない。シンプルに時刻を表示するだけだ。それでも、世界に一つしかない特別な腕時計になった。

時針、分針、秒針をそれぞれ平行になるよう重ねていく。この作業が中々大変だった。埃が入らないよう丁寧にブローし、サファイアガラスのケースを取り付け裏蓋を嵌める。ここまでくれば、後はもうベルトを付けるだけだ。

「動いた！　動いてるよユキ！」

「思ったより上手くいったな。おめでとう」

ふぅ、ようやく肩の荷が下りた。これで失敗したら目も当てらない。深呼吸して背筋を伸ばす。集中していただけに疲れたが、心地よい疲労というやつだ。

汐里の方を振り向くと、号泣していた。何故!?

「どーした？　何処か気に入らないところでもあったか？」

「違うの！　私、こんなに優しくしてもらっても何もユキに返せない……」

「見返りを求めてるわけじゃない」

「でも！」

悲し気にポニーテールも泣いていた。ポンポンと頭を撫でる。

「だったらもういい加減自分を責めるな。君も君の時間を進めるべきだ」

「……ありがとう。一生大切にするね」

「汐里、大切にするモノを間違えるなよ。君は新しく取り換えることも修理することもできないんだ。怪我をすれば一生治らない傷を負うかもしれない、障害が残るかもしれない。

君はモノじゃない」

「――うん」

「怪我がなくて良かったな」

「うっ……ぐ……ごめんなさい、ごめんなさい！」

二人だけの教室で、まるで幼い少女のように泣きじゃくる。

俺が怪我をしたときも、こんな風に泣いていた。

でもきっと、今彼女が流している涙は、あの日とは違う涙だと思いたかった。

◇

「諦めんなよ！　諦めんな熱血先輩！　そんなんで良いのか？　告白するって言ったよな？　良いところ見せたいって言ったよな？　嘘なのか？　そんな生半可な気持ちだったのか！」

「はぁ……はぁ……九重、少し手加減を……」

「言い訳すんなよ！　告るんだろ？　何の為にやってきたんだよ！　想像してみろよ！　そんな情けない姿を見せて好きになるはずないだろ！　良いのか？　他の男に取られちまうんだぞ？　他の男に抱かれてる高宮先輩を見たいのかよ！」

「涼音ぇぇぇぇぇえ！　うぉぉぉぉぉおおおおおお！」

「そうだ、最初から全力でやれ！　死ぬ気でやって死んだ奴はいない！」

「愛してるぞ涼音ぇぇぇぇぇぇぇ！」

今日もバスケ部では俺こと、九重雪兎教官のシゴキが続いている。

バスケは一にも二にも体力が重要になる。勝つ為には技術もさることながら、四ピリオドの四十分とハーフタイムも合わせた計五十分間、フルに動けるだけのタフな体力がなければ始まらない。

それだけの運動量をこなすには、まずはランニングといった基礎体力向上メニューから始める必要があるのだが、先輩達は軟弱だった。

こんなんで勝てるはずがない。でも、一年が三年をシゴクとかおかしくない？

どうなってるんだよこの部活は！　俺の中のコペルニクスが転回している。

「平気そうなのは光喜くらいか。伊藤は無理そうだな」

「これくらいで音を上げるかよ」

「よし、じゃあこれから五周俺と勝負な」

「おい、さりげなくフライングしてんじゃねぇ！」

「ふはははははは」

「だから真顔で笑うの止めろ怖いんだよ！ってか早ぇ!?」

先手必勝とばかりに、飛ぶように駆け出していく。バスケ部は今、校舎の外周をランニングしている。体力向上メニューの一つだが、バスケ部の練習を決めているのは俺だ。全会一致でそうなった。わけがわからないよ。

もともと学校としても弱小のバスケ部にはさほど力を入れていたわけでもなく、顧問の安東先生も専門ではないことから丸投げとなった。

俺は権力の座についたのである。

「敏郎の馬鹿！」

「あははは」

ユキが先輩達を煽り倒して奮起させている。私の隣で、火村先輩の想い人、高宮涼音先輩が顔を真っ赤にしながら応援していた。見学に来たらしい。

「コラ敏郎！　一年生に負けて恥ずかしくないの！」

微笑ましい様子に自然と口が綻ぶ。少し前までは想像もできなかった。

全てが少しだけ良い方向に動き出している、そんな気がしていた。

だからこそ、私には清算しておきたい過去がある。

胸の中に残っていたもう一つのシコリ。

ユキを取り巻く環境は厳しい。自分を犠牲に守った代償は大きすぎた。

だから私も、私達も。いつまでも彼に救われるばかりじゃいられない。

「私も……向き合わないとね」

「来てくれてありがとう硯川さん」

「なに、どうしたの？　雪兎のことよね？」

翌日。私は、硯川さんを空き教室に呼び出した。

私にとってとても重要な話だが、硯川さんにとっては寝耳に水の話で、それを伝えることで、また苦悩させてしまうだろう。それでも話しておきたかった。

私達がこうして二人で真面目に会話するのは初めてだ。

私達はライバル……というか、きっと互いに互いをあまり好きではない。

でも、今はそんなこと関係なかった。手に持っていた箱を硯川さんに渡す。

中には琥珀色の美しいブローチが入っていた。私の宝物であり、これまで大切に保管していたものだ。でも、一度も付けたことはない。付けようと思っても、自分の中の感情がそれを許さなかった。

腕時計をそっと撫でる。これもユキが背中を押してくれたから。

「綺麗ね。でも、これがどうしたの？」

「これはユキに貰ったんだ」

「……そう。なに自慢かしら？」

「違う！　これはね本当は硯川さんのものになるはずだったの」

「どういうこと？」

怪訝そうに硯川さんが首を傾げる。それはそうだろう。

彼女はこれが何かを知らない。でも、本当は彼女こそがこのブローチの持ち主だった。

私はそれを貰っただけ。私がユキに欲しいと言った。

だから彼はこれをくれた。でも、本当の所有者は私じゃない。

「これは二年前。ユキが硯川さんに告白したとき、渡すはずだったものなの」


「これが……」

神代さんから渡されたブローチ。まさか残っている物があるなんて。

雪兎の母親である桜花さんから聞いた。彼は告白の後、全てを捨ててしまったと。思い出も記憶も。私に関わる物を一切合切処分してしまったらしい。

それを聞いて泣き崩れたのを覚えている。馬鹿な私は浮かれていた。先輩と別れれば、すぐに一緒になれると。あのとき、強引にでも彼を追いかけていれば、こんなことにはならなかった。その後の運命は変わっていたのに。結局は天罰。

愚かな私が報いを受けただけ。気づけば手遅れで、どうにもならなかった。

忌々しくも二年前を思い出す。あの日のこと、そして灯織に言われたことを。


――私なら、絶対にお兄ちゃんを悲しませたりしないのに。

そうだ、あの子は純真で素直だから、私と違って選択を誤ったりしない。

灯織なら、幸せになれる。灯織なら、幸せにできる。

誰からも祝福されるような、理想の二人になるはずだ。

灯織は憧れていた。ううん、それは私も同じ。子供の頃から両想いの幼馴染同士が結ばれる、そんな誰もが羨む綺麗な夢物語が、確かに存在していることを。

先輩と付き合ったことが灯織に知られて喧嘩になった。

セックスした噂が流れて、支離滅裂で要領を得ない言い訳を繰り返す私にキレた灯織と、一週間口も利かない日々が続いた。

パパとママにもバラされて、ちゃんと避妊したのかなんて聞かれて。

惨めだった。今すぐ消えたくなるほど。

パパやママも私が雪兎を好きなことを知っている。雪兎も昔はよく家に遊びに来ていた。最近はあまり来なくなったけど、パパやママも可愛がっていた。

家族みたいなもので、一緒になることを信じて疑わなかった。

灯織との大喧嘩は、最近まで続いていた。あれから灯織は私に対して辛辣に当たるようになった。初めて灯織の想いを聞いて、愕然とした。

灯織は自らの初恋を胸にしまってまで応援してくれていたのに、そんな灯織の想いを踏み躙った。妹が自分の恋心を優先させても何も言えないし、言う資格がない。

それでも灯織は私を助ける為に動いてくれた。私には勿体ない妹だ。

「神代さん、私にはそれを受け取る資格はないわ。貴女が貰ったのなら、それは貴女のものよ」

神代汐里。彼女に呼び出されたときはどんな話かと思ったが、その内容は意外なものだった。彼女が手にしているブローチ。雪兎があのとき、私に渡そうとしていた？

でも、それを否定したのは私だ。私が受け取る資格などない。

「硯川さんはそれで良いの？　これはユキが貴女に……」

「ええ。一度は彼を否定した私が貰うわけにはいかないもの。それにきっと、貴女に相応しいと思ったから、渡したのよ」

「そうなのかな……」

「それを貰えなかったのは私が悪いから。でもね、だからこそもう私は絶対に間違えない。自分の気持ちに嘘はつかない。雪兎を振り向かせてみせる」

それは決意。二年近く、先の見えない暗がりを歩き続けた。出口の見えない地獄で、トンネルの中を彷徨い続けた。それでも歩き続けたのは、譲れないものがあったからだ。

灯織にだって譲れない。もう一度伝えたい言葉があったからだった。

神代さんが目を見開く。彼女にも私の気持ちが伝わったのかもしれない。

「私だって、私だって負けないから！」

「貴女はライバルね」

「あはは、ライバルが多すぎる気はするけどね。あのね、硯川さん、良かったら私と友達になってくれないかな？」

「貴女はそれで良いの？　雪兎は譲れないわよ」

「ユキのことだけじゃなくて、私が硯川さんと友達になりたいの！」

人懐っこい天真爛漫な笑顔。本来の神代さんが持つ魅力に溢れている。

入学当初とは大違いだ。だからこそ、それを曇らせてしまうほどに、彼女にとって雪兎の存在は大きかったことも分かってしまう。

「いいわ。これからは恋のライバルとして正々堂々戦いましょう」

「うん！」

友達として。もし、雪兎が彼女を選んだら私は素直に祝福できるのだろうか？

無理だと思う。私の中の優先度は雪兎以外にありえない。あの日から、その為だけに今日まで生きてきたのだから。でもそれは神代さんだって同じで。

そういえば、私はあれから友達付き合いというものを蔑ろにしてきた。

そんなことに構っている余裕がなかった。塞ぎ込んで周りを見ていなかった。

楽しいと思えた日など一日もなかったから。でも、今はもう少しだけ視野を広げる必要があるのかもしれない。もう二度と彼を見失わない為にも。

神代さんの差し出した手を握る。

そっか。あの日から初めて、私に友達ができたんだ。

◇

日曜日。約束した時間より少し早く桜井達は駅前に集まっていた。

集まっているメンバーはバラバラで、男女問わず幅広い顔ぶれが揃っている。

B組ではスクールカーストが早々に崩壊してしまった為、グループ意識が希薄化していた。無論、あの男の所為である。

テストで世話になった者も多いが、例えばオタクグループの赤沼達は、九重雪兎が過去問のお礼に、姉に対する献上品として信仰の器1／8悠璃さんフィギュア（大天使Ver六枚羽）を制作中に仲良くなっていた。

他にも大なり小なり、何かしら関わりを持っている者ばかりだ。

表向きはテストの打ち上げだが、本来の目的は別にある。

『九重雪兎を励まそう会』。発起人は桜井と巳芳だが、これだけクラスメイトが集まってしまうことに九重雪兎の人望が表れていた。

本人は至って気にしていなさそうだが、それでも今、九重雪兎が置かれている環境は決して良いものとは言えない。内心、傷ついているに違いない。

硯川灯凪が明らかにしたことで、桜井達は知ってしまった。何を守ろうとして、どうしてそうしたのかを。あまりにも辛い選択。

そしてそれは安易に自分達が九重雪兎を頼ってしまったからだということも理解していた。自分達は何もせず、問題の解決を押し付け、彼はその結果を一人で背負っている。誰を恨むことも、誰を責めることもせずに。

九重雪兎は多くを守ったが、自分だけは救わなかった。彼だけを犠牲にした。

そうさせたのは自分達だ。追い詰めてしまった。そのことが、堪らなく悔しい。そんな共通する想いを抱く者達にとって、この機会は渡りに船だった。

「美紀ちゃん、前髪大丈夫かな？」

「はいはい、可愛い可愛い。私もなんだかドキドキしてきたかも」

「なんなんだよこの微妙に変な空気は……」

「だって……なぁ？」

苦笑いの巳芳と高橋。伊藤もいる。硯川や神代なども揃っている為、非常に目立つ華やかな一団を形成していたが、どことなく緊張感が漂っている。

期待と裏腹に緊迫した空気。それもそのはず。今日はなんとあの九重雪兎が誘いに乗って一緒に遊びに行くことが決まっていた。それはもう一大事である。

「九重ちゃん、本当に来るのかな？　信じられないというか、実感が湧かないんだけど、普段の九重ちゃんってどうなの？」

「どうなのと言われても……ユキは普段通りだと思うけど……」

「普段通りってことは、今日は生きて帰れるのか俺達？」

「九重君は天災か何かなの!?」

何気ない日常に波乱を起こし続ける男、九重雪兎は今や学校一有名な生徒だ。良い意味でも悪い意味でも。一緒に遊ぶといっても、何が起こるか分からない。

「どんなファッションなんだろうね？」

「全身迷彩服とかでも驚かないぞ」

「逆にめちゃめちゃお洒落の可能性は？」

「ありそう。でも、変なTシャツとか着てる可能性も捨てきれない」

「悠璃さん美人だしセンス良さそうだからなぁ……」

まだかまだかと待ち構える一行だったが、ふいに、巳芳のスマホが鳴った。

「あれ？　雪兎だ。――どうした？」

ピタリと雑談が止まる。全員が聞き耳を立てていた。

「はぁ!?　なに言って……あぁ。それで、うん。お前、それ大丈夫なのか？　怪我は？　警察!?　どうしてそんなことに……。マジかよ……それで？」

「不穏なワードしか聞こえないけど……」

「九重ちゃん、なにやったの？」

「ふぅ……」

巳芳が電話を切る。神妙な顔を浮かべていた。どう伝えようかと一瞬思案する巳芳だったが、結局はそのまま素直に伝えることにした。

「悪いが雪兎は来られないそうだ」

「なにかトラブル？」

「ヘッドフォンを付けて片手にスマホを持ったまま自転車に乗っていた女子大生に衝突されたらしい。警察も来て現場検証中だとよ」

「ユキは大丈夫なの!?」

神代が慌てて詰め寄る。心配そうな一同に、安心するよう巳芳が告げる。

「あぁ。大きな怪我はないらしい。警察は被害届を出すよう雪兎に言ってるそうだが、その女子大生とも話し合いだそうだ」

「怪我がなくて良かった……」

気まずい空気が支配する。口を開いたのは峯田だった。

「あのさ、それ、本当だよね？　私達と遊びたくないからとかじゃないよね？」

それはこの場にいる者が何処となく感じていることでもあった。

今日この場も自分達が無理矢理用意したようなものだ。余計なお世話だったかもしれない。重荷と感じさせてしまっただろうかと、不安が募る。

言い訳にしては大掛かりすぎるが、何をやるにしても大事なのが九重雪兎でもある。どちらにしても九重雪兎が来ない以上、推測しかできない。

「流石にこんなことで嘘を言うような奴じゃないだろ」

「雪兎は嘘はつかないわ」

「そうだよね、ごめん！」

峯田が謝る中、再び巳芳のスマホに九重雪兎から連絡が入った。

「今度はなんだ？……雪兎から連絡だ。みんなで楽しく遊んでくれだとよ」

「楽しくって……この空気で言われても」

「アイツは休日でもこんなことばっかり起こしてるのか？」

「本人の意思じゃないわ。雪兎の体質みたいなものよ」

「今までどんな日々を送ってきたんだ……」

「聞きたいけど、聞くのが怖すぎるな」

どんよりとした空気が一行を包む。

「しょうがないよ！　九重君も無事みたいだし。折角だから切り替えて遊ぼ！」

主役がいないことは残念だが、皆で決めたことがある。

それは、彼を決して孤立させない、一人にさせないということだ。

硯川（すずりかわ）や神代（かみしろ）は、今度は自分が守るという使命感にも似た強い感情を抱いていた。

実はそれが九重雪兎の目論見（もくろみ）と正反対であることは知る由もない。

「そうだな。詳しいことは学校で聞こうぜ。じゃあ行くとするか」

「楽しみにしてたのになー」

「ひひ……依然として謎に包まれた生態……ひひひひ。ミステリアス」

「え、釈迦堂（しゃかどう）、いつの間に!?」

ガヤガヤと一同は歩き始める。因み(ちな)に峯田達の懸念は早々に解消されることになる。

九重雪兎が巻き込まれた自転車事故は、この日、きっちりと夕方と夜のニュースで報道され、翌日の新聞にも掲載された。

週明けには学校でも注意喚起が行われることになったのだった。

　ショックアブソーバー標準搭載の俺だが、先週は酷い目に遭った。

　脂肪がなければ死亡しかねないところだった。いや、マジで。

　陰キャの分際でありながら、陽キャ軍団に遊びに誘ってもらったにもかかわらず盛大に自転車に轢かれてパーだ。自動車じゃないだけマシだったのかもしれないが、運が良いのか悪いのかサッパリ分からない。

　悪質ということもあり、警察と姉さんに被害届を出すようしつこく説得されたが、示談と相成った。相手はハーフで、日本の常識に疎かったらしい。両親と一緒に謝罪に来たのだが、あれだけ泣いて謝られれば、こっちが悪いことをしている気分になってしまう。幸い怪我もなかったしね。今後注意してもらえればそれでいいさ。

　流石にお咎めなしというわけにもいかず、示談金という形で幾らか貰ったので、折角の誘いを無下にしてしまったお詫びとして、クラスメイトにお寿司とピザを奢ることにした。学校に出前を頼んだのだが、生活指導の三条寺先生に無茶苦茶怒られた。

　しかし、事故のことも無茶苦茶心配してくれたので心優しい先生だ。

「君ってやっぱり凄かったんだね！」

　いつ行ってもその場にいることから、非常階段の地縛霊である疑いがにわかに浮上しつつあるアルテミス先輩と今日も一緒にお昼を食べる。

「何の話ですか？」

「ほら、この前君、部活で他の子達けちょんけちょんにしてたでしょ」

思い当たる節はあるが、浮かんだ疑問がそのまま口をつく。

「どうしてぼっちのアルテミス先輩が体育館に？」

「ぼっちじゃないって何度言ったら君は理解できるのかな？　ん？　ふふーん。こう見えても私、バド部なんだから！」

「バンドワゴン部ですか？　勝ち馬に乗るだけの人生、何が面白いんだか」

「バドミントン部だよ！　勝手に変な部活に入部させないで！」

「焼きそばパンが争奪戦になるのって、創作物の世界だけですよね。俺、実はあんまり好きじゃないんです」

何故ヤンキーは焼きそばパンを好むのか、炭水化物に憑りつかれし魔物。

「だから無視しないでよ！　じゃあなんで焼きそばパン買ったの？　それに嘘じゃないからね。本当に私バドミントン部なんだからね？」

「ハハッ」

鼻で笑う。

「なにその軽薄な感じ!?　信じて！　しーんーじーてー。ただでさえ君のせいで最近私、姿を見かけたらご利益があるとか、レアキャラ扱いされてるんだよ？」

デフォルメされたカエルが描かれているがま口から小銭を取り出すッピ。

「……なにしてるの？」

「ご利益にあやかろうと思ってお賽銭を──」

「要らないからねっ！　君がそういうことすればするほど、皆が真似して私のキャラクターが間違った方向に拡散していくんだから。ま、まぁ？　前よりもクラスで会話も増えたし、最近印象変わったねって言われたりさ、後輩からも話しかけやすくなったなんて言われて満更でもなかったりするんだけどね」

「それが嫌でいつもここにいるんですか？」

「違うから！　だから必ずしも別に嫌ってわけじゃなくて──」

指をツンツンしながらアルテミス先輩が恥ずかしげにしていた。

「レアキャラ……ぼっちで……逃げ出す……好かれて……ご利益……」

そこで閃く。どうやら地縛霊ではなかったらしい。

「雪兎君？」

「はぐれ女神先輩、経験値ください」

「会心の一撃喰らわすぞコラ」

「ひぃぃぃ！」

九重雪兎は息絶えた。

「おぉ、雪兎よ。死んでしまうとは情けない」

「生きてます」

むくりと息を吹き返す。すると、はぐれ女神先輩の表情が曇る。

「それにしてもさ、君も大変だよね。私の周りでも君のこと良く知らないのに悪く言う人がいて幻滅しちゃった」

あれだけ盛大にやれば仕方ない。だからといって、何か直接的な被害を被ったわけでもない。ましてやはぐれ女神先輩達上級生からしてみれば、下級生に目障りで疎ましい存在がいたとしても、リスクを負ってまで関わりはすまい。

「その人達の方が正しい反応ですよ。じゃあ、おかしいのははぐれ女神先輩？」

「もう！　これでも私は君の味方なんだからね。それにしても君って、色々と言われているけど、人の悪口とかは全然言わないよね。それって素敵なことだと思うよ。なんだか、私は弄られてるような気がするけど」

「尊敬してるんです。それに人類の最底辺を這いずり回る俺からすれば、周りを羨ましく見上げるばかりですよ。低みの見物というやつです」

「その笑えない自虐さえなければ、ちょっと変わった良い子なのになぁ……。あ、そうだ。ところで雪兎君って、今度ご両親学校に来るの？」

「どうしてですか？　まだなにもやらかしてないのに」

「まだって、これからまだ何かやるつもり？　もう充分な気がするけど。……そうじゃなくてさ、そろそろ授業参観の時期だよね。聞いてない？」

「……授業参観？」

経験値の代わりにはぐれ女神先輩から不意に投げ掛けれられた不穏なワードが、いつまでも頭の中を駆け巡っていた。

◇

「知ってるかもしれないが、来月には授業参観がある。出席用紙に記入してもらうように。恥ずかしいからって、くれぐれも自分で不参加に丸したりするなよ」

はぐれ女神先輩の発言は事実だった。そして早くも釘を刺されてしまう。

「今日は良い知らせと悪い知らせがある」

なんとも憂鬱そうな小百合先生の口から、現実で言ってみたい台詞ＴＯＰ３に入るであろう発言が飛び出した。

「近々お偉方の視察があるんだが、喜べ。一年の担当はこのクラスに決まったぞ。どうしてだろうなぁ？　どうしてか分かるか九重雪兎？」

「先生が見目麗しく聡明だからです」

「その通りだ」

あっさりと疑問は氷解した。良かった良かった。

「じゃ、そういうことで」

「終わらそうとするんじゃない」

「だって、先生が見目麗しく聡明なのは事実じゃないですか」

「お前、私を喜ばせる検定一級な」

「おぉ、ありがたきお言葉。ところで、良い知らせってなんですか？」

「視察に選ばれたことだ」

「じゃあ、悪い知らせはなんなんですか？」

「コイツは一本取られた。じゃ、そういうことで」

「終わるんじゃない！　前回のテストで一躍うちのクラスは一年の期待の星になったからな。おかげで忙しいのなんのって……。最近は色々と厄介な騒動もあったが、挽回するチャンスだ。しっかり頼むぞ」

「でも、先生。私達にできることなんて何もありませんけど……」

　エリザベスの発言は尤もだ。視察があると言われても、こちらで何か準備が必要というわけでもなく、できることは心構えくらいしかない。

「重要な役目だ。くれぐれも、その男が何かしでかさないか注視しといてくれ」

「なるほど」

　納得とばかりにあちこちで頷いていた。エリザベスや峯田もこちらを見て頷いてるし、爽やかイケメンも頷いている。釈迦堂はニヤニヤしながらこっそりスマホでペットの爬虫類を眺めているが、当然ながら俺も頷いている。

「なんでアンタが一番納得した顔してるのよ……」

苦笑する汐里を尻目に、灯凪だけが呆れた様子でツッコミを入れていた。


「高校の授業参観ってどうなんだ？　雪兎のところは来るのか？」

休み時間。爽やかイケメンが困ったように問いかけてくる。

「母さんは忙しいから来ないんじゃないか。そもそも普通来るものなのか？」

振り返ってみれば、母さんが俺の授業参観に来たのは過去二回しかない。

そのうち一度は不甲斐ない姿を見せるわけにはいかないと、緊張で後方を一切振り向かないまま終わったので、全く記憶にございません。

そんな忙しい母さんの代理として何度か母さんの妹の雪華さんが来てくれたことがあるが、いずれにしても高校生ともなれば、その必要性も薄い。

「そうなんだよねー。中学まではなんとなく分かるけど、高校だからねー」

自然と会話にエリザベスが交ざってくる。陽キャのコミュ力ってすごい。

陰キャはこういうとき、密かに寝たフリをしながら聞き耳を立てているのが鉄板だ。因みに俺は顔面ミラーコーティングが話しかけてきた所為で寝遅れた。

「おのれ爽やかイケメン許すまじ」

「どうした急に？」

「受験の三年生とかは多いみたいだけど、もし誰も来なくて自分の親だけだったりとかしたら恥ずかしいよね」

「んー。エリち、進学校とかは参加率高いらしいよ」

「なんか今、聞き捨てならない呼び名しなかった!?」

「あ、ヤバ!」

スマホで調べていた峯田をエリザベスがガクガク揺さぶっている。

「私はお母さん来ると思う」

「え、茜さん来るの?」

おずおずと話しかけてきた灯凪の発言に背筋が凍りつく。つい先日、灯凪が体調を崩したとき、荷物を運んで怒らせたばかりだ。気まずいにも程がある。

「お礼したいって言ってたから」

「ついにお礼参りか」

ゴクリと唾を飲み込む。それが最善だったとはいえ、俺が灯凪を誹謗中傷し傷つけたことは紛れもない事実だ。親の立場からすれば、殺したいほど憎い相手に違いない。溝は更に深まっている。

「なんでよ。ママもちゃんと知ってるよ。助けてくれたこと」

「知れば知るほど、嫌われるようなことしかしてないはずだが」

しかも茜さんから出禁を言い渡されているにもかかわらず、約束を破ってしまった。こればっかりは言い訳もできない。いっそ目の前で針千本飲んだら許してくれるかな？　その前に救急車を呼ばれそうな気もする。

約束を破るつもりなんてなかった。もう会うこともないと、隣にいる必要はないと、そう割り切って、全ては過去になったはずだったのに。

だからこれは、再び灯凪と交わってしまった俺の責任。甘んじて受け入れなければならない叱責であり、罰なのだろう。

「大丈夫だよ。雪兎が思ってるようなことになんてならないから。あのね、お詫びって、ママが映画のチケットくれたんだ。一緒に行こ？」

「サメか」

「サメじゃないけど」

俺の不安を他所に、灯凪が柔らかく浮かべたその笑みは、あの日と変わらないまま美しかった。

温故知新の格言通り、学校の七不思議も見直すべきときが来ている。

宿直が廃止されて久しい現在、深夜に校内をうろつき回る人体模型など誰も気づきはしない。むしろそれを目撃している人物こそが不審者だ。お前誰だよ。

和式トイレから洋式トイレへの移行も進んでいるが、こうなるとトイレから手を出しようがないし、苦労人の二宮金次郎だって、今となっては歩きスマホ太郎として、むしろ危険行為を助長すると思われかねない。時速百キロで廊下を追いかけてくるテケテケなど論外だ。じゃあテケテケが追いかけてる奴は時速何キロで逃げてるんだよ！　多分そいつも人間じゃない。頼むオリンピックにでも出てくれ。ついでに廊下はそんなに長くない。速度の設定を盛りすぎである。

　こと、このように現代において似つかわしくない七不思議は柔軟にブラッシュアップしていくべきだ。

　そこで、現代を生きるミステリーハンターこと、この俺、九重雪兎が提唱する七不思議の一つがこれだ。『生徒会室で座る破廉恥会長』。

「君が私を頼ってくれて嬉しいよ」

　失敗を悟る。ストッパーおらんやん。三雲先輩何処行ったの？

　果たして高校における授業参観とは如何ほどなのか、分からないなら知ってる人に聞けば良かろうホトトギス。因みにホトトギスはウグイスの巣に卵を産むそうだが、増えた分の卵はウグイスの卵を地上に落とすことで数を合わせるんだって。

　非道な托卵行為、これぞまさに本家本元の寝取りならぬ、寝鳥というわけだ。

　それはさておき、経験豊富な三年生のお知恵を拝借とばかりに生徒会室にやってきたのだが、肝心要の常識人、癒し系の三雲先輩は不在だった。

　今、ここには俺の天敵である破廉恥会長しかいない。活力となる点滴の三雲先輩がいない以上、か弱き俺は勇者に魅了されたヒロイン並の危機に瀕している。

「裕美は職員室まで行っていてね。すぐに戻ってくると思うが、折角、来てくれたんだ。ゆっくりしていってね」

「急に抑揚がなくなりましたね」

「なんのことだい？」

「いえ……」

深入りは不味い。熱烈大歓迎されているが、いつまでもこんな危険地帯にいられるか！身の危険を感じ、いち早く抜け出そうと、さっさと用を済ませる。

「そうだな……。私達が一年の頃はクラスの二割くらいだったような気がするよ。教育熱心な学校とかだとまた違うみたいだね」

「そんなもんですか」

「あぁ。やっぱり男子は恥ずかしかったりするんだろうね。保護者の出席率は女子の方が高かったんじゃないかな？」

なんだかんだ頼りになる祁堂先輩。流石は生徒会長。評価が上がった！

それにしても二割程度だとすると、別に母さんが来なくても問題なさそうだ。今年になっていきなり傾向が変わったりもしないだろうし。

俺如き愚息の為に、忙しい母さんにご足労いただくなど心苦しいというものだ。ましてや名代として雪華さんに足を運んでいただく価値などありはしない。

「ところで、どうして俺の膝に座ってるんですか？」

問題が片付き、スッキリとした気分になったところで、気になることを質問してみる。

何故か俺の膝の上に破廉恥会長が座っていた。

「私もね、少し一足飛びすぎたかもしれないと自省したんだ。もう少し関係を深めてからの方が、そういうことも易いんじゃないかと思ってね。そこでどうだろう。互いの距離を縮める為に、名前や愛称で呼んでみるというのは？　おすすめは、睦月のむっちゃんだよ」

「いきなり縮まりすぎだろ、むっちゃん」

あ、やっぱ駄目だこの人。評価がガクッと下がった！

会長を名前で呼ぶのはハードルが高い。先輩だし、むっちゃんの愛称もできれば勘弁して欲しい。生徒会長と言えば、この学校のボス。そこはそれなりに敬意を払った呼び名が相応しいと思うが、なんとも悩ましい。

「まずは物理的距離も縮めていかないとね」

「普通に重いんでどいてくれます？」

「どうかな、嬉しくないかい？」

「嬉しい」

そこは素直に答えておく。嬉しいことには変わりない。

「そんなにお尻が気になるのかな？　ふふっ。何を隠そう実はこの頃、大きくなっていてね。九重雪兎、これは秘密なんだが、安産型だよ」

「どうでも良すぎて頭に入ってこない！」

思わぬ秘密を打ち明けられた。それ知ってどーするんだよ！

「照れなくても良いさ。君もその方が嬉しいかと思ってね。あぁ、分かっているとも。将来的にだよ将来的に。私は未来を見据えているんだ」

「それは本当に未来なのだろうか？」

生徒会長ともなると、浅学非才の俺とは見えている世界が違っている。

「なんなら、君も何か秘密を教えてくれても良いんだよ？　そうだな、私が知っている君は、意味もなくあんなことをするようには思えない。教えてくれないか。アレはいったいなんだったんだ？　まるで訳が分からない。気が付けばいつの間にか君だけが悪者になっていた。絶対に悪いようにしないと誓う。九重雪兎、いったい何が真実なんだ？」

おもむろに真剣な表情になった会長が膝から下り、こちらに向き直る。

今更、語るべき真実などありはしない。目に見えるものだけが全てだ。

「俺がクズなだけです」

「そんなことはない！　君はまた誰かを――」

「睦月ちゃん、お待たせ。――って九重君？」

「三雲先輩、ＨＩＰＢＯＳＳが！」

「北の大地で監督をしてそうな愛称はよしたまえ」

◆

俺は母さんを尊敬している。尊敬の念たるや他に類を見ない。

反省だけなら猿でもできるそうだが、尊敬はどうだろうか。

オラウータンは森の賢者と呼ばれているが、チンパンジーは意外と狂暴だったりするらしい。群れのボスが存在する以上、案外、動物界隈の方がその手のことには厳しいのかもしれないね。しかし、考えてもみて欲しい。

自宅マンションは母さんが買ったものだ。俺は一円も払っていない。住まわせてもらっている立場からすれば、家賃くらい払うべきだ。学費だって払ってないし、食費だって母さんが出している。それでいてお小遣いまで渡してくれる。要らないと断ったが、必要になるからと頑なだった。

その慈悲深き御霊は、最早、聖母と呼ぶに相応しい。言っておくが、母さんの名前は桜花でありマリアではない。念の為ね。

少し前にこんなことがあった。入学当初、陰キャぼっちで交友関係が薄く、アドレス帳が空白ばかりの俺からすれば、スマホなど宝の持ち腐れだ。

そこで思い付いたのが『九重雪兎スマホ不要説』である。

実際に不要なのか実験してみた。その結果、実験期間中にやり取りしたのは、爽やかイケメンと氷見山さんだけであり、それもごく僅かでしかなかった。俺はこの結果を以て、夜、自宅で母さんにスマホが如何に不要であるかプレゼンしたのだが、喜ばれるどころか泣かれてしまった。おかしい。こんなはずじゃなかった。

スマホ代だって母さんが払っている。俺としてはそんな無駄な出費は必要ないのではと思っただけなのだが、思惑は外れてしまったわけだ。

俺は何かと母さんを泣かせることにかけては定評があるが、母さん早泣かせ選手権なら優勝をかっさらえるに違いない。

その後、泣き腫らした母さんは俺を放してくれず、夜が更けていく中、母さんの寝室で一緒に寝ることになってしまった。俺は緊張で一睡もできなかったが、母さんはスヤスヤだった。解せぬ……。

常々思う。俺にそんな価値があるのかと。言ってみれば、ただ母さんに寄生しているにすぎない。母さんが投資するような価値など俺にありはしないのだ。

将来、投資金額を全額返済するつもりだが、それでも、日々こうしてのうのうと暮らしていることが、自らが無価値であることの証明のようで、どこか申し訳なくなってしまう。決して現を抜かすことなどできない。身が引き締まる所存だ。

この世界の普遍的な常識と言えば、「御恩」と「奉公」である。

しかし俺は御恩を受けるばかりで、なんら奉公していない。それでは相互利益足りえない。その優しさをただ一方的に搾取しているだけだ。

——だからこそ思う。俺はここにいて、良いのだろうかと。

「ごめんね。同窓会、そこまで遅くならないはずだから」

「久しぶりに会うんだし、楽しんできたら」

　母さんは来週、高校の同窓会があるらしい。ほへー。俺も将来同窓会に参加したりするのかなぁ。……なんちゃって、ないない。あるわけないって。それどころか連絡すら回ってこなさそう。それで後から開催を知るパターンな。それならまだマシだが、消息不明で死亡扱いになってそうなのが一番可能性高い。

「なにか、必要なものがあったら言ってね。用意しておくわ」

「雪兎に任せとけば良いのよ」

　あ、丸投げされた。かー、乙女とあろうものが、それで良いのかね九重悠璃！　と、内心毒づいていると、姉さんの目がクワッと見開かれる。ひっ！　いつも思うんだけど、どうやって俺の心境読み取ってるの!?　電波とか出てんのかな？

「どうしたの？　虫でもいた？」

「ちょっと、怪電波が」

　ブンブンと手を振ってみるが、目に見えるはずもない。

「そうだ、今週の休み、何処か行きたいところない？　一緒に出掛けましょう」

「無理しなくていいから。休日くらいしっかり休んで」

「そ、そうね……。学校はどう？　何か困ってることはない？」

「ないかな。ご馳走様。お風呂入ってくるね」

三人揃っての夕食は、いつも静かだ。同性同士、母さんと姉さんの団欒に、俺がいては邪魔だろうと、食器を片付け早々と後にする。

疲れているであろう母さんに気を遣わせてしまった。同窓会楽しんできてね。

休日くらい俺のことなど気にせず、しっかり英気を養って欲しいものだ。この程度ではとても奉公とは呼べないが、それでもできる範囲でやっていくしかない。

恐らくそれを、母さんも望んでいるだろうから。


「自業自得ね」

「…………」

ゾッとするほど冷たい娘の言葉に、反論もままならない。去っていく愛しい息子の背中に声を掛けようとしたものの、言葉は霧散して形を崩す。灯の消えたような食卓で、ただ視線だけが姿を求めて彷徨っていた。

最近、娘の機嫌がすこぶる良い。私と違って、悠璃とあの子の関係は僅かに改善に向かっている。羨ましく、恨みがましく娘を見てしまう。

あれだけの亀裂、断絶を乗り越えて。どうにもならないと思っていたのに。

でも、どうにかしてみせた。悠璃一人だけの力じゃないのかもしれない。

それでも、それは私の前に提示された、縋りつきたくなるほどの淡い希望。

負けじと私も会話を増やそうと努力しているけど、実っているとは言い難い。話しかければ答えてくれる。でもそれだけ。あの子から、私に話しかけてきてはくれない。どんな話題でも、どんな些細なことでも聞きたいのに。

うううん、違うわね。何を責任転嫁しているのよ私は！　腑抜けた愚かな自分を叱咤する。唇を噛み締めた。あの子にも確かにそんなときがあった。一生懸命、色んなことを私に伝えようとしてくれていたときが。

なのに聞く耳を持たなかったのは私で。聞き流して、真面目に取り合わずに、忙しいからと何度も何度も踏み躙った。次の機会があると盲信したまま。

そんな機会など、とうに失っていたことに気づいたのは随分と後のことだ。

「一年生はもうすぐ授業参観があるみたい。あの子のことだから、雪華さんに相談するのかもね。参加者も少ないし母さんには何も言わないんじゃないかしら。どのみち来て欲しくもないでしょうし」

「……そう、もうそんな時期なのね」

その響きがチクりと胸を刺す。授業参観。小学校から数えて、何度その機会はあっただろう。なのに私はたった二回しか参加できていない。あの子の姿をもっと見たいのに、学校でのあの子を知りたいのに。そんな、口先だけの大嘘つき。

もう高校生だ。後どれくらい機会があるのか考えれば、タイムリミットは迫っていた。もう一瞬たりとも、無駄にできない。私には時間がなかった。

「別に良いじゃない。どうせ大して興味もないんだし、男と遊んでれば」

「やめて。私はそんなことしない！」

嘲るような悠璃の言葉に反論するが、それも、自らが招いたこと。

妹の雪華に言われた。「姉さんは、二度と参加させない」。息子にも言われた。「もう来なくていい」と。もっと早く、許しを請うべきだった。ちゃんと話し合うべきだった。向き合うことが怖くて、逃げて、避け続けてきた。

今になって、私の薄っぺらな言葉が子供達に伝わることなんてありえない。

「私は私の全てを懸けてあの子を取り戻す。母さんみたいに中途半端な気持ちじゃないの。だから――邪魔だけはしないで」

烈火の如き激情に母親である私の方が気圧される。迸る意志が濁流のように押し寄せ、その覚悟に身震いしてしまう。尻込みしてしまいそうになる。

この子は雪兎のことで躊躇しない。その手を汚したとしても、たとえ世界が敵に回っても、或いは倫理の制約さえも。

「――貴女は、とても悪くて、良いお姉ちゃんね」

「知らないわよ、そんなの」

悠璃が席を立ち、食器を流しに片付け自室へ戻る。動けなかった。瞬きさえも。緊張が緩み大きな溜息を吐く。若さゆえの苛烈さ。私には到底真似できない。

「……本当に？」

認めたくないからこその自問自答。私の想いが、気持ちが、覚悟が、決して悠璃に及ばないことを、私自身が受け入れられない。劣ってなどいないはずだ。私があの子の母親なのだから。私が一番、息子を愛しているから。

「どうすれば良いのよ……」

両手で顔を覆い、咽び泣く。

猶予はなかった。母親として一緒に暮らせる時間は、もうそんなに長くない。高校を卒業すれば、雪兎はすぐにでもこの家を出ていくだろう。それどころか、今この瞬間、私が出ていけと言えば、待ってましたとばかりに実行に移すかもしれない。いつでも息子はその準備をしているのだから。

同窓会で、子育ての悩みを相談してみようかな。そんなことを思い付いて、すぐにまた自己嫌悪に陥る。言えるはずない。悪いのは私だと、友人達から非難される結果になるのは目に見えている。

空回りしてばかりの自分に嫌気が差す。もう少し上手くやれると思っていたのに、こうして家にいる時間が増えて、息子と向き合えると喜んでいたのに。

でもそれは、これまで何もしてこなかった私にとって付け焼刃でしかなかった。私はあの子に届かない。悠璃は微かに届いたかもしれないのに、私はその足掛かりさえ見つけられずに燻っている。悠璃とは決定的に違う。

悠璃は、雪兎を殺しかけたあの日から、逃げずにずっとその罪と向き合っている。決して誰にも理解できない想像を絶する日々。

あの子が家にいないとき、よく悠璃はあの子の部屋で一人正座しながら、その光景を目に焼き付けている。自分がしたことを決して忘れないように。

悠璃が示した覚悟が私を苦しめる。わざわざあんな風に嘲笑したのは、私は悠璃に試されているんだ。——母親であること、その覚悟を。

力なく、カップを手に取り口を付ける。ただ一人取り残されていた。周りに子供達はいない。これが私がしてきたこと。理想の団欒なんて望むべくもない。

「ねぇ、私はどうすれば良いのかな雪兎？」

この場にいない愛しい息子に問いかける。

リビングには、ただ私のすすり泣く声だけが響いていた。

湯船に浸（つ）かりながら、ぼんやりと思考を巡らす。

姉さんや灯凪（ひなぎ）、汐里（しおり）が身をもって俺が間違っていることを教えてくれた。だから、これまでとは異なる選択をすることにした。だが、それで万事解決とはいかない。

俺は間違っていた。なら、いつから、何を間違っていたのだろう。間違っていたことは分かっても、何を間違っていたのかが分からない。

それが理解できなければ、何の解決にもならない。いつまでもこのまま、これからも誰の想いにも応えることはできないだろう。

湯船に浮かぶぴよぴよアヒルちゃんが、つぶらな瞳でこちらをジッと見つめている。お風呂から上がれば、軽くストレッチをした後、勉強して眠るだけだ。

髪を乾かしてリビングを通ると、姉さんがよく着ていそうなショートパンツが落ちていた。お行儀が悪いので拾って洗濯カゴに入れる。

自室の前に姉さんがよく着ていそうなタンクトップが落ちていた。お行儀が悪いので拾って洗濯カゴに入れに戻る。

改めて部屋に入ると、ベッドの横に女性の下着が落ちていた。姉さんがよく着て……いそうかどうかは知らない。だって、そんなに見たことないし。

お行儀が悪いので拾って洗濯カゴに入れようとするが、ベッドが不自然に膨らんでいた。明らかに誰かが隠れていると言わんばかりだ。

「もしや追い剝ぎ？……いや、野盗か？」

俄然、緊張感が高まるが、苦笑が零れる。改めて部屋の中を見渡せば、ここに貴重な物などなにもない。真っ白な壁、どこか空虚で殺風景な部屋の中、あるのは数少ない私物と、僅かばかりの家具だけだ。

ミニマリストと言えば聞こえは良いが、実際はそんな大層なものじゃない。

俺は母さんのご厚意で、この部屋に住まわせてもらっているにすぎないわけで、要らない、出ていけと言われれば、すぐにでも立ち去るのみだ。

言ってみれば、俺にとってここは、ホテルや旅館の一室のようなもの。立つ鳥跡を濁さず。身支度は済ませ、余計な物を置く余裕などありはしない。

常に整理整頓を心掛け、極力散らかさないよう、汚さないよう気を付ける。

勉強さえできれば、そのスペースさえあれば、それで充分だった。俺は勉学だけは心配させまいと心に誓っている。成績だけは、なんとしてもキープすることが至上命題だ。これ以上、母さんの心労を増やすことなどあってはならない。

考えてもみて欲しい。これまでただでさえ家族に多大な迷惑を掛けてきた俺が、勉強もせず、部屋で能天気にゲームで遊んでいたらどう思う？　限りなく不快な気分になるに違いない。そんな想いをさせたくはない。一緒にいさせてもらえる、あまつさえこうして部屋を与えてもらっているだけでも、感謝しかないのだ。

九重家の人間は、何処まで寛容で優しいのか。本来であれば、一日二回、母さんの寝室に向かって礼拝しなければいけない立場だ。ありがたやーありがたやー。

故にこの部屋には何もない。野盗に奪われて価値のあるものなど一つとして置いていない。今も姿を隠している犯人には悪いが、諦めてもらおう。

何を間違っているのか、いつから間違っていたのか、その答えを探して堂々巡りは続く。そこに真実があるのかも分からないまま。

「もしもし野盗さん、ここには貴方が欲しがるものなんてありませんよ？」

逆上する恐れもある。極力、刺激しないよう慎重に語り掛ける。

ズボッと、シーツの中から犯人が頭を出した。

「欲しいのはお前だよ！」

「お母さぁぁぁあん！　裸の座敷童がおりゅぅぅぅぅう！」

赤ずきんちゃんに登場するオオカミみたいなことを言い出す野盗を尻目に部屋から逃げ出す。なんか姉さんっぽいけど、気のせいだよね？

逃亡がてら、下着も洗濯カゴに入れておいた。脱いだ服は片付けましょう。

◇

駅前で灯凪と待ち合わせていた。これから観に行く映画は、犯罪蔓延るマッドシティを、脳改造により大人の頭脳を移植された少年探偵サイボーグが、犯罪者を根絶やしにしながら組織に復讐していくクライムサスペンスだ。

事前情報では、壮大な爆破シーンやスプラッタシーン満載の問題作らしいが、何故、茜さんはよりにもよってこれをチョイスしてしまったのか。ナイス判断としか言いようがないぜ！　超面白そうじゃん！

「お待たせ。良かった、すぐに見つかって」

「二次元美少女に知り合いはいないんで人違いです――って、ひなぎん!?」

「斬新な驚き方しないでよっ！」

あまりのことにびっくり仰天、スポポーンと目玉が飛び出す。※比喩です

「危ない危ない。うっかり二次元から美少女が飛び出してきたのかと思った」

「褒め方が過剰すぎるの！」

「あのなぁ。君は何処まで可愛くなれば気が済むんだ。スパチャ投げるぞ」

「そんなこと言われても……」

軽く次元を超えてきやがった。なんだこの超絶美少女ひなぎん。

ひなぎん、マジパねぇっス！　だろ皆！　雪兎B～F「それな」

待ち合わせた時刻より数分早い。思えば、こうして私服を見るのも久しぶりだ。好みがそれほど変わっているわけではないが、印象は大きく異なる。

中学の頃より、随分と大人っぽい服装になっていた。

「頑張ってみたんだ。似合う……かな？」

「回ってー」

「え、えぇ!?　こ、こう？」

くるりとスカートが翻った。アイドルのライブでお馴染みのアレだ。

何故、俺がそんなことに詳しいかと言えば、母さんや姉さんが新しい服を買って家でお披露目会をしてるとき、コールしないと拗ねるからである。アンタら子供か。

「尊み秀吉。語彙力死んだから、可愛いとしか言わないぞ」

「あ、ありがと。そういえば、昔からいつも褒めてくれてたもんね。ちゃんと気持ちを伝えてくれてたのに、いつも素直になれなくて……。バカだなホント」

灯凪が、じんわりと目尻に涙を浮かべ俯く。

「……やっぱり、君は変わったな」

無邪気だったあの頃、辛辣だった数年前。そして今は、素直で泣き虫になった。

「なら良かった。きっともうあんな私は、許せないから。手、繋ごう？」

「まるでデートみたいだ」

「デートだよ。ずっと、こうしたかったんだ」

恥ずかしがることも躊躇うこともなく。キュッと握った手のひらを、ゆっくり開いてこちらに向ける。逡巡しながら、その手を取った。

「欲しいものは最初から目の前にあったのに気づかなかった。手を伸ばせばそこにあったのに。いつだって隣にいてくれたのに。ごめんね、遅くなって」

自らに言い聞かせるように、一つ一つ灯凪は言葉を紡ぐ。それはまるで確認作業のようで、二度と間違わないように、確かめながら前に進もうとしている。

かつて灯凪を好きで、告白しようと秘めていた頃の気持ちを今もまだ思い出せないでいた。それを見つけなければ、俺は誰の気持ちにも応えられない。

それはきっと残酷なことだ。これまで気持ちを伝えてくれた人達は皆、勇気を振り絞っていた。その想いにどのような答えを返すのであれ、そこには彼女たちに釣り合うだけの気持ちが俺にも求められているはずだった。

願いは叶わず、手に入らないことを知り、求めることを止めた。

ズキリと頭痛がぶり返す中、思う。

なら俺は、そんな彼女にどうやって応えれば良いのだろうかと。


「付き合ってくれてありがと。面白かったね！」

「これからどうするんだ？」

「あのさ、まだ時間……あるかな？」

混雑しているシネコンから抜け出し、時計を確認する。十五時を回ったところだ。

夏至を迎えるこの時期、まだまだ日は高い。これといって用事もない。帰るには早い時間だ。それに気になっていることもあった。

「お願い……。もう少しだけ一緒にいたいの」

「それは良いんだが……」

コロコロと変わる表情は見ていて飽きない。

だが、その表情が時折翳（かげ）ることに、灯凪は気づいているのだろうか。

「嫌だよね……。ごめんね、それでも私は――」

「何を怯（おび）えてるんだ君は。来い」

周囲を見回し、目的のモノを発見すると、そのまま強引に手を引っ張る。

「えっ？　ちょっと何処行くの雪兎！」

「お仕置きだ」

「こ、こんな時間からなの!?　それも外って、日が暮れてからじゃ駄目!?」

「なにを言ってるんだ君は。見てみろ」

数メートルほど進むと、この時期の風物詩が色鮮やかに咲いていた。

「紫陽花(あじさい)……？」

「綺麗(きれい)だよな」

「うん。……でも、紫陽花がどうしたの？」

ギュムッと、灯凪の頰を両手で挟んでこねくり回す。

「にゃ、にゃにすんのよ！」

「ちゃんと視界に入ってたか？」

灯凪ちゃんのほっぺは柔らかい。これメモな。

モチモチとした頰から両手を離し、紫陽花に向き直る。

紫陽花はアントシアニンという色素によって色を変えていく。今は美しい藍色の紫陽花も、もう少しすれば、また異なる色に変わっていくだろう。

「紫陽花の花言葉は、『高慢』『浮気』『冷淡』。私にピッタリだね」

自嘲気味に灯凪が暗く笑う。確かにネガティブな意味合いもあるが、紫陽花の花言葉は色によって異なり、深い愛情を意味するものが多い。

「誰もそんなこと言ってないだろ。こんな話を聞いたことがある。借金に苦しんでいた人が、返済が終わったとき、急に視界が開けて四季を感じたという」

「灯凪、視野狭窄になるな。深呼吸して、周囲を見渡せば、綺麗なモノが沢山溢れてる。素敵な出会いだって、いつどこに転がってるか分からないしな。ほら、見てみろ。あのカップル、こんな真っ昼間から路上でキスしてるぞ」

「指差しちゃダメだよ！」

今日、灯凪はずっと俺の方を窺っていた。映画を観ているときも、俺ばかりを気にしていた。楽しむよりも前に、不安をかき消すように。

このままなら、今度は違う何か大切なモノを見落としてしまいそうに見えた。

「高校生になったんだ。もっと楽しめ」

「できないよ……。だって、私があんなこと頼まなかったら――ううん。私が、雪兎を追いかけなかったら、再会しなかったら、雪兎の生活を壊すことになんてならなかったのに！」

ようやく、灯凪が何を気に病んでいたのか理解する。彼女は今俺が置かれている状況が我慢ならないらしい。自分が原因だと悔やんでいる。

「別に俺は何も気にしてないが」

「でも！」

この幼馴染のお節介なところは、小さな頃から何も変わっていない。

「なら、今度俺が困ってたら、君が助けてくれ」

「それって……」

「……私が、雪兎を？　うん、うん！　絶対、絶対、何とかしてみせるから。助けるから。困ったことがあったら、どんなことでも相談して！」

互いの距離が息遣いすらも感じられそうなほどゼロになる。

「だから――ありがとう」

灯凪の涙をそっと拭う。ピンクの紫陽花の花言葉は『元気な女性』。

彼女に落ち込んだ姿は似合わない。

「でも、一つだけ訂正させて。素敵な出会いは、もうあったんだ。ずっとずっと昔、私がまだ小さい頃に。それだけは何があっても変わらないよ」

「そうだな」

その出会いが誰か聞き返すほど、野暮なことはしない。手放してしまった想いが、失ってしまった気持ちが、思い出せる日がくれば良いなと願いながら。

「夕飯前だし、半分ずつにしよう」

十八時を過ぎていた。いつまでも灯凪を連れ回しているとまた茜さんに怒られてしまう。これ以上、怒りのボルテージを溜めることだけは避けなければ……。

秋から冬にかけての名物も、近年では一年中食べられる。買ってきた焼き芋を半分に割って、灯凪に手渡す。

「ありがと。なんだか変な気分。今の時期に焼き芋なんて」

「季節感と情緒に欠けるな」

「そうだけどさ。……美味しいね」

ホクホク顔で焼き芋を食べる灯凪を傍目に、俺は重大な失態を悟った。俺は馬鹿か。女子に焼き芋だと？　無神経にも程がある。失望されても文句は言えない。

しまった！　なんてことをしてしまったんだ！　九重雪兎、最大の不覚！

「すすすす、すまない。ひひひひっひ灯凪」

「ど、どーしたの雪兎!?」

動揺を隠せない俺に、灯凪も動揺を隠せない。

「安心して欲しい。俺は君のオナラがどんなに臭くても気にしな――」

「しないわよっ！」

ポカッと、頭を叩かれる。

「そんなわけないだろ。いいか、アイドルがトイレに行かないというのはあくまでも都市伝説であってだな」

「そういうことじゃなくて、しないって言ってるの！」

「ただの生理現象だし、恥ずかしがることなんてないんだ。思いっきり、してくれて構わない。さぁ、遠慮せずにどうぞ」

「ちょくちょく私を臭いキャラにしないで！　風評被害なの！」

「タンパク質が少ないから、そんなに匂わないのが特徴だ」

「なんだ、なら安心ね！って、なるわけないでしょうが！」

「食物繊維が多く含まれていて健康には良いんだぞ。ビタミンも豊富だし」

「それともなに、嗅ぎたいの？　アンタは私のオナラを嗅ぎたいの？　ねぇ!?」

「ひなぎん」

「なに？　そんなに言うならするわよ。すれば良いんでしょ！　ほら嗅いでよ！」

「老婆心ながら言わせてもらうが、その性癖は隠しておいた方が良い」

「アンタの所為でしょ！　ホントにもう……馬鹿。……でも——大好き」

緊張の糸が切れたように、屈託なく笑いだす。

満足するまで笑って、浮かべたその表情には、もう翳りはなかった。

第三章「大学にも騒動を起こす男」

The girls who traumatized me keep glancing at me, but alas, it's too late.

「滅びろパリピめ！」

などと、握り拳を作ってみたはいいが、俺は今、大学に来ている。

ここがダンジョンか。気を引き締めねば。【パリピの巣窟】※推奨レベル18
家に帰って着替えると、大学の指定された場所へと向かう。

初見も初見なので、せめて案内して欲しい。キャンパス広すぎなんですけど。

「あ、雪兎君。こっちよ」

「二宮さん？　お久しぶりです」

目的の人物は存外あっさり見つかった。二宮澪さん。

俺を痴漢の冤罪被害から助けてくれたメシアである。二宮さんがいなかったら、俺も祁堂会長達も面倒なことになっていただろう。

それ以来、たまに連絡を取り合うようになっていたのだが、そんな二宮さんから学校が終わったら来て欲しいと連絡があったのだった。

ちょっとした交流はこれまでにもあったが、今回は頼み事があるとのことでお声が掛かった。高校生の俺にできることなどたかが知れているのだが……。

「澪で良いよ。私と雪兎君の仲でしょ？」

「はて、俺達どんな仲なんでしょう？」

「主人と奴隷？」

「現代日本に奴隷制度が復活していたのか……」

「嘘（うそ）だよ。恋人だよね？」

「は？」

彼女いない歴以下略の俺に恋人？　それも相手は女子大生である。

同学年の女子達と違って、ファッションも化粧も大人っぽい。こうして見ると、やはり大学生と高校生では差があるのを実感する。言うまでもなく、とても俺と釣り合うようには思えなかった。荷が重いにも程がある。

「今日は来てくれてありがとう。実はお願いがあるの」


「――私と恋人になってくれない？」


話をまとめるとこうだ。澪さんは今日、合コンに誘われているらしい。

合コン、実在したのか！　空想上の神事だと思っていたのだが現実らしい。

澪さん曰（いわ）く、興味ないので参加したくないが、人数合わせとして、どうしても来て欲しいと友達に懇願され参加することになったそうだ。

合コンの相手はバスケサークルだが、その実態はよくあるアレなんだって。

ここまでで分かる通り、俺が関与する余地が一切ない。無関係にも程がある。

俺にとっては予期せぬトラブルの前兆ともいえる流れである。

だいたいそれで何故、高校生の俺が呼ばれるのか、イミフすぎるでしょ。

「だってヤリサーだよ？　泥酔させられた挙句、私がお持ち帰りされて、アヘ顔Wピースしてる寝取られビデオレターが雪兎君のところに届いても良いの？」

「なに言ってんだアンタ」

「もう雪兎君のじゃ我慢できないのとか言われたいの？」

「澪さん、変なビデオを見すぎですよ」

「よく考えると、今時ビデオっていうのも変よね。時代は配信じゃない？」

「イエーイ彼氏君、見てるー？」

「そうそうその調子。そしてそれを基に脅された私は、いつしか誰とも知れない男の子供を孕むんだわ」

「やべぇ。まったく言葉が通じない人種だ。この人こんなんだっけ？」

「だからね雪兎君、私を助けてくれるわよね？」

「いやあの……」

「胸にピアスとか付けられた私を見たいの？」

「大学生ってすげぇや。脳内的な意味で」

「嫌よね？」

「この一方通行をコミュニケーションと言うのだろうか？」

「い・や・よ・ね？」

「はい」

頷くしかなかった。要するに男避けである。合コンの間、俺に仮の恋人として振舞って欲しいという話だが、そこに疑問がないわけでもない。

「どうして俺なんですか？　幾ら何でも高校生は不自然では？」

「こんなことを頼めるのが雪兎君しかいないからよ。私の知り合いに男性なんて殆どいないし、ましてや内容が内容だから信頼できる人しか無理でしょう？」

「でも、合コンに彼氏同伴って、それは合コンなんでしょうか？」

「そうじゃないと行かないって言っておいたわ。良いじゃない。私達は私達でイチャイチャしてましょうよ」

「だからそんな関係では……」

「恋人なんだから良いでしょ」

いつの間にか澪さんからの信頼度が高まっていたらしい。不思議なものである。

そもそも俺は参加したことがないので知らないが、合コンとは彼氏彼女を作る為のイベントではないのだろうか？　そこに彼氏持ちで参加することに違和感を覚えるが、澪さんや他のメンバーが納得しているのなら良いのかな？

俺もそんなことになって後悔する澪さんは見たくない。助けられた恩もあるし、ここは協力しようじゃないか！

「分かりました。やりましょう！」

「その言葉が聞きたかったわ」

そこはかとなく闇医者風のやり取りをしながら、俺達は目的地へと向かったのだった。

◆

「こんなことしてる場合じゃないのに……！」

私、紫蘭(しらん)・ハイトラ・トリスティは憂鬱だった。ピンクゴールドの髪をクルクルと指に巻き付ける。

自分で言うのもなんだけど、私は明るい性格をしていると思う。これまでこんなに落ち込んだことはなかったから。

その原因は私にある。少し前、私は事故を起こしてしまった。

自転車事故。ちょっとした慢心だった。現実に対する認識の甘さ。そういったものが引き起こした重大な過失。私はヘッドフォンを付けて自転車に乗っていた。

それ自体も問題だが、そのとき、スマホが鳴った。相手を確認し、出る必要があれば自転車を止め応対すれば良い。そう思って私は自転車に乗ったままスマホを手に取ってしまった。些細(ささい)な油断。それが事故に繋(つな)がってしまった。

一瞬、スマホを確認しようと目を離した瞬間、私はぶつかっていた。

相手は高校生の男の子。鍛えているのだろうか、物凄く固いものにぶつかったような衝撃が私を襲うが、相手の男の子が衝突した勢いで飛ばされてしまう。

真っ青になった。すぐさま近くにいた人が男の子に駆け寄り、一一〇番をかける。私も慌てて自転車から降りて、男の子の下へ向かった。

幸い目立った外傷はないが安心できない。過去には自転車にぶつかられて脳に損傷を受けた人が、数日後に亡くなるケースなども発生している。

もし、ぶつかった衝撃で頭を強く打っていれば、外傷の有無は関係ない。

どうしよう！　私、なんてことを！　これまでに味わったことのない恐怖。

目の前のまったく何の罪もない男の子の未来を奪ってしまったかもしれない。

私自身も犯罪者として逮捕されることになるだろう。両親を裏切って悲しませるようなことをしてしまった。一番大変で辛い思いをしているのは目の前の男の子なのに、そんな自己保身にまみれた自分にも腹が立って悲しくなった。

涙が零れる。どうか、どうかこの子が無事でいてくれますようにと願うことしかできないまま、ただ呆然と立ち尽くしていた。

結論から言えば、示談が成立した。相手には目立った外傷はなく、検査の結果も異常はなかった。私とパパとママの三人で必死に謝罪した。

その頃には、訴訟も覚悟していた。幾ら大きな怪我がないからといって、私がやったことは社会通念上許されない。ヘッドフォンをしながらスマホを手に持ち事故を起こした。到底許されるものじゃない。

でも、その男の子は許してくれた。訴訟は免れたし、示談金も話し合いで決まった。高額になることも覚悟していたが、男の子はそれも望まなかった。

それどころか「慣れているので気にしないでください」なんて、謝罪しに向かった私達を気遣うようなことを言ってくれた。男の子の優しさにますます胸が苦しくなって、こんな子を傷つけてしまった自分が許せなかった。

あれから、私はいつも通りの生活を送っている。でも、決して気が晴れることはなかった。あの子の顔が思い浮かぶ。事故の加害者というのは、こうして一生、罪の意識に苛まれるのだろう。

もしあのとき、少しでも打ちどころが悪ければ、私は今、ここにいられない。

落ち込む私を、友達がコンパに誘ってくれた。私はあまりそうしたものが好きではないし、これまで参加は断ってきた。私はハーフということもあり、昔から発育が良かった。その所為か、ただでさえ身体目当てで告白してくる異性も多く、大学内でも常にそうした視線が突き刺さるのを感じている。

今回も断ろうと思ったが、私を励ましてくれようとしているだけに無下にするのも憚られた。でも、両親を心配させ、何よりあの子をあんな目に遭わせた私が、どうして楽しめると言うのだろう。

憂鬱な気分が晴れないまま、私はトボトボと目的地へと向かう。

「ごめんね、遅れちゃった！」

私以外のメンバーは揃っていた。既にワイワイと盛り上がっている。私の姿に男性陣のテンションが上がるのが分かった。嫌な視線が胸や脚を舐め回す。

「トリスティさんが来てくれて嬉しいよ！」

「トリスティさん、なに飲む？」

矢継ぎ早にアルコールを勧めてくる。私はアルコールにあまり強くない。

こんな場所で酔い潰れるようなことがあれば、それが何を意味するのかくらいは理解していた。

(気持ち悪い……！)

今すぐにでも帰りたかった。どうしてこんなことをしているんだろう？　どうしてこんなところにいるんだろう？　もともとこういった場は好きではない。

暗い気分で席を見渡す。と、少し離れたところで既にカップルが出来上がっていた。二人で仲良さそうに話している。

え？　あれって――。見覚えのある男の子が座っていた。

あれからずっとその子のことばかり考えてきた。とても優しい男の子。

謝罪したからといって、それで全てが終わったと考えられるほど、私は図太くない。

もっと色々と話してみたかった。もっとちゃんと謝りたかった。

どうしてこんな場所に？

そんな疑問が浮かぶが、気付いたときには私は彼に向かって飛び込んでいた。

「ユキト君、ごめん、ごめんね！」

「ぐげぇ！　急な視界不良と謎の圧迫感ががががg」


「ユキト君、あれから痛いところとかない？　後遺症とか出てない？」

「はい、大丈夫です」

「ほんと？　何かあったらいつでも言ってね？　私にできることならなんでもするから」

「紫蘭さん、俺は大丈夫なので、そんなに気にしないでください」

「うぅ……本当にごめんね！」

「謝罪はもう済んでいますから。それともう少し離れて――」

「トリスティって呼んでくれると嬉しいな！」

「分かりましたから、とりあえず離れて――」

「ユキト君、なに飲む？　アルコールは駄目だよね。コーラが良いかな？」

「おかしい、この距離で俺の言葉が聞こえないだと……？」

甲斐甲斐しく世話を焼こうとするトリスティさんだが、何故、俺の周りにいる人達は俺の話を一向に聞かないのか謎は深まるばかりである。会話が成立しているようでしていない。すれ違いコントを彷彿とさせるズレっぷりを披露していた。

突如、俺の視界を覆ったのはトリスティさんだった。この柔らかな感触が何かを悟ってはいけないので、思考から追い出しておく。こう見えて俺も健全な高校生なわけで。って、デカいな！　いったい何カップなんだろう。思考から追い出すことに失敗していた。

それにしても、まさか事故の加害者とこんなところで再会することになるとは思わなかった。別に俺はトリスティさんを恨んではいないし、二心があるわけでもない。大きな怪我をしたわけでもないので、ここまで心を病まれていると、こちらが悪いことをした気になってしまう。

「雪兎君、トリスティと知り合いだったの？　まさか私というものがありながら恋人を作ったわけじゃないでしょうね？」

「何故そんなガチっぽい空気出してるんですか？」

「だって、雪兎君。今、私の恋人役だって分かってる？」

分かってないです。俺達の様子を不思議そうに眺めていた澪さんだったが、コソコソと耳打ちしてくる。仕方ない、事情が事情だけに説明しておいた方が良いだろう。これといって隠すことでもないしな。俺が間抜けなだけの話だ。

「――――と、いうわけです」

「そんなことがあったんだ。そういえばそんなニュース見た気がする。あれって雪兎君だったんだね。本当に君は運が悪いというかなんというか。それで怪我とかは大丈夫なのよね？」

「はい。検査でも異常はありませんでしたし平気です」

「トリスティも大変だったわね」

「私が悪いんだから、大変だなんて言えないよ。パパとママにも心配させちゃったし。何より、ユキト君が一番大変だったんだから。会えて嬉しい！」

「普通、嫌じゃないですか？　関わりたくないと思うような……」

「そんなことない！　ずっと気にしてたから」

会話する傍ら、先程から視線がザクザク突き刺さるのを感じていた。

現在、合コンの真っただ中だが、俺と澪さん、それに後から加わったトリスティさんは若干離れた場所に座っている。参加する気ナッシングだった。

完全に俺達だけでやり取りしている為、ハッキリ言えば浮いている。その所為か、先程から妙に他の男性陣から恨みがましい怨嗟の視線が向けられていた。

「すみません、ちょっとお手洗いに行ってきますね」

「大丈夫？　手伝おっか？」

「マジ勘弁して」

トリスティさんに手伝われたらトイレどころではない。

俺も健全な男子高校生であるからして（以下略）

「ふぅ……」

ひとしきり用を足す。大きい方ではなく小さい方ね。満足げに嘆息してしまう。

些か年寄りくさすぎない？　しかしながら、いったい俺は何をやっているんだろう？　俺は飲酒していないとはいえ、高校生が大学生に交じって合コンに参加しているなど、考えてみればアウトである。考えなくともアウトだ。

俺は色んな意味でアウトな人間なので今更だが、普通に学校から処分を喰らってもおかしくない。ま、処分を喰らうのも今更なんですけどね！

トイレから出ようとすると、誰かが近づいてくる。バスケサークルの人だった。

澪さんがヤリサーと言うだけあり、見るからにチャラそうな人だったが、もちろん面識などあるはずもなく、ここまで何か会話を交わすこともなかった。

「あの君さ、空気読んでくれないかな？」

チャラそうな人、面倒なのでモブＡが話しかけてきた。

「窒素七八％、酸素二一％、アルゴンと二酸化炭素が合わせて一％くらいです」

「空気の主成分を読めなんて言ってねーんだよ！」

「ちょっとした小粋なケミストリージョークに決まってるじゃないですか。ケラケラケラ」

「笑ってるのに真顔は止めろ！」

「で、俺に何か用ですか？」

「あ？　そうだよ。君さ、これ合コンだって分かってる？」

「そう聞いてますけど」

「二宮（にのみや）さんが連れてきたみたいだけど、ハッキリ言って君がいるの迷惑なんだよね」

どうせそんな用件だろうとは思っていたが、的中だった。こっちをあからさまに睨（にら）んでたからね。とはいえ、それを俺に言われてもどうしようもない。

「そう言われても、俺は澪さんに頼まれただけなので」

「トリスティさんも君のところにベッタリだし」

「ヤリサーの合コンなんて参加したくないからじゃないですか？」

「おい、俺達を馬鹿にしてる？」

「まぁまぁ、楽しくやりましょうよ」

「君がいると俺達が楽しくないんだよね」

「魅力がないだけでは？」

「チッ。君、ムカつくな」

「正直なだけですよ」

「あんまり舐めた口叩（たた）かない方が良いよ。君、年下でしょ？」

「年下を脅して恥ずかしくないんですか？」

「帰れ」

「じゃあ、澪さんと一緒に帰ります」

「は？　二宮さんは置いていけ」

「馬鹿なの？　あ、つい口が滑った」

「ふざけんなよお前」

何故かモブAが怒っている。だが、そんな相手を前にしても俺は特に何も感じることはなかった。思えば、最初に失ったのは「恐怖」という感情だったかもしれない。俺が自ら死を願ったとき、恐怖という感情は霧散していた。

以来、何かを怖いと思うことがなくなった。まぁ、姉さんは怖いけどさ。

そして次に失った感情は「怒り」だ。生きることを諦めたとき、すべては諦観に変わり、そうした激情を持つことはなくなった。

自分を諦め、誰にも何にも期待しない。その結果として、そうした負の感情を想起することすらいつしかなくなっていた。

それは一見して、良いことのようにも思える。少なくとも、それが俺を作り上げてきたことは事実だ。しかし、今俺が必要としているものはそれじゃない。

「恐怖」も「怒り」も、確かに俺は持っていた。だとしたら取り戻せるはずだ。

他者から向けられている感情を理解することが、俺に向けられているであろう「好意」を理解することにも繋がる。

今のままの俺は、誰の想いにも応えられないのだから。

いつか失った感情。それを取り戻すことが、マイナスからゼロになり、その先にある何かを理解する為に必要なことだった。

だから俺は、求める。かつて失ったものを。もう誰も悲しませないように。泣き顔を見ないように。ズキズキとした頭痛を振り払う。

俺は、誰かを「好き」になりたい。誰かを信じたいんだ。

そして、もう一度「恋」をしたい。

消えてしまった恋心を取り戻して、いつか俺は――。

「澪さんが決めることで、俺が決めることじゃないことくらい分かるでしょ？」

「お前が今すぐ一人で帰れば良いだろ」

「俺は澪さんに呼ばれてここに来てるんですけど」

「そんなこと俺達に関係ねーんだよ」

「頭が性欲に支配されると、こうなっちゃうのか」

「調子に乗るなよ」

胸倉を摑まれる。まるで話が通じない。俺は襟を引っ張り、あっさりその手を外すと、さっさと澪さん達の場所に戻る。まったくどうにかならないものか……。

「あ、ユキト君。おかえり！」

「絡まれて困りましたよ」

「えっ、雪兎君。絡まれたって誰に？」

「あの人です」

トイレから戻ろうとしていたモブAを指差す。こちらに憎悪の視線を向けていたこともあり、目がバッチリ合ってしまう。

「ねぇ、ユキト君に何したの！」

「い、いやトリスティさん、俺は何も……」

モブAに喰ってかかるトリスティさん。しどろもどろになっているモブAだが、場が騒然としつつあった。面倒なことになりそうな気配を感じて、俺はさっさと電話を掛ける。

「雪兎君、帰ろ。こんなところにいるの不愉快だわ」

「ちょっと待ってくださいね」

数回のコール音と共にすぐに繋がる。

『あれ、雪兎君どうしたの？　珍しいね？』

「百真先輩、お久しぶりです。すみません、バスケサークルの皆さんと合コンしているのですが、どうにも折り合いが悪く絡まれてるんですけど、なんとかなりませんか？」

『うちの？　名前誰？ってか、合コンなんて話、俺聞いてないけど。それに何で雪兎君がそんなところに？』

「後ほど事情は説明しますが、モブAとかいう人達です」

「モブ？」

「あ、すみません。石井とか名乗っていたような……」

『石井？　うちのサークルにはいないな。バスケをやってるのはうちだけじゃないから、他のサークルじゃない？』

「そうなんですか？　ヤリサーって話ですが」

『あぁ、アイツ等(ら)か。だったら尚更(なおさら)俺等じゃないって。それに雪兎君、うちは真っ当なサークルだからさ。あんな連中と一緒にされたら困るよ』

「そういえば、そうでしたね。すみません」

『良いって。なに、絡まれてんの？　俺が代わろうか？』

「いえ、先輩達(たち)と無関係なら良かったです」

『なにする気？』

「乞うご期待」

電話を切ると、怒り心頭といった様子のトリスティさんに声を掛ける。

「大丈夫ですよトリスティさん。何かされたわけではないので」

「でも、ユキト君が……」

「皆さんなりに楽しもうとした結果ですから」

「ごめんねユキト君、折角来てくれたのに」

しょんぼりしてるトリスティさんマジ可愛(かわい)い。と、そこで俺は実に素晴らしいアイデアを思い付いた。そろそろ大会も近い。もしかしてこれは良い機会では？

熱血先輩達は全てにおいて物足りないが、爽やかイケメンも上手(うま)いが強いわけじゃない。まだまだ足りない部分も多い。もっと上達したいらしいが、この際、利用するのも良いかもしれない。そこまで考えてはたと立ち止まる。

流石(さすが)に部活の一環というわけにはいかない。幾ら俺に練習メニューが一任されているからといって、許可もなく勝手に対外試合など組んだら問題になる。

待てよ、ならプライベートなら良いのでは？　勉強だって塾での方針に学校が口を挟めるわけじゃないし、これなら誰にも迷惑が掛からない。メンバーを募って集まらなかったら百真先輩達に協力を要請すれば良い。完璧だ！

俺は憤怒の表情を浮かべるモブA達に近づくと、ある提案をする。

「先輩達、バスケサークルなんですよね？」

「それがなんだよ？」

「良かったら、俺と勝負しませんか？」

「なに？」

「まさか逃げませんよね？」

「てめぇ……！」

ならば、よろしい。練習もそうだが圧倒的実践不足の我がバスケ部の贄（にえ）となってもらおうではないか！　カハハハハハハハハハ！　ゲホゲホ

◇

「で、アンタどういうことなの説明しなさい？」

「九重（ここのえ）雪兎（ゆきと）、年上が好きなら私がいるだろう」

「他校でも問題を起こして貴方(あなた)という人は――」

「九重、お前なぁ。ちょっとは自重しようとかないのか？」

放課後、生徒会室に拉致られた俺は正座させられている。

ちょっと理不尽すぎない？　完全なパワハラである。

チラリと見上げる。姉さんはハッキリと分かるほどに機嫌が悪かった。姉によるパワハラをなんというのか、とりあえずシスターハラスメント、略してシスハラと名付けてみたわけだが、これまで俺と姉さんは互いにあまり干渉してこなかった。

しかし、最近はどうも姉さんは俺にベッタリな気がする。この前も、気づいたら姉さんが俺のベッドで寝ていた。冷や汗と共に目覚め最悪であった。基本、俺は姉さんに逆らえないので言いなりなのだが、問題は姉さんだけではない。

この場には三条寺(さんじょうじ)先生や担任の小百合(さゆり)先生の他、ＨＩＰＢＯＳＳ祁堂(けどう)会長や三雲(みくも)先輩、灯凪(ひなぎ)や汐里(しおり)まで集まっている。女性比率が高すぎる。

危険を察知した俺は一緒に爽やかイケメンを連れてきたのだが、何故か正座させられているのは俺だけだった。依怙贔屓(えこひいき)反対！

「仲良くストバスで対戦しただけです」

「本音は？」

「ムカついたからで……ハッ!?　いや、違うんです。皆さんの要望を叶(かな)えただけであり、そこに何ら疑念を差し挟む余地は――」

「女の匂いがする」

「鋭すぎませんかね!?」

つい先日、俺達はモブA達とストバスで雌雄を決した。

幾ら体格に優れる大学生とは言っても、相手は真面目にやっているサークルではなくただのヤリサーである。第一ピリオドこそ相手が優位に立ったが、基礎体力の向上に努めてきたこともあり、こちらの運動量が落ちることは一切ない。第二ピリオドからは終始こちらが優勢の展開が続いた。

そこまでは順調だったのだが、その状況に業を煮やしたモブA達はラフプレイを仕掛けてきた。中学の頃、ストリートバスケを散々やってきたこともあり、俺はラフプレイにも慣れているが、熱血先輩や爽やかイケメンはそうはいかない。

徐々に削られる中、高校生相手にラフプレイを仕掛けたことに激怒した百真先輩達に光喜達は代わってもらい、こっちもラフプレイで応酬し圧勝した。

意気消沈のモブA達はそのまま百真先輩達に連行されていった。これからキツイ教育を受けるのだろう。憐れ、達者でな。

可哀想だが、その後どうなったのだろうか？　気にならないこともないが、相手は所詮モブである。明日には忘れているだろう。

それよりもこの状況の方が危機だった。ホント勘弁してくれない？

「どうして呼び出されたか分かる？」

「ストバスの件じゃないんですか？」

「そっちはこれといって相手側から何か言われているわけではありませんし、問題ないとは言いませんが不問にします。動機はいささか懐疑的ですが」

三条寺先生が、呆れたように大きく溜息を吐く。

「じゃあ、何故俺はここに？」

「合コンの件よ」

「急にお腹が痛くなってきた。大腸菌が暴れているので今日はこれで」

「待ちなさい。逃げようとしないの」

立ち上がり帰ろうとすると、両脇からがっちりホールドされる。どうやら帰してはくれないらしい。ヤダヤダヤダ！　ボクもう帰る！　駄々っ子になって暴れてみるが無駄な抵抗だった。爽やかイケメンは目を逸らしている。アイツの練習メニューを二倍に増やしてやる！

「なんでアンタが合コンに参加しているの？　私がいるのに」

「なんか無性におかしな言動が聞こえた気がするけど、気のせいだよな」

「欲求不満なら私が相手になろう。今日は大丈夫な日なんだ」

「なにが!?　顔を赤くしているけど、なにが大丈夫なの!?」

「それはもちろん――」

「いや、怖いので答えなくて良いです」

「貴方達はまだ学生でしょう！　私が教育しますから――」

「ちょっと待ってください、三条寺先生。これは私の生徒で」

「雪兎、今日、久しぶりに家に来ない？　ママがね、待ってるからって」

ここは戦場だった。誰かに同意した瞬間、俺の命が終わる気がする。

「あの、だから合コンに参加したのは不可抗力であり、俺の意思では……」

「どの女の意思なの!?　正直に白状しなさい」

「いやそれは……」

「そうだぞ九重雪兎。私がいるんだ。他の女に現を抜かす必要などない」

「睦月ちゃんってこんなアレだったかな……？」

「どうして呼んでくれなかったのユキ？」

なにやら盛り上がっているが、そんなに俺は悪いことをしたのだろうか。

俺はただ単に澪さんにお願いされて合コンに参加しただけであり、やましいことなど一切ない！　そうだよ。俺がなにしたって言うんだ。ふざけんじゃねぇぞ！

「合コンの何が悪いんだ！　別に行ったたって良いじゃないか」

「は？」

「すみません、俺が悪かったです」

怖ぇぇぇぇ！　なにあの目!?　完全に○スぞって目が訴えかけてたんだけど!?

「というわけで散々でした」

「ごめんね雪兎君。迷惑ばかり掛けちゃって」

「いえ、気にしないでください。澪さんは何も悪くありません」

「ユキト君、あれから何もされてない？」

「はい。百真先輩から教育しておいたという連絡が来てたので、上手くやってくれたんじゃないでしょうか」

「そっか、良かった！」

生徒会室は俺にとって対策のないダメージ床並の地獄だった。なにもしていないのに徐々にＨＰが削られる異常な空間である。あと、女性が多すぎて甘美な香りにクラクラしてくる。疲労困憊（こんぱい）のまま呼び出されたカフェに向かうと、そこには澪さんとトリスティさんが待っていた。

「改めて、この前は変なことに巻き込んでごめんなさい」

「さっきも言いましたが、気にしないでください。それで澪さんに何かあったら後味悪いですし」

「わ、私は!?　私はどうかなユキト君？」

「トリスティさんも何もなくて良かったです」

「フヘヘ」

トリスティさんは頬を赤く染めてニマニマしている。澪さんは俺にとって恩人だが、トリスティさんは俺からすれば加害者である。これといって大怪我(おおけが)したわけではないが、本人の言葉の端々から自分が起こしてしまった事故について深い後悔が滲(にじ)んでいるのを感じる。俺が気にしていないのに、トリスティさんが自責の念に駆られているように見えるのは痛々しくてならない。

「でも、雪兎君。どうしていきなりあんな勝負持ち掛けたの？」

「それはまぁ、本音と建前です」

「絡まれたって言ってたよね」

「もともと他校との練習試合は考えていたんです。ちょうど良い相手だったというのもありますが、そうですね。後は、あの人達が澪さんやトリスティさんのことをモノみたいに言っていたのでムカついたというか……」

「私達の為(ため)？」

「俺がムカついただけですよ」

「君って、可愛いところあるよね」

「ユキト君、フへへ……」

よく分からないことを言い出したトリスティさんがいきなりベタベタ触れてくる。アルコール除菌液が溢(あふ)れる現在、他者との濃厚接触を自ら行うとはなんて非常識な人なんだ!?と、思いながらも抵抗できないペットのような扱いを受けるのだった。俺は愛玩動物か？

改めて言葉にすると自分の感情がハッキリ認識できる。そう、俺はムカついていたのだ。

澪さんからも散々煽(あお)られていたが、実際問題そんなに目に遭うのは見過ごせなかった。

それにストバス対決は俺にとって、一つの感情を取り戻させてくれた。

モブA達(たち)がラフプレイに切り替えたとき、真っ先に被害にあったのが火村(ひむら)先輩だった。先輩はシュートを打つ直前に服を引っ張られて転倒した。明らかなファールだが、正式な審判がいるわけじゃない。白(しら)を切られればどうにもならない。モブA達はニヤニヤとラフプレイを繰り返すつもりなのがありありと分かった。

俺は怒りを覚えていた。それは、俺にとって久しぶりの感覚だった。なくしてしまったと思っていた感情。中学の頃の俺なら何も思わなかったかもしれない。

あの頃は、俺はただ俺の為だけにバスケを利用していた。そこに他者は存在していなかった。チームメイトも試合の結果も何もかもどうでも良かった。

でも、今はどうだろう？　バスケに未練や関心があるわけでもない。それでもまた再開したのは、変わりたかったからだ。なくしてしまったものを一つずつ取り戻す為に。あの頃と違って、今の俺は一人でバスケをやっているわけじゃない。

倒れている火村先輩を見て思ってしまった。

てめぇ、なにさらすんじゃワレェ！　と。

先輩が頑張っているのは高宮(たかみや)先輩に告白する為である。その先輩が怪我をして大会に出られないとなれば目も当てられない。俺はそうして中学のとき最後の大会を棒に振ってしまったのだから。そんな目に遭って欲しくはなかった。

「まぁ、そんなわけで俺が勝手にやったことなので、気にしないでください」

「そんなわけにはいかないよ」

「ユキト君、何かお詫びさせてくれない？」

「あ、これ俺にとって不味いことになる流れだ」

拙者、嫌な予感ビンビン丸でござる。急にスマホが震えた。姉さんからだった。監視でもされているのだろうか？　俺の人権はいったい何処に行ってしまったのか……。

「私達と一緒に遊びに行こうよ」

◇

「俺は足を引っ張るだけで何もできなかった……。俺は俺が許せない。このままじゃ、俺は涼音を守れない！　こんな弱いままで告白なんてできっこない。なにより、俺はもっともっと皆と一緒に頑張りたいんだ！」

　放課後、部活中にガックリ項垂れている熱血先輩。ラフプレイに四苦八苦しながらもそこそこやれていた光喜はともかく、ストバス対決で熱血先輩は足手まといも良いところだった。他のメンバーも同様である。

　絞り出すような悲痛な声が、火村先輩の胸中を物語っている。

「九重、俺は上手くなりたい！　これほど望んだことはなかった。楽しくやれれば良いと思っていた。だが、それだけじゃもう満足できないんだ！」

「敏郎……」

心配げに高宮先輩が熱血先輩のことを見ていた。告白云々とか本人に丸聞こえだが、二人にはそんなこと関係ないのかもしれない。

その様子に、たっぷりと溜めるだけ溜めた後、重苦しく口を開く。

「──力が、欲しいか？」

「欲しい！　皆を引っ張れるだけの力が、涼音に誇れる結果が！」

つい思い付きで現実で言ってみたい台詞TOP3に入る台詞を口走ってしまったのだが、躊躇なくノってくる熱血先輩。アンタ、ノリ良いな。

さて、どうしたものかと思案し、ふと、思い出す。

そういえば爽やかイケメンが、先日、強豪校に進学した中学の先輩と会っていたらしい。流石は押しも押されもせぬカリスマ陽キャだけあり交友関係が広い。これは使える！

「どーした雪兎？　なんかまたあくどい企みしてそうな顔だけど」

「ここは一つやってみるか」

「なにをだ？」

「武者修行」

◆

「えー、ヨガを極めれば炎が吐けるようになったり、テレポートできるようになるというのは俗説であり、決して真に受けないようにしてください」

「はい、先生」

おかしい。鉄板ネタなのに一切ウケることなく聞き流されてしまった。手も足も伸びません。なんなら今すぐテレポートでここから逃げ出したい俺です。

でも許してくれそうにない。母さんと氷見山さんが期待した目でこちらを見ていた。止めて！　そんな目で俺を見ないで！

俺達がいるのは自宅マンションの隣にある二十四時間営業のフィットネスクラブだ。母さんは運動不足解消とプロポーション維持の為にジムに通うようにしていたのだが、そうは言っても仕事の都合で中々時間を取れずにいたらしい。

だが、最近になり在宅ワークに切り替わったことから、時間に余裕ができ、こうしてまた通い始めることにしたんだって。へー、そうなんだ。

だからスタイル抜群なんだね！　えっへん、息子として誇らしい限りだ。

じゃあなんでそこに俺がいるのかって？

まぁ、聞いてくれよ。そこにはさして深くもない理由がある。

俺は中学時代バスケをやっていたのだが、その過程で肉体をケアする方法を一通り学んでいる。もっと遡れば他にも理由はあるのだが、そうした経緯もあり、一般的な筋トレといったトレーニングはもとより、昔からとにかく怪我をすることが多かった為、暇を持て余していた入院中、有り余る時間を使ってストレッチやヨガ、ピラティスといったものについても一通り勉強した。

人体の基本構造を知ることこそが、身体を上手く扱う上で必須と言える。

現代を生きるターヘル・アナトミア、それがこの俺、九重雪兎である。

そんなわけで、講師として母さんにジムまでついてくるよう頼まれたのだが、俺に断る選択肢など存在しなかった。一家の大黒柱である母さんに少しでも貢献できれば恐悦至極にございまする。

だが、そこに落とし穴が存在していた。途中で氷見山さんと遭遇してしまい、何故か一緒に行くことになってしまったわけだ。俄然、嫌な予感がしてくる。

俺は直感に微塵も期待を抱かないが、何故だか、今すぐこの場から逃げ出したい。

受付を済ませて中に入る。ジムには俺達以外いないので静かなものだった。

しかし、問題は更衣室から出てきたばかりの二人の格好だ。

フィットネスウェアを着ているので当たり前だが色々と薄い。

R指定しなくて良いのか、X指定の可能性すらある。ＣＥＲＯならZは免れない。

邪念を振り払いつつ個別メニューを考える。ジムなのでエアロバイクやラットプルダウンなどトレーニング器具は充実しているが、二人とも筋トレを望んでいるわけではないので、ここは素直にヨガを選ぶのが無難だろう。

「母さんは座っての作業が多いから肩こりが気になるんだよね？　氷見山さんは何処か気になる部分がありますか？」

「私はこういうの初めてだから、お任せするわ。右も左も分からないもの」

「身体のことで困っていたり、悩みがあったりしませんか？」

「そうね……。冷え性だから、それをなんとかしたいかな？」

「なるほど。じゃあ、まずは安楽座になってゆっくり呼吸法からやっていきましょう。慣れたら徐々にポーズを取っていきます。俺の真似をしてくださいね。自律神経を整える作用があるので、快眠効果が期待できます」

　俺はヨガインストラクター九重雪兎である。第三のチャクラ、マニプーラ・チャクラを活性化させつつ、母さんは上半身、氷見山さんは下半身を重点的にやっていこう。ひとしきり呼吸法について伝えた後、効果を説明しながらポーズを取っていく。

「猫のポーズは肩こりに効きますのにゃー」

　四つん這いになり、バランスを取る。こうして伸びをしたりねじったりしていると気分は完全に猫だにゃ。

「胸のせいなのか、肩が凝っちゃって。軽減されるのは嬉しいわ」

「あら、私もですわ。ね、雪兎君？」

「あの、美咲さん。それ息子に何の関係があるんですか？」

「うふふふふふふふふ」

「ふふふふふふふふふ」

あの、早くやってくれない？　俺一人だけ虚しいのにゃ。

「次はラクダのポーズです。最初は完璧にできなくても構いません。疲労回復の効能があり、鼠径部や腹部、太ももなど下半身の部位に効果があります。膝に気を付けてくださいね」

「む、難しいかも……」

「片方ずつゆっくりやりましょう。そうですそのまま呼吸してください」

「これって、体形にも変化があるのかしら？」

「そうですね、三ヶ月くらい継続的にやれば効果が出ると思いますよ。身体が柔らかくなりますし、腰痛とか肌にも良いので頑張りましょう！」

「期待していてね！」

「うん？」

自分の為にやるものだが、俺がいったい何を期待するのだろう？

なんか氷見山さんが怖いので母さんに視線を向ける。

「母さんは猫背気味かな。背骨を伸ばすポーズやる？　俺がそっちに座るから背中を合わせて」

「分かったわ。手を雪兎の膝に置くの？」

「そう。俺は母さんの膝に手を置いて、そのままグーッと手を置いた方にねじって」

「なんだか気持ち良いね。背中がピッタリくっついてるから安心感があって好きよ」

「そうかな?」

一見すると背中合わせに座っているだけに見えるが、これが意外とキツかったりする。

次第に母さんの息も上がってくる。

「雪兎君、私とも一緒にやりましょう」

「一人でできるポーズだと――」

「一緒にできるポーズにしてね」

笑顔の圧がすごい。母さんはともかく、氷見山さんは赤の他人だ。

じわりと冷や汗が流れる。

「格好も格好ですし、直接触れるのは……」

「差別は反対だわ!　それにやましいことなんてないわよね。だって、フィットネスだもの」

「なんてこった!　それが狙いだったのか……」

「純粋に興味があっただけよ?」

最初は真面目にやっていた二人だったが、時間の経過と共に何を張り合っているのか、徐々にヒートアップしていく。

二人とも夜なのに元気だね。俺の疲労は溜まる一方なのにさ。

こんなの俺の知ってるヨガじゃない!　火でも噴きたい気分だ。

「だから、前屈・後屈ポーズは背中合わせで相手の上に乗るポーズだと何度言えば――見えないけど、反対向いてません？　柔らかい何かが俺の背中に乗ってる気がする!?」

前屈している俺の上で氷見山さんが後屈しているはずだが、俺の視界からは床しか見えない。しかし、背中越しの感触からすると、明らかにそのままのし掛かられている。当然効果はゼロだ。俺が嬉しいだけである。

「どう、気持ち良い？」

「それはもう。って、そうじゃない！」

「息子が困ってるじゃないですか！　どいてください、今度は私が乗るんです！」

「待てやコラ。おかしい、ちゃんと説明したはずなのに伝わってないぞ？」

「じゃあ乗るね。ドーン！」

「ぬぉぉぉぉおお！　あ、母さんちょっと重たくなったね。良かった。あんまり痩せすぎは良くないからさ。ＢＭＩという数字があって、適正体重というものが――」

「ふ、ふと、太っ……」

体重の増加は必ずしも悪いことではない。痩せすぎな人にとっては、それだけ健康になったとも言えるからだ。

そもそも日本人の肥満率の低さは世界でもトップクラスであり、アジア圏は全般的に低い。因み(ちな)に肥満大国アメリカと比べると十倍近い差がある。

「そうか！　最近は家で決まった時間にしっかり夕食をとってるから、母さんも健康になってるんだね！」

「どうして、どうして今になって急に息子が反抗期を⁉」

「ふふっ。もう、そんなこと言っては駄目よ雪兎君。それが明確な事実だとしても女性には禁句なんだから」

「あらぁ？　今何か聞き捨てならないことを言いませんでしたか？」

「視界が塞がれて見えないけど、背後から禍々しいオーラを感じるのはいったい……？

あと、そろそろ俺の上からどいてくれる？」

「ほら、重たい桜花さんはどいてください。交代ですよ」

「いつからそんな制度に⁉」

「駄目ですぅ！　私のですぅ！」

「俺の話、聞いてる？」

ウェア越しの感触は最高だったが、まかり間違っても口には出せない。

こっそり堪能するだけにした。

その後も何かと張り合おうとする二人の間に挟まれて、フィットネスクラブを出る頃には、俺の体力はライフゲージが赤くなるまで削られていた。

超必殺技は撃てそうにない。母さんが申し訳なさそうに謝ってくる。

「ごめんね？　楽しくてはしゃいじゃった」

一応悪いと思って反省しているらしい。母さんと氷見山さんの相性は最悪だった。まさに1+1は200。10倍だぞ10倍。おかげですっかり疲労困憊である。

氷見山さんと別れ帰ろうとするが、運動して小腹が空いていたこともあり、俺と母さんはファミレスに寄ることにした。ファミリーだから問題ないのだ。

夕食は済ませているので、ポテトなど軽食を中心に注文していく。

「ちゃんとやらないと効果ありません」

「こ、今度は真面目にやるから、また一緒に行ってくれる？」

「それは良いけど……」

「パフェでも食べよっか。甘いモノ好きだよね？」

「あれ、知ってたんですか？」

確かに俺は甘いモノが好きだが、それを誰かに話したことはない。

聞き返したのは、そんな単純な疑問からだったが、その問いに甚くショックを受けたのか、母さんが息を呑む。

「……それくらい知ってるわ。でも、それくらいしか知らないの。駄目な母親ね」

俯きがちに、寂し気な笑顔。

「言ってませんし、気にしないでください」

「――だから、教えて。どんなことでもいい。学校のことでも、好きなことでも、些細なことでいいの。もっと貴方のことを知りたいから」

怖いほどに真剣だった。何を伝えるべきなのか、一瞬の躊躇。

必死で話題を探すが、何も思い浮かばない。思えば小さい頃は、沢山話したいことがあったような気がする。聞いて欲しいことで溢れていた。

けれど、それがなんだったのか、どんな内容だったのか思い出せない。

他愛もないことだったはずだ。取るに足らない、まるで無意味な。

あのとき俺は、母さんにいったい何を伝えようとしていたのだろう。

何を聞いて欲しかったのだろう。どんな会話を求めていたのだろう。

あの頃、あんなにも話したいことがあったはずなのに、なのに今は、なにも、本当になにも、思い付かない。学校のこと、好きなこと、些細なこと？

提示された話題そのどれもが、話すべきことなどなにもない。

人様に聞かせるような価値のある内容なんてありはしなかった。

あるのはただ、余計なことで心配させたくないという気持ちだけだ。

「どうして今になって――ううん、なんでもない。無理しなくていいよ。あ、来た。食べよう」

喉まで出かかった言葉を呑み込んで、いつも通りに振舞う。それが正しいと信じて。

働いてくれている母さんを俺が煩わせることなどあってはならない。

ただでさえ心配させて迷惑ばかりかけてきた。今が幸福なのだから、これで満足すべきだ。謙虚であれと自分に言い聞かせる。幸せのその先を望むなんて、そんなものは強欲だ。

俺にできることは感謝しかないのだから。

母さんが悲し気に表情を曇らせていた。先程までは弾むような笑顔だったのに。

正解を選んだはずだ。その結果がこれなのか？

不甲斐ない。申し訳なさでいっぱいだった。

鈍痛を覚える。こうしていることが、まるで、ひと時の夢であるかのように現実感がない。

きっと、これは儚い幻想なのだと、そう言われているような気がした。

◇

梅雨は嫌いだ。傘をさすのが煩わしいから。ヒールを履いて足元が濡れることも。

窓の外を見れば、ザーザーと降る雨が雨脚を弱めることなく続いていた。

こんな天気の日はいつだって思い出す。もう随分と昔のことを。

あの年、動物園の開園五十周年を記念したイベントが話題になっていた。

「面白そうね。行ってみよっか」

「はい」

小さく頷いてくれた。そのことがとても嬉しかったはずなのに、仕事に追われ失念していた。頭の片隅にずっとあったのに、いつでも行けると高を括っていた。

「ねぇ、いつ行くの？　もう終わるよ。折角、あの子も楽しみにしてるのに」

「えっ？」

「呆れた。まさか忘れてたの？」

悠璃から問われ、慌てて確認する。イベントが期間限定で開催されることを知らなかった。約束しておいて、知らなかったでは済まされない。

一ヶ月以上が過ぎていた。聞けば、あの子は動物図鑑で生態を調べたり、しっかり準備をしていたらしい。もっと早く言ってくれれば――そんな泣き言を子供達に漏らすわけにはいかない。ただでさえ忙しい私に気を遣ってくれているのに。

カレンダーを見ると、イベントの最終日が休みと重なっていた。ギリギリ間に合ったことにホッと安堵する。嘘つきにならずに済んだ。そのはずだった――。

「そんな……」

当日は朝から降り続く大雨。雨脚は強くなる一方で、コンビニに出掛けることすら億劫になる。天気予報を見て不安に思っていたが、的中してしまった。

動物園は休園となり、イベントはそのまま終わった。

朝、あの子は何も言わずただ静かに窓の外を眺めていた。

その小さな胸に去来していたのはどんな感情だったの？

怖くて聞くこともできない。仕方ないとはとても言えない大失態。

私がしっかり日程を確認してスケジュールを立てていれば防げたはずだ。

それ以来、私が何処かに行こうと誘っても、頷いてくれることはなかった。

拗ねているだけ。そう言えるのは、これまでに積み重ねた家族としての確かな絆があるからだ。一度や二度残念な出来事があっても、それを遥かに上回るだけの楽しい思い出が沢山あるから、家族は壊れない。でも、私とあの子には何もない。

それからは悠璃と二人だけで出掛けることが多くなった。あの子を誘っても、まるでそれが当たり前であるかのように留守番するだけ。強引に連れ出しても「忙しいのにごめんなさい」と謝るばかりで、楽しむことは一切なかった。

それもそうだ。あの子にとっては、私と一緒に出掛けることが苦痛なのだ。

子供は敏感で、大人のことをよく観察している。相手が話を聞かないと思えば何も喋らないし、約束を守らない相手など信じない。

私は家族サービスという言葉が嫌いだ。義務のように恩着せがましく振舞えば、すぐに子供は気づいてしまう。全ては言い訳で、それすらも封じられて。

埋め合わせもできないまま、ただ時間だけが過ぎ、時間が過ぎれば、より再構築は難しくなっていく。成人するまでの時間と、成人してからの体感時間は同じらしい。

私は、あの子に楽しい思い出を何も作ってあげることができなかった。それどころか正反対の辛い思い出だけを幾つも背負わせている。

これまで丁寧に丁寧に、執拗にあの子の心をズタズタに傷つけてきた。

「母親失格。そう悠璃に言われても何の反論もできないわね……」

項垂れるように呟く。漠然と今この場にて良いのかと不安に陥る。

憂鬱な天候とは裏腹に、久しぶりの同窓会は随分と盛り上がっていた。

少しだけ飲んだアルコールが身体を火照らせる。気の置けない旧友達との語らいは、学生の頃を思い出して楽しかった。近況報告を聞いて驚いたり、喜んだり、悲しんだり。それぞれが卒業してから歩んできた、千差万別の人生の軌跡を知る。

思い思いに語り合っているうちに、自然と既婚組と未婚組に分かれていた。

既婚組は夫や妻の不平不満、或いは子供の話が中心になっていた。

未婚組は独身宣言をする人もいれば、婚活中の人もいて、ここでの出会いがこの先、交際に繋がることもあるのかもしれない。離婚している私は、何処となく自分の居場所がないような気がして、そっと輪を離れる。

「どうしたの恵？　お酒は飲まないの？」

隅で静かに佇んでいる恵に上機嫌で話しかける。

「桜花？　うん、私はお茶で充分だから。晴彦さんを心配させたくないもの」

「えっ、恵の恋人って、そんなに束縛強いの？」

「そんなことないよ。楽しんでおいでって送り出してくれたし。私が晴彦さんと一緒のときじゃないとお酒を飲まないって決めてるだけ」

「晴彦さんって、あのときの彼よね？」

「そう。私の大切な人なの」

はにかんだ微笑みは、恵が幸せの絶頂にいることを何よりも証明していた。

恵は大学の頃、初めて付き合った彼氏に手酷く裏切られ、一時期は男性不信で塞ぎ込んでいた。自殺未遂もあったほどだ。私達も懸命に励ましたが、そんな恵に寄り添って支え続けたのが、今の恋人だと聞いている。その彼とようやく結婚も決まった。

「どんなに些細なことだって、絶対に心配させないって決めてるの。それが晴彦さんの献身に報いることだから」

そういえば、同窓会が始まってから恵は一度も男性と二人きりで話していない。必ず誰か同性の知り合いと一緒だった。何処までも徹底している。

ハッと我に返る。同窓会で、柄にもなく言い寄られて満更でもなかった。そんなつもりなんてない。それでも、そう思わせてしまう隙が私にあったのは事実だ。

「何か不満はあったりしないの？」

少しだけ後ろめたさを感じて、そんな意地悪な質問をしてしまう。

「あるはずないよ。もしあっても、それは小さなことだし、私と晴彦さんの二人で話し合えばいいことでしょ。私はね、彼がいるところでもいないところでも、悪く言ったりなんてしたくない。聞かれなければ良いなんて思わない。もしそれを言ってしまったら、晴彦さんの前で二度と笑えなくなるから」

不思議。昔はあんなに儚げだったのに……。今の恵は誰よりも強く見える。

その姿に悠璃を重ねてしまう。二人に共通しているもの、私にはないもの。

冷や水を浴びせかけられたように、一気に酔いが醒める。浮かれていた自分が急に恥ずかしくなって、惨めな存在に思えた。

嘆きが、葛藤が、どうしようもなく口から零れそうになって、押し留める。

どうして今、気づくのよ！　あの日から、私は何も変われていなかった。同じ失敗を繰り返している。悠璃が私を毛嫌いするのも当たり前だ。

悠璃はずっと私の甘さを見抜いていた。中途半端で、向き合う覚悟のない私を。

「桜花には大切な人、いる？」

「子供かな」

それだけは譲れない。恵が言っていたことの意味を理解する。今、恵の問いに一瞬でも躊躇したなら、私は立ち直れなかっただろう。

「なら、大切だって、大事な宝物だって、伝えてあげて。思ってるだけじゃ駄目。言葉で、態度で伝えてあげなきゃ、信頼なんて構築できないから」

子供のことを何よりも大切に思っていた。でも、思っていただけ。私の言葉、態度、行動、その全てが想いを否定して、あの子、雪兎のことを傷つけてきた。

十六年間もずっと。今になって突然向き合おうとしたって、これまで積み重ねてきた負の信用が邪魔をする。悠璃と私ではスタートラインが決定的に違うことにようやく気づく。悠璃と同じようにいくはずがない。私はずっと後方にいる。

周りを見れば、恵と特に親しかった数人が優し気にこちらを見ていた。

「恵、アンタ良い女になったね」

「あのとき励ましてくれた皆のおかげだよ」

「あーあ。私も帰ったら久しぶりに旦那誘ってみようかなぁ」

「うちもさっきメール来てた。出掛けるときは、そっけない感じで気にしてないフリしてたのに、あの人も可愛いんだから」

ワイワイと恵を中心に盛り上がる。さっきまでのような不平不満を口にすることはない。いつのまにか愚痴は惚気に変わっている。

「そっか。そうだよね。私も頑張るね恵」

皆に挨拶を済ませて、一足早く同窓会を後にする。一刻も早く会いたかった。

雨に濡れるのも気にせず、急いでタクシーを拾う。

母親失格の烙印を押された私が、十六年間を取り戻す為に。

◆

忌まわしき過去の記憶。思い出したくもない過ちの記録。

「行こ。こんなところにいたらユキちゃん、殺されちゃう」

「――はい」

息子が、私ではなく雪華の手を取る。ショックで頭が真っ白になり、その場にへたり込んだ。悠璃は何も言わない。雪華の言葉通りだったから。

「……なん……で」

掠れたように声が出ない。止めて、連れていかないで！　必死に手を伸ばすが、息子は振り向かず、ただその小さな背中が、私を否定する。

そっか、私、見限られたんだ。その事実が重くのし掛かり、嗚咽が漏れた。

「どうして姉さんは——！」

私に激高して言葉を投げつけようとする雪華を、横に小さく首を振って、息子が制止する。そんな息子を悲し気に見つめて、雪華は言葉を呑み込んだ。

妹から向けられる敵意。もしかしたら、もう二度と息子と会えないかもしれない。なのに私はその場から一歩も動けずにいた。

「さよなら」

——それから一ヶ月もの間、私達が顔を合わせることはなかった。


「どうしたの母さん？　なにかあった？」

「少しの間だけこうさせて」

子供達が生まれた頃を思い出していた。小さな手が、私の指をギュッと摑む。

幸せだった。世界で一番。疑うことなくそう信じられた。この幸福を決して手放さないよう、良い母親になろうと誓ったはずだ。

何もかもが初体験の連続。でも、毎日が楽しくて幸福だった。子育ての勉強をして、色んな体験談や経験談を見て聞いて実践してきた。

なのに、どうして忘れていたのかな。後悔ばかりが押し寄せてくる。悠璃のときはちゃんと覚えていたのに。この子にも、もっとこうしてあげれば良かった。

抱き締めることで安心感を与えられる。愛情ホルモンと呼ばれるオキシトシンが分泌されることだって、知っていたはずだ。

私に幸福をくれたこの子に、私は何をしてあげたの？　早々にミルクに切り替え、抱き締めたことだって、悠璃と比較すれば、あってないようなもの。悠璃にしてあげたから、この子にはしなくていい。そんな理屈なんて成り立たないのに。

抱き締めた息子の身体は温かい。今こうして私の前にいてくれること、それが奇跡に思えてならない。悠璃がスキンシップを取りたがるのも、この子が生きていることを実感したいから。もう一度失うことを何よりも恐れている。

目を丸くして不思議そうにしている。雪兎が驚くのも無理はない。

突然、同窓会から帰宅したかと思えば、濡れ鼠で、ストッキングは伝線し、ヒールも折れている。年甲斐もなく無理をして、我武者羅に走った代償。

そんな母親にいきなり抱き締められれば、心配するに決まっている。

あの日から、ただ息子を恐れていた。ハッキリと言葉にされることが怖かった。私なんか要らない、こんな母親必要ない、大嫌いだって。

今でも悪夢と共に思い出す。あの日、私が決定的に間違った選択。

なんとしても追いかけて、どんなに無様に追い縋ってでも、私がこの子を必要としていることを、ちゃんと伝えて、証明するべきだったんだ。

見限られたと私が思っていたとき、雪兎は、引き止めない私を見て、見捨てられたと思ったはずだ。笑ってしまうような、残酷なすれ違い。

あのとき、雪華は私を心底軽蔑したんだと思う。

その後も、私は懲りずに同じ過ちを何度も何度も繰り返した。

ある年の授業参観。重要な打ち合わせがあり、仕事でどうしても参加できなかった。だから雪華に代わりをお願いした。寂しい思いをさせたくなかったから。

思いがけず打ち合わせは順調に終わり、取引先の男性に誘われるまま食事に向かう。偶然にも、そんな姿を雪華に見られていたとは知らずに。

後ろめたいことは何もない。あくまでも仕事上の付き合いがあるだけだ。

それでも、雪華からしてみれば、そんな私の姿は、仕事があるからと子供の授業参観を自分に任せて、男と暢気に食事を楽しんでいたようにしか見えなかった。

あれ以来、私が雪兎の授業参観に参加したことはない。雪華が許さない。

そんなことばかりしていれば、信頼を失うのは当然だった。

「ちゃんと母親してあげられなくて、ごめんね」

「お釣りがくるほど間に合ってます」

「お願い。……もう一度だけチャンスが欲しいの」

「そんな権限、俺にはありませんが……」

まるで浮気した女のテンプレのような発言をしている自分が嫌になる。

「こんなんじゃ毒親だよね。……未熟なまま母親として成長できなかった」

「何が？　それより早くお風呂に入って着替えないと、風邪引くよ」

「私ね、貴方のママからやり直したいの」

「ん？」

「今から一緒にお風呂入りましょうか」

「んん？」

「私は貴方のことを大切に思っているわ。誰よりも、何よりも。だから――」

そっと両手を息子の頬に添える。近くで見る息子の顔は、いつの間にか可愛いだけじゃなくて、とても凛々しく格好良くなっていた。睫毛も長くて、その吸い込まれそうな瞳に、思わずドキリと胸が高鳴り、ゆっくり引き寄せられていく。

「どうしたの母さん？　だんだん顔が近く――ん――ん――ん!?」

やっぱり母さんと姉さんって親子だよね（白目）

口に出すのも憚られる体験をしてしまった。これが所謂、墓まで持っていくというやつなのかもしれない。え？　ご想像にお任せします。

昨夜、同窓会から帰ってきた母さんだが、何を思ったのか急にママからやり直す宣言をしていた。ママからってなに？　それって、やり直せるものなの？

母親とは言ってみれば後天的に就くセカンドジョブ、サブクラスのようなものだ。俺や姉さんからしてみれば、母さんは母さんという存在だが、母さんの同級生にとってはただの九重桜花だ。同窓会という母親の役割を気にしなくて良い場で、思う存分リフレッシュしてきて欲しかったのだが、何故かママになるという謎のサプライズが待っていた。迷宮入り待ったなし。

「おや、アレは？」

日曜日。武者修行からの帰り道、俺は思わぬモノを見つけることになる。

邪気を祓い食べれば不老長寿になるそうな。ゲームなどでネクタルが回復アイテムとして登場するのも頷ける。桃源郷という言葉があるように、古来より神聖な果物とされていた桃だが、そんな桃を片手に俺は途方に暮れていた。

帰宅がてら、お土産でもと思ったのが失敗だった。

「買いすぎたか……」

本来、桃の旬は夏だが、「早生」といって収穫時期が早い品種は、この時期から出回る。その逆が「晩生」だ。農家のおじさんが直接販売していた桃を、ついつい買ってしまったのだが、うっかりおじさんの身の上話を聞いたところ、サービスされてしまった。幾らなんでも数が多すぎる。我が家は三人家族だ。

「あら、こんにちは」

「キャッチは間に合ってるんで結構です」

おもむろに車道から声を掛けられ振り向く。すると、そこにいたのはキャッチではなく、バイクに跨るフルフェイスにライダースーツの女性だった。

「あ、女泥棒も間に合ってるんで結構です」

「違うわよ雪兎君。私よ」

バイザー越しの瞳が怪しげな輝きを見せ、ライダースーツの女性がヘルメットを取ると、露わになったのは驚愕の人物だった。

「氷見山さん？」

「まぁ、酷いわ雪兎君。泥棒なんて」

脳が現状認識を拒否していた。おっとりお姉さんの氷見山さんのイメージとはかけ離れている。どう見ても神出鬼没の大泥棒一味にしか見えない。

「バイク乗られるんですね」

動揺を悟られないように当たり障りのない会話で誤魔化す。

「別段、趣味というほどでもないのだけど、昔から好きなの。それに、車だと小回りが利かなくて不便だったりするから」

氷見山さんの意外すぎる一面を知ってしまった。氷見山さんと俺の関係はと言えばメル友である。何故か、やり取りする機会は爽やかイケメンより多い。

「あ、そうだ！　今度雪兎君も一緒に乗る？　ヘルメット用意しておくわね。楽しみだわ。二人乗りでツーリングって、憧れていたの」

「どうしてこんなに不安が付き纏うんだろう？」

日差しの影響だろうか。じっとりと汗が背中を伝う。

「ダイブしてもいいのよ」

「やっぱり女泥棒じゃないか！」

女泥棒なら寸前で回避されるが、こっちはゴールイン一直線だ。白い教会でチャペルの鐘が鳴りかねない。

「それよりも雪兎君、どうしたのそれ？　重そうだけど……」

「あ、そうだ。氷見山さんも食べませんか？　ちょっと量が多くて」

「良いの？　なら、これから家に来ない？　切って一緒に食べましょう」

もう家まで近い。氷見山さんは既にバイクから降り、押していくようだ。

しまった！　油断しているうちに、また自然な流れで氷見山さんの家に行くことになってしまった。俺にとって伏魔殿は危険に満ちている。こうなれば仕方ない。ここは信念に反して嘘をついてでも窮地からの脱却を図ってみせる！

「すみません氷見山さん。俺、この後、予定ないんです」

「なら良かった。やった！　今日はツイてるわ」

バカバカ！　正直者な俺のバカ！


「さっきね、兄さんと会っていたの」

「兄妹仲良くて何よりです」

氷見山さんが桃を切っている間、今日の出来事を語ってくれる。お兄さんがいるというのは初耳だが、俺からすれば、憎しみ合ってないだけで御の字だ。

「仲は普通かな。会ったのも数年ぶりだし。もうすぐ結婚するらしいの。その報告を聞くのに、久しぶりにね」

「おめでとうございます」

見ず知らずの他人だけに、あまり実感が湧かないが、氷見山さんのお兄さんということは、かなりの美男子に違いない。素直に祝福を贈る。

「多忙だから、こういう機会でもないと中々ゆっくりもできないみたい」

「なにをされてる方なんですか？」

「そうね、お役所勤めといったところかな。これでもうちは、祖父も、両親も、兄さんも、私以外は皆優秀なのよ？」

「そんなことないですよ」

「ううん。私だけが前に進めずに、何年間もずっと停滞してきたから……」

その自虐的な言葉には、深い諦めが宿っていた。

「じゃあ俺と同じですね。母さんも姉さんも優秀で、俺だけが無能なので」

「そ、そんなことない！　君はいつだって一生懸命だもの」

アタフタと急にオロオロし出した氷見山さんが駆け寄ってくる。

一生懸命。とはいえ、それが評価されるとは限らない。

どれだけバスケの練習を頑張っても、試合に出られなければ無意味だ。それで周囲の期待を裏切れば、戦犯扱いされても仕方ない。

勉強を頑張っているのだって、深刻な内申点の穴埋めをしているにすぎない。同じ成績なら、とてもじゃないが成績以外の部分で俺は選ばれない。

そこには何もプラスが存在しない。いつもいつもマイナスを埋めているだけ。それでも埋めきれているかは怪しいが、そうしないと生きていけなかった。

或いは恋愛だって、そうかもしれない。まずはマイナスを埋めなければ、その資格さえ持つことが許されない。

普通に憧れた。人と関わることに疲れていた。だからこそ、陰キャぼっちを目指していたのだが、氷見山さんも同じなのかな。

どうしていつも、こうして気に掛けてくれるんだろう？

同気相求。その不自然なまでの優しさに、理由を求めた。

「ごめんなさい、つまらない話をしてしまって。さ、切り終わったわ」

ひょっとして、俺は氷見山さんに会ったことがあるのかな？

今になって、そんな疑問がよぎる。敢(あ)えて気づかないフリをしてきた。

出会った当初から親愛度は振り切れていた。流石(さすが)の俺も違和感くらい覚える。

だが、もし過去に出会っていたとしても、なら何故、氷見山さんも初対面であるかのように接しているのかが分からない。それをおくびにも出さずに。

だから触れなかった。俺は思い出せないし、氷見山さんが初対面でありたいと思うなら、それが互いにとって最も適切な距離感だ。

思い出せない。思い出したくない？　もしかしたら、忘れてしまった過去の一片に、氷見山さんはいたのかもしれない。

辛(つら)い過去は、忘れなければ、消さなければ、とてもじゃないが持たなかった。いつまでも、覚えていられなかった。

一生懸命。まさにその言葉通り、今を生きるだけで精一杯だ。

過去を振り返ることも、未来に思いを馳(は)せる余裕もない。

だからきっと、いつまでも俺達(たち)は知らないまま互いを偽り続ける。

——それがただ一つの正解だと嘯(うそぶ)きながら。

「美味(おい)しいね。こんなに頂いて良いの？」

「はい。ボーナス特典で多めに入手したようなものなので」

一心不乱に桃を食べる。どんなに魅惑的でも決して隣の桃を食べてはいけない。

九重雪兎がんばえー！　お預けされてる犬の気持ちになるですよー。

「あの……仙桃がですね……」

「仙桃？　それって、仙人が食べたりする桃じゃなかったかしら。これは普通の桃だと思うけど。……どうしたの雪兎君、汗びっしょりよ？」

薄着のこの季節。寄りかかられた二の腕には桃どころか、その仙桃……もとい先頭の感触もさえもダイレクトに伝わってくる。緊張で味がしない。

「けしからん桃だなと」

どういうわけかこの氷見山さん。俺に対する好感度が覚醒アイテムなしで上限突破している。そのうち宗教の勧誘にでも誘われないかヒヤヒヤだ。

「ところで雪兎君は晩生の桃は好き？」

「桃はなんでも好きですよ」

「良かった。熟れた桃でも大丈夫なのね。みんな若い方が好きだから」

「すわ、巧妙な誘導尋問!?」

そこはかとなく、二の腕に掛かる桃の圧力が増したような気がする。

「いつでも食べて良いんだからね」

「ちょっと、お腹(なか)いっぱいだな」

おかしいな。夕飯前だけどお腹いっぱいだぞ？

「残念。でもまた機会はあるわよね。——こうしてまた出会えたんだもの」

笑顔の裏で、その声が何処かとても寂しそうだった。


「あの……仙桃がですね……」

夕食後、今度は自宅のリビングで桃を食べる。

「仙桃？　なに言ってるんだか。普通の桃じゃない」

「少し季節は早いけど、とても甘くて美味しいわ。ありがとう」

ソファーの両隣に、お風呂上がりの母さんと姉さんを侍らせている。

薄着のこの季節。寄りかかられた二の腕には桃どころか、その仙桃……もとい先頭の感触もさえもダイレクトに伝わってくる。緊張で味がしない。

結局この桃って美味しいの!?　未だキチンと味わえない俺です。

はかったように数時間前と全く同じシチュエーションが展開されていた。

ははーん、なるほど。さては内通してるな？

俺の知らないところで、どうやってイジメようか意思の疎通が図られているに違いない。

まんまとその思惑に乗ってしまったというわけだ。

「その……けしからん桃、なんとかなりませんか？」

「なんのこと？」

「なんのことかしら？」

白(しら)を切る外道共。遂(つい)に俺はブチ切れた。ガタリと立ち上がる。

「そっちがその気なら氷見山さんみたいに美味しくペロリと召し上がっても良いんだぞ！　こっちはお腹ペコペコなんだからな！」

「どうしてアノ女の名前が出るわけ？」

「どういうこと？　美咲(みさき)さんと何かあったの？」

「あっ」

まさに口は禍(わざわい)の元。要らぬ対抗心に火をつけてしまった。

「そんなに食べたいなら私になさい。オバサン達と違って今が旬だから」

「若くて青いのは甘さ控え目だから駄目よ」

「あくまでも言葉の綾(あや)というやつで、その……」

あれ？　思ってた反応と違くない？

「お腹壊してないか見てあげるから」

「それで、ホントに召し上がったの？」

一度も桃をちゃんと味わえないまま寝室まで連行される。

え、その後？　口は禍の元だからさ。詳細は差し控えさせていただきます。

◇

「大変申し上げにくいのですが、ここは俺の部屋では？」

「知ってるけど」

「怒濤の開き直り、潔いね」

「ありがと」

「褒めてないんだけどなぁ……」

どういうわけか、今日もまた入浴を済ませた姉さんが俺の部屋で寛いでいる。

上気した姿は何処か艶っぽい。自分の部屋と間違ったわけではないらしい。

あまりにも堂々としているので俺が間違っているのかと一瞬疑問に思ったが、どうやら俺は正常だった。

姉さんはとてつもなく過保護だ。俺を三歳児か何かと勘違いしている節がある。

過去に色々とあった所為かもしれないが、だからといって、このような横暴は許されない。ベッドで寝そべる姉さんのお尻が目に入り、サッと視線を逸らす。

幾ら姉とはいえ女性である。クソ、そんな薄着でこの俺を動揺させようっていうのか！

このサキュバスめ！　あと、なんでホットパンツなんだよクソ！

「そういえば、私また胸が大きくなったんだよね」

「その男子禁制トークに俺の付け入る隙などありはしない」

「ブラも新しくしないといけないし、後で測ってね」

「Ｗｈｙ!?」

思わず、素っ頓狂な外国人のような反応をしてしまったが、俺にバストサイズを測れだって!? 姉の横暴が留まるところを知らない。ラノベのタイトルっぽい。どうしたことか姉のブレーキが破壊されているが、リコールは利くのだろうか？ 自動運転の早期実用化を願うばかりだ。

「一応、一応参考程度に聞いておきますが、何カップなんでしょうか？」

「Fよ。でも、キツくなってきたからGになってるかも。良かったわね」

「俺が喜ぶ要素どこにあるの？」

「期待しててね」

「うわぁい」

俺の目は死んでいた。死んだ魚のような目をしていることだろう。魚群探知機でも察知することはできないに違いない。

「アンタさ、エッチな本とか持ってないの？ この部屋、何もないよね」

「言動までサキュバスか」

「は？ 吸うぞコラ」

「何を!?」

天敵に睨まれたハムスターのようにプルプル恐れ慄いていると、電話が鳴る。

スマホではなく固定電話だった。今の時代、固定電話に掛かってくることの方が珍しい。内閣支持率の調査かな？

「俺が出ます」

サキュバスの魔の手から抜け出してリビングに向かう。相手を確認するが、見覚えのない番号だった。

「もしもし九重ですけど」

『あ、私、主任——じゃなくて、桜花さんの同僚ですけど、今、大丈夫でしょうか？』

「どうしました？　今日は飲み会と聞いてますが」

『えっと、貴方は雪兎君かな？　あのね、主任が君に駅まで迎えに来て欲しいって言ってるんだけど、大丈夫？』

「母さんが？　タクシーは駄目なのでしょうか？」

『うーん、私もそう思うんだけど、主任が君に来て欲しいって言うから。酔い潰れちゃったみたい。なんとか一緒に帰ってきたんだけど、このまま一人で帰るのは危ないし、連れて帰ってあげて』

「そうでしたか。分かりました。今から向かいますね」

『うん、待ってるね』

母さんが酔い潰れるなんて珍しい。というより殆ど聞いたことがなかった。

普段、あまり飲み会などには積極的に参加する方ではないが、最近は社員の多くが在宅ワークに切り替わっていることもあり、会社での交流というのが減っているらしい。それもあって、飲み会が企画されたと母さんが言っていた。

それにしても、迎えに来いというのは意外な申し出だ。母さんならタクシーを呼んでそのまま帰ってきそうなものだが……。

ま、気にしてもしょうがない。俺は、姉さんに一声掛けると、着替えて駅に向かって歩き出した。

「すみません、お待たせしました」

「君が雪兎君？　初めまして、私は主任の部下で柊遥です」

駅に着いてすぐ、聞いていた場所から少しばかり離れたところで二人は座って待っていた。見るからに母さんはグッタリしている。仕事中はいつもピシッとしている母さんにしてはそれも珍しい光景だった。

ほのかにアルコールの匂いがするが、柊さんはそこまで酔っていないらしい。

顔立ちを見ると、母さんよりかなり下に見える。とても若い。大学生だと言っても通用しそうだ。

「連れてきてくれてありがとうございます」

「あ、気にしないで！　主任のお願いだし。あと、ちょっと雪兎君に話したいことがあって」

「俺にですか？」

ベンチに座っている母さんから少しだけ離れる。聞かれたら不味い話なのだろうか？

今の母さんを見ていると、そんな余力はなさそうだが……。

「いつもは主任も酔ったりしないんだけど、なんだかとても機嫌が良かったの。それで、つい飲みすぎちゃったみたい」

「そうなんですか？」

「雪兎君と仲良くなれて嬉しいって言ってたよ」

「喧嘩なんてしていませんよ」

「うーん、詳しくは知らないけど、悩んでいたみたいだったから」

そんな風に話す柊さんの視線が一瞬、鋭さを増す。

「それでね雪兎君。君に聞いて欲しいことがあるの」

「はい？」

「主任、桜花さんって美人でしょう」

「そうですね。息子の俺から見てもそう思います」

母さんが美人なのは俺が一番よく知っている。体形も全然崩れていないし、いつまでも若々しい。それでいて、どういう心境の変化か、ここ最近は姉さん同様スキンシップが苛烈になってきており、思春期のＤＴボーイたる俺はいつも雑念を払うのに四苦八苦しているのだった。

「だからね、主任は会社でとても人気があるの」

「そうなんですね」

「今日なんて、主任が酔い潰れるのなんて珍しいから、男共が寄ってきて大変だったんだから」

「お手数をお掛けしました」

「それはいいんだけど、言い方を変えるね。雪兎君にとっては聞きたくない話かもしれないけど、主任を狙っている人が多いってことなの」

「えっと、それは再婚っていうことですか？　俺は母さんが望むなら再婚に反対する気はありません。多分、姉さんもそうじゃないかと」

「真剣なお付き合いだったら良いんだけど、要するに身体だけってことよ」

「それは……」

「酔った主任にセクハラしようとしたり、お持ち帰りしようとしたりね。もうこればっかりは主任の美貌が悪いんだけど」

「あまり気分の良い話じゃないですね」

「でしょう？　だからしっかり守ってあげてね！」

「俺がですか？」

「普段はしっかりしているから大丈夫だろうけど、今日みたいなときはね。そういうこともあるかもしれないってこと。主任にはきっと君だけが頼りだから」

「さっきも言いましたが、母さんが再婚するつもりなら俺は反対しません。勿論、身体だけの相手とかは勘弁ですけど」

「うーん。そんなつもりないと思うよ？」

「はい？」

母さんは美人だ。会社でモテるのも当然だ。俺はいつか母さんが再婚することもあると思っていたし、それに反対する気もなかった。けど、まさか再婚の話じゃなくて、母親がただ性的に狙われているなどと聞かされるとは……。

「主任、いつも君のことばかり気にしているし、それにあの顔はどちらかというと――って、これ以上は私が言うことじゃないわね。主任のこと、ちゃんと見ていてあげてね！　じゃ、私も帰るから」

サラッと爆弾を投げつけて柊さんは帰っていく。いったい最後に何を言おうとしていたのだろうか。意味深な台詞(せりふ)が気になるも、分かりそうもない。

母さんに視線を戻すと、ふわりと幸せそうな目をこちらに向けていた。

「さて、帰りますか」

「ごめんね。迷惑かけて」

「良いよ。これくらい」

母さんに肩を貸しながら、二人きりの帰宅。家まではそう遠くない。タクシーを拾おうとしたら母さんに止められてしまった。歩いて帰りたいらしい。

健康の為(ため)だろうか？　スタイルを維持するのも大変だよね。

「さっき、柊となにを話してたの？　まさか告白されたとか!?　部下となんて、ゆ、許さないからね！」

「初対面でいきなり告白とかないでしょ」

「そんなの分からないじゃない。魅了の魔眼持ってるし」

「初耳ですけど!?　持ってないし。あと、それ絶対に皆、不幸になるやつじゃん」

「じゃあ、なんであんなにモテるの？」

「母さんの子供だからじゃないかな」

「えっ？　そ、そう。私の所為なんだ……」

「だって母さん、モテるんでしょ？」

「もう歳だし、そんなことないわよ」

「柊さんが男共に狙われて大変だったって言ってたけど」

「あはは……。そっか。ごめんね、嫌な気分にさせたよね。今日はちょっと飲みすぎちゃったから。普段はそんなことないんだけど。そういうときに狙ってくる奴なんて結局誰でも良いのよ」

「母さんが再婚するつもりなら反対しない。でも、そういう相手は勘弁かな」

「私だって、そんなセフレみたいな相手は嫌よ。それに、再婚なんてしないから」

「どうして？」

「雪兎がいるじゃない」

「説明になってないと思う」

「いいの。今はそれだけで幸せだから」

「ちょっと、あんまり動かないで。柔らかい何かが当たってるし！」

「当ててるの」

母さんが何処となく悪戯っぽい笑みを浮かべながら身体を寄せてくる。

今までこんな風に接したことなどなかった。おかげで俺の緊張感はマックスになっている。夜だというのに、まだまだ気温は高い。暑さによる汗か、それとも冷や汗なのか、早く帰ってお風呂に入りたい。

「そうだ、帰ったら一緒にお風呂に入りましょう」

「Why!?」

素っ頓狂な外国人再びであった。今後の登場は差し控えさせていただきます。

母さんも母さんで無性に過保護である。母親と一緒にお風呂に入る年齢ではない。だから俺は三歳児ではないというのに。

そうだ、何か話題を変えないと……。

「あ、そういえば姉さん、また胸が大きくなったらしいよ」

「あら、そうなの？」

「Gだって」

「ふっ、私の勝ちね。私はHだから」

「衝撃のカミングアウトだけど、張り合う必要ある？」

「あとで、お風呂で見せてあげる。触っても良いわよ」

「しまった！　話題が変わってない!?」

不意に母さんの声が沈んだ。苦し気に言葉を絞り出す。

「──お願い。貴方に触って欲しいの」

「母さん？」

「ごめん。……ごめんね。でも、貴方が優しいから、優しすぎるから！」

落ち着かせるように、背中を撫でる。

「この前ね、乳がんの検診に引っ掛かったの。もしかしたら悪性かもしれないんだって。……精密検査受けないと駄目みたい」

母さんの話は衝撃的だった。そういえば、少し前に酷く辛そうにしていたときがあった。検査結果を見て母さんは苦しんでいたんだ。

小刻みに身体が震えているのが伝わってくる。

「本当はね、ハッキリするまで言うつもりはなかったの。余計な心配を掛けてしまうから。でも、無理だった。弱いね私は。お願い、病院に一緒についてきて欲しいの。貴方がいれば、どんなことだって怖くないから。私に勇気をちょうだい」

目を真っ赤にして、母さんが頭を下げる。答えは一つしかない。

「もちろん、一緒に行くよ」

「怖いっ！　怖いよ雪兎(ゆきと)！」

胸の中で母さんが泣いていた。情緒不安定なのは、お酒が原因じゃない。

ずっと独りで抱え込んでいたんだ。不安を誰にも言えず、弱音を吐けずに。

神を呪った。苦しむのは俺でいいはずだ。俺であるべきなのに。

ただ胸を貸すことしかできない無力さに苛(さいな)まれる。

母さんがこうして頼ってくれる。俺は家族の一員として認められたのだろうか。

どっちでもいいさ。少しでも母さんの心が軽くなるなら、手助けできることがあるなら、俺にできることはなんだってやる。

――大切な家族だから。

それから十分ほど、母さんは泣き続けた。

「もうこんな歳だもの。定期的にセルフチェックをした方が良いんだって。胸にしこりがないか、貴方(あなた)も確かめて」

「さ、流石(さすが)にそれは姉さんの方が良いのでは？」

「悠璃(ゆうり)にもお願いするわ。だから、貴方も。ね？」

こう言われてしまえば、反論の余地はない。

俺は家族には逆らわない男、九重(ここのえ)雪兎だ。どんなときだって、いつだって。

空を見上げると、今日も月は変わらずに夜を照らしている。

月は変わらないが、俺は変われているのだろうか。これまで知らなかった感情が胸の中に渦巻いていた。他者との関わりの中で生まれている葛藤。

いつか、この感情が何か知る日が来ることを信じたかった。

「これはどういう……。睦月、貴女は今、苦しんでいるのですか……?」

普段なら一笑に付していた。気に掛ける価値もない。むしろ疑うべきもの。

しかし、そこには、私が抱えていた疑念の答えが記されていた。

決して無視できない事実を目にして、鳥肌が立つ。書かれているおぞましい文字の羅列。目が釘付けになるほど読み込んで、グシャリと握り潰した。

「今に見ていなさい。必ずこの学校から追い出してあげる……」

忌々しい九重雪兎という男。その品性下劣な人間性を改めて目の当たりにして、憎しみはより深く、怒りが激しく身を焦がす。

私にとって、生徒会長の祁堂睦月は太陽だった。誰よりも気高く、誇り高い。凛としていて自らの正義を貫く憧れの存在。快活で優しく、誰に対しても平等で真っ直ぐな清廉とした生き様。彼女の存在をとても眩しく思っていた。

彼女のようになりたいと思っていた。――そんな淡い憧れ。

ライバル心、嫉妬心、そんなものじゃない。昼想夜夢。それは初恋。

いつしか秘めた気持ちは静かに燃え上がり、胸を温かくしてくれる。

儚く綺麗で、誰も穢すことを許さない、私の聖域。

私の家は裕福で、それは一つの事実としてそこにあり、私はいわゆるお嬢様として育てられてきた。だからなのか、奔放な彼女にいつも惹かれていた。

私にとって睦月は、物語から這い出たまさに理想の王子様。

この気持ちを押し付けるつもりはない。私のエゴなんてどうでもいい。

いつか彼女が素敵な男性と出会って、結ばれて幸せになる。そんな当たり前の幸せを隣で祝福することができれば、それだけで良かった。なのに――。

そんな彼女は大きく変わってしまった。最初は耳を疑った。

彼女が一年生に土下座してセフレを促すなどと冗談にしか聞こえない。

でも、それは噂ではなくて。私を絶望の淵に叩き落とすには充分だった。

睦月が土下座している画像を目にして、フラリと倒れかけた。

それから彼女は熱に浮かされたように、いつも誰かを気に掛けている。

一見すればいつもと変わらない。けれど、ずっと彼女の姿を見続けてきた私には、その変化は一目瞭然で。

睦月はそんな人間じゃない！　だから、真実を求めた。

彼女が変わってしまったそのワケを。そして、見つけた。開かれた一端。

弱みを握り、女性を言いなりにする。
睦月を嵌める為に、仕掛けた冤罪。
許せない！　私の理想を穢したあの男を許せない！
あんな奴が同じ学校にいるなんて！　睦月だけじゃない。
その毒牙は、いつしか彼女だけではなく、他の者にまで及ぶかもしれない。
追い出さないと、早くあの男を彼女の前から消さないと！
だから私は――。

「お父様、お話があります」

The girls who traumatized me keep glancing at me, but alas, it's too late.

第四章「悪意のルーザー」

「またこの生徒とクラスですか……」

週明けの職員会議は荒れ模様だった。呆れた様子で校長が苦々しく呟く。

「これは前代未聞の事態ですよ校長先生！」

「学校の恥にも程がある。とんだ生徒を引き受けてしまいましたね」

その存在を良く思っていない何名かの教員が同意する。

「不審な様子はあったのですか藤代先生？」

「一切ありません」

藤代小百合は言い切った。藤代にとって、前回のテスト結果は、誇らしいことであり恥ずべきことなどない。だが、若い藤代のクラスが一番だったことにつまらない嫉妬を抱く同僚がいることもまた事実だった。

「試験を監督した他の先生方はどうですか？」

「私のときも怪しい動きをしていた生徒はいなかったと思います」

「流石にこれだけの規模でやったとすれば、隠し通すことは難しいかと」

校長に促されるまま、当時を思い出しながら次々と答えていく。

いずれにしても回答は満場一致で白。ありえないというものだ。

そこに驚きはなかった。もし仮に事実だとすれば、それが意味するところは、試験監督を担当した全員が無能であることを自ら証明していることになる。

事の発端は、週明けにリークされた一つの投書だった。

一年B組で行われたテスト時の大規模な組織的カンニング。

B組の平均点が際立って高い点数だったこともあり、無視できない内容だった。

しかし、確証があるわけでもない。試験を監督した教師のいずれも、そんな様子はなかったと証言している。だとすれば、ただの嫉妬、貶める為の卑劣な嘘として片付けられそうなものだが、主導したとされる生徒が問題だった。

九重雪兎。問題のある生徒として、職員会議でも名前が頻繁に挙がっている。この生徒ならば、不正を犯しかねないという先入観が、目を曇らせる。

「呼び出して厳重な監視の下、問題を解かしてみては？　暴いてやりましょう」

「限りなく黒に近いグレーですなぁ」

「誹謗中傷の件もあります。校長先生、処分を検討しても良いのでは？」

事実無根という判断にもかかわらず、擁護する者は殆どいない。安東は目を逸らし、孤軍奮闘しているのは、藤代と三条寺涼香だけだった。

「先程、試験を監督した全員が不審な点はなかったと証言しています。何故そうなるのか納得できません！」

「疑わしいからといって、証拠もなく罰するのは私も反対です。我々大人がそのような短慮を起こしてどうするのですか？」

　叱責とも取れる物言いの三条寺を校長が諭すように宥める。

「しかしね、このような投書をされる時点で、問題なのですよ。世間から不評を買うような人物であることに変わりはないのです」

「困りましたなぁ。これ以上、学校に迷惑を掛けて欲しくはありません」

「どうしました？　三条寺先生らしくない。本来は貴女がキチンと指導すべき対象だと思いますが……」

　各々困惑を口にする。三条寺涼香という教師は極めて優秀で公明正大だ。不正を許すような性格ではないことを周囲はよく理解していた。

「これの何処に正当性があるのですか！」

「落ち着いてください三条寺先生。では、こうしましょう。次回の試験では、所持品の厳重検査及び試験監督を二名付けることにします。良いですね藤代先生？」

「……構いません」

　悔し気に唇を噛む。藤代にとって、この決定は屈辱でしかなかった。

「それとこの件は、先生の耳に入れるわけにはいきません。愛校精神がお強いですからな。OBとして許せないでしょう。視察はA組の担当とします」

「待ってください！　それは――」

「藤代先生。B組には優秀な生徒も多い。彼等への悪影響も心配です。腐った林檎は放置しておくわけにはいかないのです」

まるでそれが当然だと言わんばかりの校長を忌々しく睨みつける。

「本気で仰っているのですか？」

「これ以上、学校の評判を貶めることのないように、藤代先生からも厳に注意をお願いします」

呆れたような視線を送りながら、疎ましく、煩わし気に会話を打ち切る。

先程までの紛糾がなかったかのように、次の議題に移る。その場に大きな禍根だけを残して。

◆

「九重、麗嘉のこと、すまなかったな。また将棋でもしよう」

「アンタ、囲碁部だろ」

藍原先輩が苦笑しながら去っていく。わざわざ一年の教室まで礼をしに来る辺り、真面目な良い人だ。藍原先輩と言えば、囲碁部の部長ながら将棋も滅法強く、俺はフルボッコにされた。『王』だけを残して嬲り殺しにされた恨みは忘れない。

「幾らなんでも顔が広すぎじゃないか？」

「何処がだ？　どう見ても普通だろ」

熱血先輩の紹介で、ここしばらく藍原先輩とその想い人、周防先輩の恋愛相談に付き合わされていたのだが、爽やかイケメンが心外なことを言ってくる。

「いいか？　不定形なものを測るにはまず三角形に分りて、ヘロンの公式を使って合計すればだな」

「顔の面積の話をしてるんじゃない！　全く、お前の何処がぼっちなんだ。そろそろ各方面から怒られろ」

分かっちゃいない。分かっちゃいないぜ爽やかイケメン。

お前に現実を見せてやる。俺のぼっちっぷりを聞いて驚くなよ？

朝はまず悠璃さんと一緒に登校するだろ。昼は女神先輩に参拝するか、教室で灯凪や汐里に捕まるかのどっちかだ。なんなら会長がやってくる可能性も捨てきれない。放課後は部活だし、それ以外でも大抵誰かに絡まれている。家に帰れば俺のプライベート空間を侵食することに心血を注いでいる母さんや姉さんから精神攻撃を受け、迂闊に外に出ようものなら氷見山さんに発見される。

「俺の何処がぼっちだ！」

「こっちの台詞だ！」

くだらない言い合いをしていると、帰り支度をしていた正道が声を掛けてくる。

「雪兎君、今度一緒に夕飯どうかな？　父さんと母さんもまた来て欲しいって」

「ん？　母君もなのか？」

「うん。……これでも家族だから」

「そっか、じゃあ都合の良い日にでも呼んでくれ」

「分かった！　ありがと。じゃあね！」

　正道は帰宅部だが、それもしょうがない。とてもそんな余裕のある状況じゃなかったが、ようやく落ち着いてきたようだ。バスケ部に誘ってみるのも良いかもしれない。

「御来屋、だいぶ明るくなったな」

「一時はどうなるかと思ったが……。とりあえず部活行くか」

◆

「私の生徒が腐った林檎だと？　ふざけるなよあのジジイ共！」

「藤代先生、飲みすぎは控えてくださいね。明日に響きますから」

　憤りが収まらない藤代の背中を三条寺が優しく摩る。職員会議の後、藤代を心配して三条寺が誘い、二人は食事に来ていた。

　藤代は酎ハイを一気に呷ると、頭を下げる。

「すみません。三条寺先生を巻き込んでしまって」

「良いんですよ。私も同じような気分ですから」

　こうして二人で食事をするのは初めてだった。まだまだ新任の藤代からすれば三条寺は雲の上の存在であり、これまで近寄りがたい相手だった。

「三条寺先生の立場も悪くしてしまいました」

思わず恐縮する。キャリアも大きく違う。若造の自分に親身になってくれる三条寺に、本来教師とはこうあるべきだと漠然と理想を重ねてしまう。

「そんなことですか。構いません。いずれ彼等も理解するでしょう。そしてそのときになってからでは遅いのです。——本当に何処までも愚かな人達」

三条寺のただならぬ様子に藤代は思わず息を呑んだ。

「三条寺先生、貴女は……」

「恥ずかしい話ですが、昔は私もあちら側の人間でした。人を見る目がなかったのね。もしあのままなら、きっと私も一緒になって非難していたでしょう」

過去に何があったのか、触れる勇気は今の藤代にはなかった。きっとこのような酒の席でする話でもないはずだ。

「……いつか、聞かせてください」

「えぇ。そういえば、初詣に行ったとき、おみくじを引いたんです。私の人生に転機が訪れるとありました。疑わしく思っていましたが、今日、自覚しました。今がそのときだと」

「なんだか恋愛運みたいな話ですね。私はそっち方面はからっきしですが」

「そうかもしれません。私が逃げた先に、待ち人は現れた。これも運命なんでしょうね。

こんなことが起こるなんて思ってもいなかった。もう一度だけ機会をくれたことを感謝しています。きっと彼女も……。藤代先生、何も心配要りません。今後何があっても生徒達を信じてあげてください。それだけで大丈夫ですから」

「……三条寺先生のこと誤解していたかもしれません」

頭の固い融通の利かない相手だと思っていたことは内緒だ。

「ふふっ。そうですか？　私なんて、この歳になっても未婚で家に帰ったら飼い犬に癒される、そんな寂しい女です」

「こんな良い女を放っておくなんて、世の中の男はどうかしてますよ」

「ほら、藤代先生も元気出してください。でも、そうですね。もしかしたら、運命の出会いは、もう既にしているのかもしれませんよ？」

「それはどういう……？」

予言めいた三条寺の言葉が、藤代の脳裏に焼き付いていた。

◇

「本当にすまなかった！　守り切れなかった私の落ち度だ」

朝、小百合先生が教壇に額が付きそうなほど、頭を下げて謝罪している。

小百合先生を責める気にはなれない。むしろ、こうして真正面から生徒に頭を下げられる小百合(さゆり)先生こそ大人だ。立派な先生だよね。

「先生、私達はカンニングなんてしてません！」

「頑張ったのにこんなの酷(ひど)い……」

「何かと思えば、諸事情ってこれかよ……」

「どうしてユキばっかり、こんなに悪く言われなくちゃならないの？」

非難の矛先が小百合先生に向かうが、やるせない気持ちなのは先生も同じだ。

「それは分かってる。職員会議で議題に出たが、誰も真に受けてはいなかった。だから、お前達に伝えるつもりはなかったんだが……」

小百合先生が経緯を話してくれる。事の発端はシンプルだ。

前回のテストで不正があり、職員会議でそれが議題になった。しかし証拠もなく、その情報の信憑性(しんぴょうせい)も極めて低いことから、俺達には伝えられなかった。

一方、不祥事を避けたい学校側の意向で、視察を諸事情という形で他のクラスに変更することにしたそうだ。

ここまでが一連の流れだが、ここでイレギュラーな事態が発生する。ここにきてＳＮＳで同じ情報が流れた。それにより俺達の知るところとなったのだが、なにやら大規模な組織的カンニングがあり、その主犯はもちろん、この俺、九重(ここのえ)雪兎らしい。

自作自演で散々炎上したこともあり、未(いま)だ完全に鎮火したとは言えない中、この追い炊きだ。九重雪兎悪人伝説にまた新たなる一ページが刻まれた。

　それにしても、俺の陰キャぼっち計画に協力してくれる善意の第三者がいるとは、世の中まだまだ捨てたものじゃない。この調子で頼むぞよく知らない人！

「それで、学校の評判を貶めることのないように。ですか」

「あぁ。胸糞悪い。どうしてお前達が悪く言われなくちゃならない。疑ってないだと？　だったら変更する必要ないだろうが」

　毒づく小百合先生の表情はとても悲しそうだった。先生の言うことは尤もだ。視察先を変更したということは、学校側としては生徒を疑っていると暗に認めているようなものだ。諸事情とやらが何を指すのか容易に結びついてしまう。

「公になって先生方も慌ててるみたいだがな。フン、良い気味だ。何が腐った林檎だ。私の生徒を嘲笑ったこと、絶対に許さないぞ、絶対にだ！」

　俺がこの学校における全自動評判下げ下げマシーンであることは明白だが、こうなると見て見ぬフリはできない。

「俺が原因で皆に迷惑を掛けてしまったと」

「それは違う。お前は何もしてないだろ」

　ひっそり生きようと思っていたのに、どうしてこうなっちゃうの？

　しかし、ケジメは付けなければならない。

「申し訳ありませんでしたぁぁぁぁぁあああああ！」

　盛大な土下座を披露する。テストで皆が頑張った成果を俺が台無しにしてしまった。俺個人の謝罪で許されることじゃない。切腹も辞さない覚悟だ。

「そうだ！　なら学校をやめれば良いのでは？」

こんな簡単なことを忘れていたなんて、俺も耄碌したものだ。俺が学校をやめればこれ以上、評判を貶めることもないし、小百合先生が嫌味を言われることもない。クラスメイトも正当に評価されるようになり万事解決。既に俺といえばこの学校最大の汚点に他ならないわけで、誰もが笑顔になれるＷｉｎ‐Ｗｉｎの提案だ。

母さんには迷惑を掛けてしまうかもしれないが、土下座して足でも舐めれば許してくれると思う。最近、以前にも増して妙に優しいし。

待てよ？　更に良いことを思い付いた！　冴え渡る頭脳。なんならこの際、家を出よう。仕送りなんて要らないさ。なんとかなるなる成瀬川。母さんも喜んで賛成してくれるに違いない。俺は離島で蜜柑でも育てて暮らすことにするよ。

メリットしかないこの完璧な計画を披露していると、皆が集まってくる。

「じゃあ、私も学校やめる」

「は？　何を馬鹿なこと言ってるんだ。そんなこと茜さんが許すはずないだろ」

「私もやめる！　一緒に蜜柑作ろうユキ」

「だから何を言ってるんだ君達は」

「忘れた？　私は雪兎を追いかけてこの学校に来たんだよ。だから、雪兎がいないなら、いる意味なんてないよ」

微笑(ほほえ)みながら、灯凪が言葉を紡ぐ。けれど、その言葉には、一片の嘘(うそ)も交ざっていない。じりじりと押されるように視線を隣に向ける。汐里もまた同じような表情を浮かべていた。

「……卑怯(ひきょう)だよね。分かってるんだ。こういう言い方をすれば雪兎が困ること」

「なんで……」

「何度だって伝える。——私は貴方(あなた)が好き。好きだから一緒にいたいの」

灯凪が臆することなくハッキリと口にする。周囲が固唾を呑み、誰も邪魔することなどできない。チェックメイトだと分かっていた。覆せない盤面。だが、足掻(あが)く。無様に、醜く。認めたくない真実が、そこに隠されているような気がして。

「ちゃんと自分の将来を考えろ。こんなことで君達の未来は——」

「なら、雪兎の未来はどうなの？　貴方の幸せは何処(どこ)にあるの？」

考えたこともない質問に窮する。未来。俺にそんなものがあるのだろうか。

将来を思い描くことなんてなかった。今を生きることに必死で、その先に何があるかなんて考えたこともなかった。幸せの在処(ありか)なんて、そんなものは夢物語でしかなくて。俺にあるとすれば、俺が見通せる未来は——。

「野垂れ死んでるんじゃないか」

「させない。私が絶対にそんな未来は認めない」

「お前の負けだ色男。だったら、俺だって学校やめるぞ。どうせお前のことだ。蜜柑なんて育て出したら、新種とか作って大騒ぎになりそうだし、そっちの方が面白そうだからな」

何故か爽やかイケメンも加わる。皆そんなに学校が嫌いなの？

「四人も一気にやめたら小百合先生が大変だろうが」

「気にするな九重雪兎。お前がやめるなら私も退職してやる」

この人達、おかしいんですぅぅぅぅぅぅう！　と、クラスメイトに同意を求めるが、俺の味方は何処にもいない。

「大丈夫ですよ先生。そんなことになんてなりません。それにすぐに雪兎が解決してくれます。だって、それが私が好きな――九重雪兎だから」

爽やかイケメンの言った通りだった。絶対的な敗北。分かっていなかったのは俺だけ。灯凪も汐里も。再会した当初はあんなに暗い顔をしていたのに、今では暗さなど微塵も感じさせない。それが成長だとすれば、成長していないのはいつだって、俺だけだ。諦めるように腰を下ろした。一つ深呼吸して息を吐く。

小百合先生に頭を下げさせ、クラスメイトの努力を否定したことは万死に値する。なら、この状況でやることはただ一つ。

「先生の下げた頭が安くないことを思い知らせてやりましょう」

衝撃的なＳＨＲが終わり、おもむろに新聞を広げる。

世間に蔓延る新聞擁護論の一つに、ネットは自分の興味のある情報しか得られないが、新聞なら興味のない情報でも目に入り、情報が偏らないなどと言う。

ぬかしおる。衰退メディアの悲痛な叫びに他ならない。

だいたい新聞を読んでいる人が隅々まで読んでいるという前提は何処からくるのか。テレビ欄しか見ない人もいれば、株価しか興味ない人もいるはずだ。三面記事くらいまでしか読まない人だっているだろう。そもそも新聞自体が偏っていることも忘れてはならない。結局メディアには一長一短があり、この手の擁護論は、なんら新聞の優位性を示すものではないというわけだ。

そんなことはどうでもいいくらいに、案の定クラスは荒れていた。

「カンニングだと？　俺達そんなことしてないってのに！」

「うわっ、酷いことといっぱい書かれてる。九重ちゃん、見ない方が良いよ」

「藤代先生が可哀想……」

「まさか成績が良くて問題になるなんて思わなかった。どうする雪兎？」

なになに、法曹界の女神がまた勝利？　へー、法曹界にも女神がいるんだ。この学校だけじゃなかったんだね。案外、何処にでも女神はいるのかもしれない。

「考え中だ」

何故か灯凪と汐里にギュッと両腕を摑まれる。どうしたん君達？

不安げに、けれど強い意志を秘めた瞳が俺を見つめている。

「一人はダメ。みんなで考えよ。雪兎だけが犠牲になるなんて許さない」

「そうだよ。ユキだけの問題じゃない。私達だっているんだから」

「お前はまた……。いい加減にしろ」

新聞を取り上げられ、理不尽に怒られた。

「そうはいってもなぁ……」

ふと、新聞の地域面が目に入る。

「ひひ……折角、ママに褒められたのに……悲しいな……」

落ち込む釈迦堂を慰めるヒョウモントカゲモドキ。——!? あ、なんだガチャのフィギュアか。ビックリした。最近のガチャって何でもありだよね。ピコーン！

「閃いた！」

「相変わらず漫画みたいな奴だな」

考えを口に出すことを躊躇する。いつだって俺一人なら簡単だ。どんな結果になっても、責任を被ることも、何の葛藤もない。でも、もし——。

「私は貴方が好き。だから雪兎だけが犠牲になることが辛くて許せない。皆も、そうなんじゃないかな。好きだから助ける、友達だから協力する。それだけのことなの。これまで雪兎がしてきてくれたこと。いつだって誰かの為に全力で、いつだって一生懸命な。だから難しく考えないで。貴方は一人じゃない」

周りを見渡す。陰キャぼっちを目指したはずが、逆方向に進んでいる。

どういうわけか、俺の周りはいつも人で溢れている。溜息が零れた。

「これを実行するのは俺だけの力じゃ無理だ。皆の協力がいる」

「雪兎！」

「ユキ！」

腕に抱き着く二人を引き剝がして早速思い付いたことを語っていくと、徐々にクラスメイト達の顔に悪辣な笑みが浮かび始める。

「今、一番学校が嫌がることを考えれば、自ずと答えは出る。正攻法だ」

「担任にあんな真似させやがって。雪兎、思い知らせてやろうぜ！」

「ハハハハ！　九重ちゃんサイコー！　やっちゃえやっちゃえ！」

「うちのお母さんなら二つ返事でＯＫだよ。もともと参加予定だったし」

「ユキ、お父さんでも良いかな？」

「むしろ、学校側としては父親の方が嫌かもな」

「しゃーねーな。俺もちょっと話してみるかな」

「カズのところが来るの久しぶりだね。恥ずかしいけど、僕も仕方ないか」

高橋と赤沼がガッシリ手を握る。実はこの二人、中学時代からの同級生で仲が良いらしい。既に家族に連絡したりと、皆動き出している。

「しかしこうなると、俺だけ知らせないのは無責任か。しょうがない」

背に腹は代えられないというやつだ。皆に協力を要請しておいて、俺だけ何もしないわけにもいかない。手土産を持参してお願いしに行くしかない。

「安らかにお眠りください小百合先生。その無念、俺が晴らさでおくべきか」

「一応、言っておくけど、担任、生きてるからな?」

ツッコミを忘れない。爽やかイケメンって律儀だなぁ。

◆

とても悲しかった。辛くて、苦しくて。どうして忘れていたんだろう?

胸に去来するこの感情が、哀しみであることを漠然と思い出していた。

フラれたときも、試合に出られなかったときも、悲しくはなかった。諦めだけがそこにあって、そういうものだと納得して、ただそれだけだった。

それはきっと、俺が雪華さんの手を取った日、一生分悲しんだからなのかもしれない。

愛別離苦。悲しくて悲しくて悲しくて、いつしか涸れてしまった。

あの日の悲しみが、全てを覆い尽くして、俺は泣かなくなった。

「どうして姉さんはそんな自分勝手なことばかりできるの!」

「雪華お願い！　もう私には時間がないの！」

あの日と同じように、俺が原因で、母さんと雪華さんが口論している。

申し訳なさでいっぱいだった。不甲斐ない自分が疎ましかった。

深い悲しみに包まれる。俺さえいなければ、俺さえ生まれなければ、二人が仲違いすることなんてなかったはずだ。俺の存在が二人の不和を引き起こしている。

この世界に祝福を受け、不幸を振りまく異分子。それがこの俺、九重雪兎。

図々しくもこの場にいることが、居た堪れない。

母さんはとても綺麗で美人だ。優しく子供思いの自慢の母親だ。

でも、よく観察してみれば、少しだけ老けたと思う。それは自然なことで、年相応というには充分若い。それでも、俺という負担、ストレスが、苦労を掛けていることが分かってしまう。お金だけじゃない。母さんの時間、若ささえも搾取している。この上なく邪魔な存在。

「私は変わる。子供達に恥じない、胸を張れるような母親に！」

「どうしてそれをもっと早く、ユキちゃんに――」

こんなつもりじゃなかった。お粗末すぎて言い訳にもならない。

どうして二人が喧嘩することになったのか、それは今から一時間前に遡る。


「つまらないものですが」

「もう！　ユキちゃん、いつも言ってるけど気を遣わないの」

買ってきた高級チョコレートを渡そうとするが、雪華さんに怒られた。

雪華さんが飼っているペットのウサギ、フリードリヒ二世が、ぴょんぴょんと俺の膝の上に乗るとモキュモキュ餌を食べ始める。プリッ。あ、うんちされた。因みにどうして二世かと言えば、二代目だからだ。

「ユキちゃんって、どうしてか昔から動物に好かれるわよねぇ」

「そんなことありませ……あるはずが……あるような……あるかな？」

途中で自信がなくなった。そういえば、公園とかに行くとだいたい鳩に餌を催促されるしな。そんなに都合良く持ってないけど。

「きっと、前世はテイマーね。ユキちゃんってウサギ好き？」

「ウサギですか？　可愛いですよね。俺の名前にも『兎』って入ってますし、なんだか親近感ある気がします」

「そっか良かった。じゃあ逆バニー注文しとくね！」

なにやら納得した雪華さんがパソコンを弄る。逆バニーってなに？　フリードリヒ二世の背後を見てみる。プリッ。あ、またうんちした。

特にフリードリヒ二世とは関係なさそうなので、スマホで検索する。

「待って待って！　落ち着いて話し合いましょう！」

「ユキちゃん、国際政治を見てごらんなさい。話し合いでは何も解決しないの」

「なるほど」

「ポチッとな」

「ぎゃあああああああ！」

容赦なき通販ボタンの一撃に、九重雪兎の断末魔が木霊する。

「アカンやつ、これアカンやつ！　どうする気ですか⁉」

「そりゃあ着るのよ」

「誰が？」

「私が」

「腸内のガセリ菌が不足してきたな。それじゃあ」

「逃がすと思ってるの？」

レベルに差がありすぎて逃げられない！　それによく考えたらここボス部屋だし。ガタガタと震えが止まらない俺と上機嫌な雪華さん。これが格の違いか。

今日、雪華さんのマンションに来たのは、授業参観に来てくれるようお願いするのと、最近、様子のおかしい母さんについて相談したいからだ。姉さんは大抵いつも変なので割愛するが、いったい母さんに何があったのか心配だ。

「ユキちゃん、誘ってくれてありがと。バッチリお化粧して行くね！」

「手加減してください。これ以上、綺麗になられても困ります」

「もう！　ユキちゃんってホントに喜ばせるの上手いよね。このこの！」

いやんいやんと身悶えしている雪華さん。俺にとっては、頭の上がらない人であり、いつもいつもお世話になりっぱなしだ。感謝しかない。

「それにしても、心を入れ替えるねぇ……。姉さん、急にどうしたの？」

「もしかしたら、実はロボだったのかもしれません」

「心を入れ替えるって、そういうことじゃないと思うのユキちゃん」

母さんロボ説については俺も半信半疑だが、だからといって放ってもおけない事態だけに、こうして雪華さんに相談しようと思ったわけだ。

最初は病気の件で不安になっているのかと思ったが、どちらかと言えば、そう、母さんはとても魅力的になっていた。

「変って、具体的にどう変なのユキちゃん？」

改めて聞かれると困ってしまう。明確にこれといった変化があるわけじゃない。しいて言えば雰囲気というか、距離感というか、そんなあやふやなものだ。

「うーん……。なんかこうエロいというか」

「エロい!?」

しまった！　知らず知らずまた余計なことを口走ってしまった。

「違うんです！　あ、そうだ。ママからやり直すとか言ってました！」

なんというか、一から修業するみたいなニュアンスなのが不安を掻き立てる。

「ママからって、それってやり直すものなの？」

「俺もそう思うんですけど……」

困った。流石に雪華さんでも分からないか。母さんがママになったからといって、とりわけ何か弊害があるわけじゃない。ただ俺がドキドキして気が休まらないだけだ。心不全かもしれない。

「姉さんに連絡もしなきゃだし、丁度良いから聞いてみよっか」

「お願いします」

雪華さんがスマホで母さんに電話を掛ける。俺が聞いてもイマイチ要領を得ないが、頭の良い雪華さんなら真意を聞きだしてくれるに違いない。

『あ、姉さん。うん、ユキちゃんから頼まれて授業参観出ることにしたから。――え、なに？　どうして姉さんが？　今更何言ってるのよ！　それにユキちゃんから最近様子がおかしいって――は？　だからママからって何言って……。これまでどれだけ酷いこと――もういい、今からそっち行くから！』

怒り心頭といった様子で電話を切る。どうやら母さんと何か揉めたらしい。俺もこれから帰るつもりだったので、一緒についていくことにする。

「ねぇ、ユキちゃん。最近、何かあった？」

そういえば、昔はよく色んなことを雪華さんに相談していた。俺一人じゃ何も分からなくて、どうにもならないことばかりだった。なんとなく懐かしくなって、思い思いに最近の出来事を話していく。

会うはずないと思っていた人達と再会したこと、偽りではなく本気で告白されたこと、見知らぬ好感度の高い人、様子のおかしい家族に、痴漢の冤罪を吹っ掛けられたり、自転車事故に遭ったり、話題は枚挙にいとまがない。

そんな俺のとりとめない話に、雪華さんが目を見開く。

「ユキちゃん、もしかして君は——」

◆

目の前で母さんと雪華さんが激しく口論している。安易に雪華さんに頼んだことで引き起こした人災。思えば、俺はいつも二人の仲を引き裂いてきた。

俺がいなければ、二人は仲の良い姉妹でいられたはずなのに。

いつか見た光景。二度と見たくなかった衝突。俺の所為で、俺がいるから、俺が原因で、いつもいつもいつもいつもいつも。

申し訳ありませんと何度頭を下げても喧嘩は止められず、まるでそれは火に油を注ぐように状況を悪化させていく。途方もない無力さだけが残っていた。

「行こ。こんなところにいたらユキちゃん、壊されちゃう」

あの日と同じように、雪華さんが手を差し伸べてくれる。自然とその手を取ろうとして、後方から抱き止められた。

「もう貴女にだって渡さない！　愛してる！　私にはこの子が必要なの！」

不思議な気分だった。こんなに必死な母さんを初めて見た気がする。

なりふり構わず、ただひたむきで、真っ直ぐな。

——必要。俺は本当に母さんにとって必要なのかな？

「自分がユキちゃんをどれだけ傷つけてきたか、まだ分からないの？」

「許されるなんて思ってない。一生恨まれたって構わない。それでも、伝えられないまま別れるなんて、このままなんて、もう耐えられないから。教えてあげる。知って欲しいの。私がどれほど貴方が好きか、貴方を愛しているか」

「どうしたの母さん？　え、また!?　だんだん顔が近く――ん――ん――ん!?」

「ちょ、ちょっと姉さん。なにを――!?」

ジタバタと足掻くがビクともしない。次第に酸欠になる。

慌てて雪華さんが引き離しに掛かるが、抱き締められたまま身動きが取れない。

「ぜぇぜぇ……」

二度目は遥かに濃厚で濃密な――。あまりの衝撃に頭痛は吹き飛んでいる。

マズイ……頭がクラクラする。肺が新鮮な酸素を激しく求めていた。

「雪華、私は本気だから。誰よりも、貴女よりも」

まるでそれは宣戦布告を叩きつけるかのようで。しばらく呆然としていた雪華さんが、ハッと我に返る。

「図々しいのよ今更！……負けない。姉さんだけには――絶対に」

雪華さんが対峙する。その瞳には母さんにも劣らない強い輝きを宿していた。

◇

やる気のないＢＧＭがうつらうつらと眠気を誘う。

雪華さんを以てしても解けなかった『母さん様子がおかしい問題』だが、そこで俺はある仮説を考えた。ほら、よく言うでしょ。ストレスの溜めすぎは良くないって。発散しないと身体や精神に変調をきたすという。

もしかすると、母性にも同じような性質があるのではないか？

つまり現在の母さんは母性が溜まりすぎて変調をきたしているというわけだ。

楽観的だが、現状はダダ余りの母性還元セールが行われているにすぎず、発散し終われば平常通りに戻るのではないかと考えている。

早くいつもの俺になんら関心のない優しい母さんに戻って欲しいものだ。

「どうしたんだ？　珍しいな。雪兎がそこまで疲れてるなんて」

「御成敗式目を学び直していた」

「一見、勉強熱心で感心するけど、絶対違う意味だろ」

我が家に限って言えば母性売色欲だ。これには北条泰時も苦笑い。

散々な目に遭うことが日常の俺とはいえども、先日の騒動はその範疇に収まっていない。

このままでは身が持たない！　母さんの虜になってしまう。

そこで昨晩徹夜で考え、家庭内における法律五十一条を策定した。
・一つ、部屋に入るときはノックをしよう

・一つ、寝るときは自分の部屋で
・一つ、お風呂は一人で入ろう
・一つ、服を脱ぎっ放しにしない
・一つ、歯磨きは自分でします
・一つ、過度なお触り厳禁
・一つ、おやつは三百円まで
・一つ、課金は程々に

などなど、至極真っ当なルールばかりなので、これは二つ返事で賛成だろうと意気揚々と提案したのだが、即却下された。返せ！　俺の睡眠時間を返せ！

姉さんなんて酷かった。「下着姿で歩き回らない？　はん、分かった分かった。裸なら良いのね」何も分かっていない。

九重家は三人家族であることから、合議制だとして二人承諾を得られれば議案は通るはずだったのに。……アレ、よく考えたら俺の味方いなく……ない？

「ところで……私がここにいて……良いのだろうか……？」

愕然としている俺の背後から、ひょっこり釈迦堂が顔を出す。相変わらずステルス性能が無駄に高い。気配消す必要ある？

「むしろ今回のキーパーソンだぞ。爬虫類問題が出たら頼むな」

「ひひ……任せて……。でも、出番なさそう……」

しょんぼりな釈迦堂を引きずって、爽やかイケメンと席に着く。

青空が美しい。澄み渡る空。主婦やご老人達も一様に楽しそうだ。

週末、異色の軍団こと俺達三人は、「ちょっと優勝してくる」とばかりに、ご町内クイズ大会に参加していた。このことはクラスメイト全員が知っている。

参加チーム名は聞いて驚け。『二年B組カンニングーズ』だ。

これぞ意趣返しに相応しい素晴らしいチーム名だ。

「クイズ王でもいない限り優勝は確実だな」


――とか、言ってる間にも優勝しました。インタビューとか受けちゃいます。

「そうですね。このチーム名は意味があるんです。実は僕達のクラスは前回のテストで良い成績を修めたのですが、ありもしないカンニングの罪を着せられて不当な扱いを受けています。僕達を信じてくれたのは担任の藤代先生と三条寺先生だけでした。なのに、まさか校長先生達自ら、学校の評判を貶めるような真似をするなんて信じられません。今日は、僕達がカンニングなんてしていないことを証明する為に、こうしてクイズ大会に参加したんです！」

「私達は……無実なのに……疑われて悲しい……」

「あ、次は俺か。えっと……校長先生止めてください。俺達はカンニングなんてしてません！　こうして優勝したのだって、自分達の実力です」

爽やかイケメン、お前演技下手だな。意外な弱点を発見してしまった。

不穏な空気に不味いと思ったのか、インタビューが早々に打ち切られる。

実はこのクイズ大会、地域情報チャンネルのローカル番組で生放送されている。

今まさにテレビで絶賛放映中というわけだ。

偶然、新聞の地域欄に参加募集のお知らせが載っているのを発見して利用することにした。視聴者も少なく拡散性もないだろうが、そこは問題じゃない。

引き攣った笑みを浮かべているインタビュアーには悪いが、今の時代、隠し通せるものじゃない。俺達はさっさと会場を後にして即動画サイトにインタビュー完全版をアップロードすると、クラスメイト達に拡散してもらう。

「こんなんで炎上するか？　イマイチ効果は薄そうだが……」

「その必要はない」

「それが目的じゃないのか？」

俺達がやっているのは単なるお膳立てにすぎない。むしろ騒動が広がることは好ましくないくらいだ。

「考えてもみろ。今回一番怒っているのは誰だ？　俺達が何かしなくても後は任せておけばいい。釈迦堂ならすぐ分かるはずだ。ねー？」

「ねー。ママ……カンカンだったよ……」

「なるほど、そういうことか。可哀想になってきたな……」

「知らん。自業自得だろそんなの。爽やかイケメンのところは来るのか？」

「あぁ。母さんに話したらすごく喜ばれて、恥ずかしかったけどな」

思春期の難しい年頃の子供から頼られれば、親としては嬉しいものなのかもしれない。

「よーし、パパ頑張っちゃうぞー！」なんて、ご家庭もあったんだって。

家庭環境は十人十色だ。聞けば、クラスメイトの中にもギクシャクして殆ど会話のない者もいた。今回のことが切っ掛けにでもなってくれたら、それこそ一挙両得というものだ。綺麗事とはいえ、やっぱりさ、家族仲良くが一番だよね。

そうは言っても、中には理屈の通じない毒親だっているかもしれない。子供にとって有害でしかない親が存在していることも事実だ。仲良くすることが絶対的に正しいとは一概に言えないが、そこは理想を持っておきたい。

「ママは……最初から参加するつもりだったみたい……」

「雪兎はどうなんだ？」

「うっ、頭が……」

ここにきて睡眠不足の影響が。これ以上、思考するのは難しい。おやすみー。

◇

「どうしてこんなことに……」

緊急で招集された職員会議は不穏な気配が漂っていた。

視察も無事に終了し、安心していたところに別の問題が持ち上がる。

ワナワナと震えながら手元の書類を見つめていた校長が、声を絞り出した。

「我々に落ち度などなかったはず……」

何を思ったか、クイズ大会に参加していた九重雪兎の動画は、その発言内容がすぐにも問題視されたが、その時点では多少の混乱で収まっていた。

そもそも大規模なカンニングが行われた事実など存在しない。試験監督を担当した教員への聞き取りでも疑わしい行動など一切なかったと結論が出ている。

疑惑自体がB組への悪質な嫌がらせであることは間違いないが、学校側として、なんら誤った判断をしたつもりはない。問題になるような過失などなかった。

ましてや、校長を筆頭に、教員が自ら率先して学校の評判を貶めるなどあるはずもなく、幾ら擦(なす)り付けようにも無理がある。

あまりにも荒唐無稽な九重雪兎の主張は、その馬鹿げた内容に広く拡散することもなかった。相手にする価値もない。むしろその行動そのものが学校の名誉を著しく棄損していると物議を醸したほどだ。

所詮、ドラマや小説で見かけるようなSNSを利用した圧力戦術など上手(うま)くいくはずがない。思春期特有の全能感に支配された、大人を馬鹿にした幼稚な発想。くだらない浅知恵だと高を括(くく)っていた。事実その通り大した影響などなかった。

しかし、週明け、藤代の報告に震え上がることになる。

「藤代先生、これは……間違いありませんか……？」

額にビッシリと脂汗を浮かべ、どうか嘘であって欲しいと言外に含ませながらも、確認せざるを得ない。

「残りの生徒も最後まで分からないとのことです」

「どうしてこんなことに……」

先程と同じ言葉を校長が呟く。他に言葉を発する者はいなかった。

ようやく気づく。最初から本命はこれだったのだと。傍迷惑な生徒のしでかした愚かで無謀な行為などではない。ウイークポイントを如何に攻めるのか、嫌らしいほど的確、緻密に計算され尽くしている。

「聞けば、激怒している保護者も多いとか」

こちらに一瞬ウインクしてきた三条寺に、同じように視線を返す。

（三条寺先生は、こうなることが分かっていたのか？）

例年、二割程度しか参加しない授業参観に今年は殆どの保護者が参加する予定になっていた。不参加に丸を付けているのは僅か二名。その二名の保護者も、ギリギリまで仕事を調整中とのことだった。

用紙を手にしたときは、藤代も校長と同じように冷や汗で手が震えた。

本来なら喜ばしいことだ。しかし、ことこのタイミングに限れば、明らかにこれは学校側に対する保護者の明確な抗議にしか見えない。

　一人や二人ならまだしも、これだけの保護者から責められる可能性が高いとなれば、平常通りではいられない。社会的地位の高い人物も含まれているし、誰がどんな人脈、繋がりを持っているかも分からない。

　今更、全てをなかったことにすることもできず、八方塞がりに陥っていた。

（まさか私まで九重雪兎に守られるとは……）

　胸中で自嘲する。こんなことが可能なら、わざわざあのような真似をする必要はない。それでもあえて動画という形で無理筋な主張を展開したのは、藤代と三条寺の立場を明確にする為だ。

　一種のアリバイ工作のようなものであり、もしあの動画で、藤代と三条寺の名前を出していなければ、藤代も校長達と同じように恐れ戦いていただろう。

（うん、今度優しくしてやろう。それにしても、まさか御来屋の両親まで参加するとはな。本当にあの男……。これじゃあ、どっちが教師なんだか……）

　御来屋正道。九重雪兎とは別にクラスの要注意人物だった。

　藤代もずっと気に掛けていた。素行面に問題があるわけではなく、むしろごく普通の生徒だ。しかし、今度そうなりかねないリスクがあった。

　正道の両親は離婚し、その親権は父親にある。だが、それも最近になってようやく決定したことだ。正道の母親は五年にわたり不倫をしていた。

相手も妻帯者であることからW不倫だった。不審に思い興信所に調査を依頼していた相手の配偶者からの連絡で発覚した。

　割り切った大人の付き合い。しかしそんな美辞麗句も、ひとたびバレてしまえば幻想であることを知る。割り切った関係どころか、家族のみならず親族まで巻き込んで破滅へ一直線に向かう地獄への片道切符。

　不貞による有責での離婚となれば、慰謝料の額も跳ね上がる。配偶者への慰謝料はもちろん、相手の配偶者からも慰謝料を請求され、全てを失う。稼ぎの多い男性ならともかく、正道の母親は専業主婦。返すあてもなく、両親に縋（すが）るしかなかった。

　後始末は数ヶ月に及び、相手方の間男も離婚となった。だが、それで終わりにはならない。浮気や不倫といった裏切りは、いつまでも当事者達を苦しめる。

　正道の悲劇はここからだった。長年にわたる妻の不倫が寝耳に水だった正道の父親は疑心暗鬼に陥り、思わず妻に、正道が本当に自分の子供なのか問い詰めてしまう。偶然、それを聞いてしまった正道はショックで塞ぎ込んだ。

　もちろん、正道は紛れもなく両親の子供だ。既に十六歳の正道は親権を選ぶことができる。潔癖で難しい年頃、不倫は許せない。ましてや慰謝料という多額の借金を抱えている母親についていくことなどできない。親権は父親にすんなり決まったが、そんな中で正道の父親が托卵（たくらん）を疑ったことで、正道は、家庭内に味方がいなくなってしまったかのような深い絶望感に襲われた。

正道は一人息子であり、兄弟はいない。すぐさま失態に気づいた父親が謝罪するが、後の祭りだった。

一人で抱え込み、苦しみながら藻掻く日々。その頃の正道は、藤代から見てもハッキリと分かるほど、顔色も悪く憔悴していた。

いよいよ限界に達したとき、正道に手を差し伸べたのが九重雪兎だ。

もともと九重雪兎は色んなクラスメイトとよく会話をしている。何故か持ち込まれる相談事も多彩だ。分からない問題の解き方に始まり、網戸に張り付いたカメムシの駆除方法に至るまで、多岐にわたる。自らを最底辺の存在に置いているからこそ、誰もが声をかけ易いのかもしれない。「どうしてぼっちになれない!?」などと一人でほざいているが、恐らく学校にいる限り無理だろうと藤代は思っている。

（そういえば最近は相馬も随分と明るくなったし、それを言うなら、周防もか。あの男、本当に日々何をやってるんだ……）

相馬鏡花。二年生の中でも有名な生徒だが、その実、嫌っている者も多かった。

高嶺の花と言えば聞こえは良いが、そうした雰囲気や態度が鼻に付くのか、同性からはあまり良く思われていない……はずだった。これまでは。

ところが、最近になりどうしたことか非常に物腰が柔らかくなり、これまでのような刺々しさがなくなったことから、異性だけではなく、同性からの見る目も大きく変わりつつある。

他にも、他校にいる恋人にフラれて落ち込み、自暴自棄になっていた周防麗嘉を懇々と励まし、元々周防のことが好きだった囲碁部の部長との仲を取り持つなど、九重雪兎を取り巻く人物相関図は複雑怪奇だ。

あの男の周りには不思議と人が集まる。本人の意向とは正反対に。

どうして御来屋正道が九重雪兎に事情を打ち明けようと思ったのかは分からない。九重雪兎もまた片親だったことが共感を得たのか、それともいつも悲惨な目に遭っているからなのか、或いは硯川や神代達との顛末を見ていたのか。いずれにしても正道には誰かの助けが必要だった。

話を聞いた九重雪兎は、足繁く正道の家に通った。正道の母親は、子供に顔向けできないと、正道に怯えていた。正道の父親も、自分が正道を深く傷つけたと後悔の念に苛まれていた。九重雪兎は、仲介者となり、そんな両親の想いを聞き、正道に伝える。そしてまた正道の想いを聞いて、それぞれに伝える。

最初は急に現れた九重雪兎に戸惑っていた両親も、学校での様子や、正道がどれだけ苦しんでいるかを知り涙した。号泣しながら謝罪する両親。その様子を九重雪兎から涙ながらに聞く正道。そうして根気強く双方の橋渡しを繰り返した。

そんな日々が続き、徐々に関係は改善に向かい始める。離婚は変わらない。

だが、正道の父親は元妻に慰謝料を請求しないことを決めた。その代わり、不倫相手の配偶者への慰謝料を自ら働いて返済することを約束させた。実際には実父が立て替え、それを返していくという形だ。

　そして、全ての返済が終わったとき、再構築を考えるという約束を結んだ。

　正道は御来屋夫婦の証そのものだ。どちらも正道のことを大切に想っていた。だからこそ当初は頑なだったが、歩み寄りを選んだ。

　正道の母親は、最早母親らしくは振舞えない。勉強しろ、ルールを守れ、そんな道徳や一般論をどれだけ子供に語ろうが、不倫していた人間に言われたくはないと一蹴されればおしまいだ。ともすれば、母親の存在は悪影響なのかもしれない。

　不倫の時点で丸く収まることなどありえない。誰もが傷つき、些細な誘惑の代償はあまりにも大きい。それでも、この決着は正道の心を救った。

　そしてケジメとして、正道は授業参観に来て欲しいと両親に頼んだ。

　自分にはそんな資格はないと何時間も泣きながら謝罪する正道の母親も最後には頷き、父親もまた泣きながら参加を約束したという。

　正道は決して母親を許したわけではない。もう少し幼ければ、完全に拒絶することもありえた。分別が付くようになり、正道に手を差し伸べる人間がいた。そのタイミングだったからこそ、成立した選択だ。正しいかどうかなど誰にも分からない。その結果が出るのは、これからずっと先になるのだろう。

　こうした顛末を正道から直接、藤代は聞くことになる。担任が心配していたと九重雪兎から教えられたらしい。何処までも気が利く男だ。

藤代は己の無力さに打ちひしがれていた。確かに心配していた。していたが、ただ心配していただけとも言える。学校での問題ならいざ知らず、家庭内の事情にまで首を突っ込むことなど一介の教師には不可能だ。

ただの就職先の一つ程度にしか考えていなければ尚更だろう。だからこそ理念を掲げる三条寺を藤代は尊敬しているが、その三条寺でもどうにもならない。

（……尋常じゃない。私なら胃に穴が空いているな。いったいどんなメンタルをしていれば、こんなことが可能になる……？　アイツには怖いものがないのか？　そういえば桃が怖いとか言っていたが……相変わらずよく分からん奴だ）

少なくとも、修羅場に自ら足を踏み入れて関係改善に取り組むなど、藤代には到底真似できない。御来屋家にとって九重雪兎は恩人だ。

それは硯川や神代の両親にしても同じなのかもしれない。

ならば、もし九重雪兎を害する者がいるならば、決して許しはしないだろう。なにより九重雪兎の母親もまた子煩悩だという。

「――いいですか藤代先生？　保護者の方々にはくれぐれも誤解なきよう、丁寧に説明し収めてください。我々には生徒を貶める意図などないのですから」

「善処します。ですが、力量不足の私では対処しきれない可能性もあります。……そのときは校長先生、よろしくお願いします」

校長がビクリと身体を震わせる。対応を一歩間違えれば大事になりかねない。未だかつてないほどに追い込まれている。無難に過ぎ去ることを祈るばかりだ。

「……分かっています」

（震えて眠れ禿！）

悪態を吐く。自分達が何と敵対しつつあるのか理解していない。この先、それこそ決定的な事態が待ち受けているような、そんな予感がしてならなかった。

そこからの職員会議は紛糾した。如何に対応に問題がなかったか、論点整理が行われ、想定問答集が作られていく。

授業参観前に、B組の生徒に対してキチンとした説明を行うことも決定し、ようやく会議も終わりかけた頃、校長宛てに一本の電話が入った。

『――と、東城先生！　先日の件でしょうか？……その生徒は確かに在籍しております。こちらでも度々問題に――は、はい。直ちに処分を』

その焦りように嫌な汗が浮かぶ。校長の視線が時折、藤代を捉えていたからだ。

校長の切迫した様子に、室内の緊張感が高まる。電話を終えると、大きな溜息を吐き出し、重苦しく、ゆっくりと口を開いた。

「――藤代先生、今すぐ彼を呼び出してください」

ぬるりと、底なし沼に足を踏み入れたような気がした。

　こう言ってはなんだが、俺は今、停学処分を受けている。

　といっても、事態はもう少しだけややこしい。正確には謹慎処分中であり、それが停学処分と何が違うのかと言われれば、公に記録が残るか残らないかだ。簡単に言ってしまえば停学処分（仮）といったところだろう。一週間の出席停止になっちゃった。テヘヘ♪

　その期間中に、洗いざらい俺に対する調査が行われるんだって。

　しかし不思議だ。呼び出され、相手はさぞかし俺を嫌っているだろうとワクワクして乗り込んだのだが、侮蔑的な視線を受けたものの肩透かしも良いとこだった。

　校長との面談で、「どうも初めまして。腐った林檎（りんご）こと、九重雪兎です」と、挨拶したのが悪かったのかもしれない。全員、顔が強張（こわば）っていた。超ウケる。

　聴取はすんなり終わったのだが、「君が余計なことをした所為（せい）で云々（うんぬん）」「君のような生徒は周囲に悪影響を云々」などと言われたい放題だった。

　俺としては、敵対も反論もするつもりは一切ない。仰（おっしゃ）る通りでございます。ホントそれな。と、同意しまくっておいたが、苛立（いらだ）つと共に地団駄を踏んでいたのは何故だろう？

　処分を聞いて姉さんは大荒れだった。自宅ではもっと荒れた。俺に真偽を確かめようとした母さんに姉さんが「どうして信じてあげられないの！」と激怒すると、母さんは泣きながら俺を放さなかった。それで結局またしても俺は母さんと寝ることになってしまった。最近は殆ど自分の部屋で寝ていない。俺は赤ちゃんか何かか？　へいへいバブッてる。とはいえ、たかだかこの程度、モリブデン鋼よりも強固なメンタルを持つ俺にとっては涼風のようなものだ。この手のことに慣れきっている俺としては停学処分など気にする必要もないが、俺よりむしろ周囲に騒動の余波が広がっていた。

なんといってもスマホに連絡がひっきりなしだ。

俺ってこんなに知り合い多かったっけ？

知らない番号からの電話に、還付金詐欺を警戒しながら出ると女神先輩だったり、他にも囲碁部の藍原先輩や、正道からも連絡が来たりしていた。その両親からもだ。

御来屋正道とは、ある相談事を通して親しくなったのだが、単なる恋愛相談か、ゼーベック効果とペルチェ効果の違いについて聞きたいのかと思っていたら、思いがけずヘビーな内容で頭を抱えてしまった。安請け合いした手前、投げ出すわけにもいかず、なかなか大変だったのも良い思い出だ。

あ、またスマホが鳴ってる。周防先輩だった。

なんで皆、俺のアドレス知ってるの？　いつの間にか俺のアドレスが流出している。名簿屋の仕業か。未だかつて経験したことのない史上空前のフィーバー状態に、陰キャぼっちの看板を返上するときがきたかもしれない。しかしながら、そんなことは後回しだ。

今、俺が考えなければならないことは、俺自身のことだった。

おかしい。違和感は日に日に増して、疑念は膨らむばかりだ。俺は俺のことを一切信用していない。俺のメンタルは強すぎる。今となっては何も感じないし傷つかない。

だが、本当にそんなことがあるだろうか？

失ってしまったものはあまりにも大きかった。それと引き換えに俺はこの要らない強さを手に入れた気がしていた。しかし、いつから俺はこんな風になったんだ？

謹慎期間中だと言うなら、ちょうどいい。この期間に俺は俺を見つける為の手がかりを探そう。きっと、それが壊れた俺を修復する為に必要なプロセスだから。

それにしても停学処分とは笑えてくる。抱腹絶倒の嵐だ。

サッカーはイエローカード二枚で退場だが、俺の場合は十枚くらい累積していたらしい。いつの間にか俺は疑惑のデパートならぬ、疑惑の総合総社となっていた。懐かしい。九重雪兎悪人伝説は今なお増え続け絶好調だ。とはいっても、なんら根拠のない言いがかりのような疑惑ばかりだが、唯一、灯凪に対するＳＮＳでの誹謗中傷だけは事実だ。

聞き取りで、そこだけは肯定しておいた。理由については怨恨とし、固く口を閉ざしておいたが、小百合先生に申し訳なさそうな顔をさせてしまったのは痛恨の極みだ。

表向きの処分理由は灯凪の件だが、あの事件からはそれなりに時間が経っている。今になって急に聴取し、処分というのも納得がいかない。小百合先生からこっそり聞いた話では、県会議員から圧力があったそうだが、恨みを買った覚えもないし、詳細までは分からなかった。

どうして突如、停学処分になったのか、それは俺が一番知りたい。

発端は数日前、学校にとある噂が流れた。

九重雪兎が、上級生を脅して肉体関係を迫っているというものである。

「どういうことですか！　説明してください！」

「雪兎はそんなことしません！」

「私だってそう思っているさ！」

「納得いく答えが得られない場合、然るべき場所に報告させてもらう」

「それは困るよ祁堂君、どうか穏便に」

「そんなわけにはいかないだろう！」

校長室。校長と藤代小百合に何人かの生徒が詰め寄っている。九重雪兎の停学処分。

しかし、停学というには曖昧な処分だった。何故なら証拠など見つかっていないから。

ただでさえ生徒や保護者から多大な不信を買い信用が失墜している現状、幾ら求められたからといって、退学になど追い込めない。停学という処分を下すことすら難しい。その妥協案が謹慎処分だ。校長も、校長に賛同していた教員達も最早見る影もないほど憔悴している。

学校側は焦っていた。時期が非常に不味い。極力騒動を大きくしたくないと、粛々と調査を進めるはずが、反発が極めて激しく、連日乗り込んでくる生徒が後を絶たない。

それどころか、既に広く知れ渡り、この処分に激怒した主にB組の保護者から抗議の電話が鳴り止まず対応に追われている有様。

いったいどうしてこんなことになっているのか、誰も把握できていなかった。

当事者の一人、硯川にも聞き取りが行われたが、誹謗中傷は自分を守る為だと強く主張した。どうして庇うのか、脅されているのかと尋ねると、硯川は激怒し真っ向から反論した。

こうなれば処分理由など霧散してしまう。被害者が何処にもいない。

生徒会を筆頭に徹底抗戦の構えを取る中、まずは噂の真偽を確かめることが先決だった。

九重雪兎は呼び出しにあっさり応じて聴取を受けると、求めにしたがって何の抵抗も示すことなく、自らのスマートフォンを差し出した。通話履歴やメッセージの送信記録、画像フォルダまで何ら隠すことなく曝け出す。

そこには家族間でのやり取り程度しかなく、画像フォルダには何も入っていない。

それはそれで異常なのだが、当然、何の証拠も痕跡も見つからなかった。

「見なさい。これが雪兎の部屋よ。あの子がそんなことをするはずがない！」

悠璃は自分のスマートフォンで撮影していた雪兎の部屋の写真を見せる。

「馬鹿な……これが、九重雪兎の部屋だと……？　彼はいったい！」

「嘘よね？……ここに雪兎がいるの？　でも、そんなの――！」

「ユキの部屋、初めて見た。こんなの……」

その異様さに一様に絶句していた。涙ぐんでいる者もいた。その部屋には何もなかった。いや、机やクローゼット、ベッドなどが置かれており、何もないわけではない。しかし、そこには誰かが住んでいるという個人を証明するものが何もなかった。部屋には個性が出るものだ。好きなアーティストのポスターが貼ってあったり、漫画やゲームなどが置かれていたり、何かしらその部屋に住んでいる人間の個性が反映されていなければおかしい。しかし、その部屋は無機質だった。まるで病院のように白い壁が眩しい。九重雪兎という個性を反映するものが何一つ存在しない空虚な空間。それが九重雪兎の部屋だった。

「きっとあの子はいつでもいなくなれる準備をしていた。自分という存在を消す準備を。ようやく少しだけ良くなってきたかもしれないのに、どうしてまた傷つけようとするの！いい加減にして！」

悠璃が激怒する。硯川や神代も同じ気持ちだった。これでまた雪兎が壊れたらどうしよう、どうしていつもこんなことばかり起こるんだろう、そんな不安に押し潰されそうになる。

「証拠不十分で何故処分を決定したのですか？　このようなことは許されない！」

「落ち着け祁堂！　正式に停学処分を決定したわけじゃない」

「そんな言い訳が通用するはずないでしょう！　現に九重雪兎は謹慎処分を受けている！」

「しかし、我々としても何もしないわけには――」

「……県会議員の東城先生から連絡があってな」

「――藤代(ふじしろ)先生、止めなさい！」

　語り出す藤代を校長が慌てて制止しようとするが、構わず藤代は続ける。

「隠しておけるわけないでしょう！　ここまで拗(こじ)れればいずれ明らかになります。どれだけの生徒達(たち)が不満を持ってると思ってるんですか。――東城先生は、娘の通っている学校にそのような生徒がいるとは何事だと大層お怒りだったよ」

「だから証拠もないのに処分したんですか？」

「時間稼ぎだ。この間に九重雪兎の無実を証明する」

「仕方なかったんだよ祁堂君。直接、東城先生から電話があって、建前としても何もしないわけにはいかなかったんだ」

「そんな貴方(あなた)達の都合で雪兎を傷つけたの？」

「藤代教諭、貴方はそれで良いんですか？」

「いいはずないだろ！　私だって――クソッ！」

　なんとも愚かな話だった。そんないい加減な理由があるか。だいたいその県会議員の東城……東城？　祁堂はハッと気づいた。もしかしたらその人物は――。

「その東城という男、三年の東城英里佳の父親か？」

「東城先生は我が校のＯＢで教育にも熱心だ。視察にも来ていた。今となっては私には何の関係もないがな」

藤代が吐き捨てる。藤代の心境は生徒達に近い。処分を止められなかった自分に対しても嫌悪感がある。自分は教師に向かないのではないかと、ここ数日苦悩していた。

「……全て分かったよ。そういうことか」

「おい、祁堂、何が分かったんだ！」

祁堂は焦っていた。噂の出所は彼女だ。そして、九重雪兎が脅迫していたという上級生。それは自分のことに違いない。だとすれば私はまた九重雪兎を――。

「父親に処分を頼んだのは英里佳だ。悠璃、英里佳のクラスに行くぞ。どうやら先生方は、生徒を守るつもりがないようだからな」

「おい祁堂、待て！」

「九重雪兎は今頃一人で苦しんでいるんだぞ！　ふざけるな！」

加速度的に悪化していく状況に、誰も着地点を見出せないまま、終わりのときは静かに近づいていた。

◆

風邪を引いて学校を休んでいるとき、体調は悪くても妙にテンションが高い、そんな経験がある人も多いのではないだろうか？　皆が学校で勉強をしているとき、一人自由時間を楽しむ、そんな背徳感に満ちている。

折角の謹慎処分、俺はめちゃくちゃ満喫していた。

「やってきました河川敷！」

澄み渡る青空、適度に吹く風。条件はバッチリだ。え、謹慎？　するわけないじゃん！

正式に停学処分を受けたならともかく、調査するとか言われても、そんなこと俺に何の関係もないしね。反省すべきことなど何一つないわけで、要請に従う必要など皆無である。

暇を持て余していた俺は、密かに温めていた『いつかはやってみたいシリーズ』第一弾として、凧揚げに挑戦することにした。そこで、えっさほいさと河川敷まで来たってわけさ！

こういうレトロな遊びってロマンがあるよね。ベーゴマとかさ。

駄菓子屋のおばちゃんに聞いたら、大人でも巻き方を知らない人が増えてるんだって。

それは良いのだが、いざ凧を空に浮かべるだけの段階になって、失敗を悟った。

「……デカくね？」

これどうやって揚げるの？　昨日から工作していたのだが、なにぶん初めての経験ということもあり、実際の大きさが分からず、面白半分で巨大化させすぎてしまった。

そして今は、夏直前だ。揚力を利用するに辺り、下降気流が発生する夏は、根本的に凧揚げに向いていない。

凧揚げと言えば冬のイメージだが、それは上昇気流が発生するからだ。古来からの伝統的な遊びには、かくも自然の叡智が込められていた。

致命的な二つの失敗を犯した愚かな九重雪兎と巨大凧。

現実とは非情なりぃぃぃぃぃぃい！

「ボウズ、それは季節外れってもんだぜ。何事にも旬ってもんがあらぁな」

遠巻きに眺めていたナイスミドルが声を掛けてきた。六十代くらいだろうか、年相応の深みのあるイケオジだ。髭が凛々しい。俺も将来はこんなダンディになりたいものだね。

「あ、お兄さん、こんにちは。夏のダウンフォース侮り難しですね」

「おいおい。お兄さんって、おめぇ、おべっかの使い方が下手すぎんだろ！　俺がそんな歳かよ。ったく、四十年ぶりくらいに言われたぜ」

「若く見られた方が嬉しいのではないかと」

イケオジが若干照れながら、ポリポリと頬を掻いている。母さんもJDみたいって言うと喜ぶし、実年齢より若く見られて不機嫌になる人も少ないんじゃないかな？

「だからって限度ってもんがあんだろうが限度ってもんが！　それにしても、こりゃデカすぎねぇか？　どうしてまた夏に凧揚げなんだ？」

「初挑戦なのでやってみたくて。そうだ、お兄さん！　良かったら手伝ってくれませんか？　俺一人だと無理なことに気付きました」

「だからお兄さんっておめぇな……。まぁ、手伝うのは構いやしねぇが、ボウズ、学校はどうした？　こんなところで油を売ってて良いのか？」

イケオジは性格までイケメンだった。口調は荒っぽいが、親切心に満ち溢れている。

「実は謹慎中で暇を持て余していて」

「あん？　何か悪さでもしたか？」

「いえ、まったく。なので処分に従うつもりはなく、どうせならこの機会を満喫しようかと。学校にも家にも居場所はありませんし」

ここ最近、姉さんだけではなく母さんまで俺の部屋にいる率が高まっている。おかげで居心地が悪いったらない。緊張感半端ないし。これは恐らく地上げだ。暗に早く出ていけと急かされている。離島で蜜柑を栽培する日も、そう遠くなさそうだ。

「ボウズ……悲しいこと言うんじゃねぇ！　どうしたんだ？　困ったことがあるなら言ってみろ。良いか、子供は幾らでも大人を頼って良いんだ！　老い先短い俺と未来のあるボウズじゃ、社会に対する価値ってもんが違う。自分を粗末にだけはするな」

イケオジは涙脆いのか、ズビッと鼻水を啜ると、ガッシリとした手で俺の頭を撫でる。

「心配してくれてありがとうございます。でも、一週間くらいですし大丈夫ですよ。お兄さんは、お休みか何かですか？」

「俺か？　ちょっと段取りを決めにな。任せてばっかってわけにもいかねぇし。赤ん坊の頃から知ってる奴が今度ようやく結婚するんだよ。なんで、盛大に祝ってやらねぇと」

「おめでとうございます？」

「そうだな、俺に言われても困るんだが、ありがとよ」

氷見山（ひみやま）さんもお兄さんが結婚するらしいし、なんだかおめでたいね。二人の門出に幸せな未来が訪れることを祈るばかりだ。誰かと共に歩む未来、俺にとっては眩しすぎる。

「ボウズ。九重（ここのえ）……雪兎（ゆきと）ってのか？」

「どうして俺の名を？　もしやサイコメトラー？」

「なんでだ！　爪にデカデカと書いてあんだろ。むしろ主張しすぎじゃねぇか？」

「絵を描こうと思ったんですけど、デザインが思い浮かばなくて、名前で良いかなって」

白い爪にはデカデカ【九重雪兎】と書かれている。持ち物に名前を書くのは鉄則だ。

「……おめぇ、変な奴だなぁ」

「おかしい。何故（なぜ）かよく言われる気がする……」

「でも悪そうには見えねぇ。これでも人を見る目はあるつもりなんだ。そうだボウズ、腹減ってないか？　ご馳走（ちそう）してやる。ついでに詳しく話を聞かせろ。それに謹慎ってことは、もしこれから暇なら、いつでも俺んところに遊びに来い。魚の捌（さば）き方と握り方くらい教えてやる」

「おぉ、異世界に召喚されたとき役に立ちそうなサバイバルスキルだ！」

「おめぇはどっちかって言うと、すぐに追放されそうだなぁ……」

「お詳しいですね。もしやお兄さん、異世界帰り？」

「老体が世界なんて救ってられるか！　孫がそういうの好きでな、一緒にアニメとか見てたら俺まで詳しくなっちまった。ほら、早く凧揚げるぞ——せぇの！」

　イケオジと協力して思い切り引っ張ると、凧が風に乗って空高く舞い上がっていく。

『おぉぉぉぉ！』

　遠巻きにこちらを見守っていたギャラリー達から歓声が起こる。気になっていたらしい。ベビーカーを押している散歩中の主婦や、明らかに仕事をサボっていそうなサラリーマン、ランニングを中断して見物していた人達などから、パチパチと拍手が飛んでくる。

「これが凧揚げ！　満足しました」

「普通は冬にやるもんだがなぁ……なんだってこんな時期に……」

　感動していると、一瞬、強風に見舞われる。

「ひょわぁぁぁぁぁぁあ！」

「おい、何処(どこ)に行く!?　大丈夫かボウズ!?」

◆

「英里佳、満足か？　気に入らない相手を排除して、学校から追放して。これが君のやりたかったことなのか！」

「嘘っ！　嘘よそんなの！　睦月(むつき)、貴方は騙(だま)されているの！　目を覚まして——」

「目を覚ますのはお前だ！」

祁堂会長が東城先輩の胸倉を摑み、詰め寄っていた。

パチーンと乾いた音がして、ビンタで東城先輩がよろける。

東城先輩のクラスメイトが、呆然とその様子を眺めていた。

ただならぬ様子に、後を付いてきた私達も息を呑む。祁堂会長と東城先輩、二人がどんな関係なのかは知らないが、一つだけ分かるのは、雪兎はきっと巻き込まれただけなのだろう。

入学して数ヶ月。常に話題の中心にいた雪兎の評価は酷いものだ。

あちらこちらで悪し様に言われている。本来、停学処分など滅多にない。

それが渦中の一年生ともなれば、否が応でも注目を集める。誰も彼もが、ただの興味本位で好き勝手に貶める。このままじゃ、雪兎が復帰しても針の筵だ。

「あの子、なんで空を飛んでるの……？」

スマホを見ながら、悠璃さんが何かを呟いていた。

ごめんなさい、悠璃さん。声にならない謝罪を胸中で呟く。

元はといえば、私が安易に雪兎を頼ったからこうなった。幾ら謝っても許されない。

それなのに、何度だって傷つけて、何度だって苦しめてきた。

でも、約束したんだ。あのデートの日、雪兎は私を頼ってくれた。

私がなんとかしなきゃ！　だって助けるって、今度は私の番だって誓ったから！

「でも、どうすれば……。私一人じゃなにも……」

焦りで、気持ちだけが空回りする。愚鈍な自分が嫌になる。

ここにきて、自分の不甲斐なさを見せつけられる。コミュ力のなさを。入学してから今まで、雪兎だけを追いかけて、積極的に他人と関わってこなかった。

こんなとき、雪兎ならいつもすぐにどうすれば良いか思い付くのに。

無力さに、涙が零れ落ちる。私はいったい、これまでなにをしてきたんだろう。

助けてもらうばかりだったから、その困難さに気付かなかった。その苦しさに、その痛みに。

「冷静になりなさい、硯川灯凪。助けられるなら、私じゃなくていい。私は負けヒロイン。なら、私じゃない誰かで良いの。雪兎は手段なんて選ばない。だったら私だって――」

雪兎の言葉を思い出す。「視野狭窄になるな」雪兎はそう言っていた。

この場には、雪兎を心配して、これだけ大勢の人が集まっている。

それは雪兎が残してきた足跡。曖昧なものじゃない。噂なんていい加減なものじゃない。

雪兎を知っている人が、雪兎に触れた人が、雪兎の虚像を覆す。

「――そっか、こういうことだったんだ……」

今やっとその言葉の意味を理解する。視界が開けて、思考がクリアになる。

頼ってばかりで、いつも雪兎のことばかり見てきた私に圧倒的に足りないもの。

ともすればそれは、人生経験とでも呼べるような、事態を打開する、挽回する力。

雪兎は他になんて言ってたの。思い出しなさい硯川灯凪！　そうだ、雪兎は——。

「硯川さん！」

「佐藤さん？」

「もうこんなの耐えられない！　どうして九重君ばっかり。原因を作ったのは私なのに！」

二人が駆け寄ってくる。彼女、佐藤小春の嫉妬心で私は苦しんだ。ただの逆恨み。

だけど、遺恨は何もない。恨んでもなかった。だって私も彼女の気持ちが痛いほど分かるから。

幼馴染のことが好きで好きで仕方なかった。誰にも渡したくないくらいに。

今だって、隣には宮原君がいて彼女を支えている。理想の二人。

「どうして忘れてたのかな……。私が雪兎に言ったんじゃない」

深呼吸して周囲を見渡せば、綺麗なモノが沢山溢れている。その通りだった。

汚いものばかりを見てきた。周りは全部敵だと思っていた。

でも、そんなことなかったんだ。冷静になれば見えてくる。

こんな私に、友達になろうって神代さんは言ってくれた。祁堂会長だって、悠璃さんだって、佐藤さんだって、クラスの皆だって。先生達の中にも協力してくれる人達はいる。

雪兎の味方は大勢いるじゃない。とても素敵な自慢の幼馴染。

私が雪兎に言ったんだ。皆で考えようって。私だけが考えたって駄目なんだ。

誰か一人が犠牲になる、そんな解決策はもう要らないから。

「佐藤さん、貴女に協力して欲しいことがあるの」

「――！　うん、なんでも言って。今度は私達が頑張らなきゃ！」

一瞬の迷いもなく、佐藤さんが応じる。佐藤さんは一人じゃないから強い。

「あの！　聞いて欲しいことがあるんです」

会長達に声を掛ける。隠し事なんてもう必要ない。だって、隣に雪兎がいてくれるから。どんな困難も乗り越えられる、そう信じさせてくれた幼馴染。

「待っててね雪兎。――必ず貴方の居場所を取り戻す」

◆

うっかり大凧で空を飛ぶという貴重な経験をしてしまった。忍者か俺は。ニンニンイケオジはお兄さんではなく大将だった。自ら握って、ご馳走してくれたお寿司は絶品だし、洗練された店内は、一般的な飲食店とは一線を画している。なにより――。

「……ネットで調べても出てこない。悪の秘密結社か？」

森羅万象を網羅する検索エンジンの力を以てしても一切お店の詳細が分からない。【居待月】という店名は、大将が言うには特定の日にしか営業しないからだそうだが、いつでも遊びに来て良いらしい。今度は母さん達も誘って行くことにしよう。

「それにしても雪兎君、どうしてこんな時間に？　学校ではないのかしら？」

氷見山さんはいつも通りニコニコしているが、何処か心配そうでもある。

謹慎期間といっても、まさか本当に一歩も家から出ないで閉じこもっているというわけにもいかない。むしろその方が不健全だ。

ご馳走になった帰り道、買い物にでも出ていたのだろうか、脅威のエンカウント率を誇る氷見山さんと遭遇してしまい今に至る。

いや、良いんだけどね？　この人なんか妙に距離感がさ……うん。

「恥ずかしながら停学処分中でして」

「クッキー焼いてみたの。どうかしら？」

「ありがとうございます。なにこれ美味っ!?」

「……停学処分って物騒ね。雪兎君、何か悪いことをしたの？」

「確かに俺は属性でいったら『あく』ですが、そんなことしませんよ」

氷見山さんは属性でいうと『フェアリー』だろう。なんか雰囲気がぽわぽわしている。

つまりタイプ相性的にも俺は氷見山さんに絶対勝てない上に、氷見山さんは俺に効果ばつぐんなのであった。今日だって俺の隣に座ってるんだけど、当たり前のように手が俺の太ももに置かれている。

何故なんだ!?　何故そんな真似を!?　ぴえん

それはそれとして、別に隠す理由もないので俺は正直に話した。

経験上、俺は物事を隠したり色々すると何故か勘違いや誤解によって騒動が拡大することを学習していた。同じ間違いはしないのだ。人間正直が一番だよね。

だからもうちょっとだけ身体を離してくれませんかねぇ!?

「なにそれ許せない！」

「氷見山さん？」

「辛いよね雪兎君……」

何故か氷見山さんに抱きしめられていた。薄荷の匂いが脳髄を甘く刺激する。

最近よく誰かしらに抱きしめられている気がするのだが、俺は抱き枕ではない。

「私が助けてあげる。県会議員なにそれ？　それがどうしたの？　そんな小物が私の雪兎君を傷つけるなんて許せないわ」

「いや、あの氷見山さん、いったい何を？　えっ？　私の？」

氷見山さんは立ち上がると、何処かに電話し始めた。お兄ちゃんとかお爺ちゃんとかいう声が聞こえる。いったいどんな暗躍が行われているのか聞きたくない。聞いてしまうときっとロクなことにならない。俺のシックスセンスがそう囁いているが、俺のシックスセンスはまったく当てにならないことに定評がある。

すると、氷見山さんがニコニコしたまま戻ってくる。

「雪兎君、これでもう大丈夫よ」

「どうしてですかと聞いてはいけない気がしています」

「うふふふふふふふ。濡れ衣を着せようなんてお仕置きが必要よね？」

「お代官様、なにとぞ穏便に！」

「大丈夫よ。すぐに解決するわ」

「あ、ヤベーやつだこれ」

人生を上手く生きる上で触れてはいけないことがある。そういうものだ。

俺は石橋を叩いて叩いて叩き割った挙句渡れなくなる男、九重雪兎だ。

そんなデンジャーな人生にララバイして無難に生きてみせる！

「そうだ！　雪兎君、良かったら私のことお母さんって呼んでみてくれない？」

「え？　俺の母は九重桜花一人だけであり……」

「じゃあ、ママって呼んでみてくれる？」

「じゃあ、じゃあって何!?　話変わってませんけど!?　それに最近、母さんもママにクラスチェンジしたばかりで――」

「助けてあげたじゃない。良いでしょう雪兎君？　ふー」

「ぴゃい」

耳元にフッと息を吹きかけられる。甘い吐息にクラクラしてくる。いつの間にか俺は助かったことになっていたが、俺としてはこの状況の方がピンチだった。

俺を助けてくれたらしい氷見山さんはこの状況からは助けてくれそうにない。

「氷見山さん美人なので、あまりそのようなことをされると俺の理性が……」

「うふふふふふ。良いのよ雪兎君。幾らでも甘えても……ほら……見て？」

何がほらなの？　え？　ちょ!?　待っ！　何を——!?

ちょっともう表現できない感じになっていた。

この地獄の桃源郷から抜け出す術はあるのか!?　絶体絶命の俺であった。

ところで思うんだけど、あのさ。俺、いつ帰れるの？

◆

さっきまで彼が座っていたソファーには、まだ温もりが残っている。

そっと触れた指先に残る熱が物恋しい。またこうして人肌を求めてしまうなんて。

寂しいな。誰にともなく吐露する。楽しい時間はあっという間で、雪兎君がいなくなってしまえば、私はこうしてまた一人、ただ無為に日々を過ごしている。

「君と出会わなければ、知らずにいられたのに——」

再会は突然で、悔恨は再び私を苦しめる。雪兎君は私のことなんて憶えていなかった。

でもそれは、彼にとって取るに足らないことだったからじゃない。

さりげなく、昔のことについて尋ねてみた。

『昔のことはすぐに忘れるようにしてるんです。嫌な思い出ばかりだから』

平静を装うのは無理だった。溢れた涙を見せないように堪えるが、慌てた彼が優しく介抱してくれた。知らなければ良かった——その優しさを。

知ってしまえば、より残酷な事実だけが残ってしまう。

踏み躙って、凶行を引き起こした私という醜い悪魔。

ぽつりぽつりと水滴が頬を伝っていく。雫が手に落ちて涙に気づいた。

泣いたのはいつぶりかしら……。思い出そうにも記憶は曖昧で、いつの間にか、分厚い氷に覆われた心はこんなにも凍てついていた。

冷たい女だと思っていた。泣くことなんてもうないと思っていたのに。

それなのにどうしてか、心揺さぶられてしまう。まるで戻ったかのように。

テーブルの上に置かれた一枚のコイン。さっき雪兎君が見せてくれた手品に使ったものだ。握った手のひらにいつの間にか持たされていた。

英国の女王が描かれた幸運の6ペンスコイン。

兄が結婚するという話を聞いて、雪兎君がわざわざ用意してくれた。

数年前、運が悪すぎてどうにかならないかと買ったものの、結婚式に使うと聞いて持て余していたらしい。受け取れないと断ろうとしたが、使う予定もないのでと渡された。

きっと、兄さんも喜ぶわね。私とは違う。兄さんには幸せになって欲しい。

指輪ケースを手に取り、コインを翳す。

「……雪兎君、私も幸せになって良いのかな？」

もう一枚のコイン。兄さんではなく、私にくれたもの。

羨ましい。そんな心境を見透かすように、最初から二枚用意してくれていた。

『氷見山さんも、幸せになってくださいね』

そう屈託なく話す彼を、誰よりも優しい彼を、今またかつての私のように、平然と誰かが苦しめ、傷つける。

「許さない……。絶対に」

沸々と湧き上がる怒りと、騙し続けていることに対する罪悪感。

罪滅ぼしでも、こんなことで許されるとも思っていない。

暗がりに潜んでいた悪魔は光で照らされ、あっさり表舞台に連れ戻された。

闇を払う、私の光を曇らせる存在を許さない。全ては必然なのかもしれない。

小学校を退職し、一度は心折れたはずの彼女は、それでも立ち上がり、採用試験を受け直し高校教師になった。そしてまた出会う。運命のように。

そして私も出会った。引き寄せられるかのように、互いのことを忘れたままで。

「……いつまでもこのままじゃ駄目ね。——今度は私が君を守ります」

久しく忘れていた高揚感。感情の昂りに身を任せてコインを握り締める。

彼がくれた幸運を手放さないように、決意を胸に秘めて。

「怒っているわけじゃないの。でも、人の物を盗むのは悪いことなのよ。分かるでしょう？　だから素直に謝りましょう。ね？」

諭すように優しく語りかける言葉に思わず「うん」と頷いてしまいそうになる。蠱惑的で甘美な響きが耳孔を震わすが、九重雪兎は躊躇なくそれを否定した。

「ボクではありません」

「じゃあ、どうして九重君の机に入っていたの？」

「しりません」

本当に知らないのだから、そう答えるしかない。

目の前の教育実習生の顔に困惑が浮かぶ。


九重雪兎という少年が一言謝罪すればそこですぐに終わるはずの話だった。

実際、怒ってなどいないし、こういうことをしたのは自分に関心を持ってくれているからだと嬉しく思っていたくらいだった。

だから配慮もなく教室内という場所で問い質してしまったことに、教育実習生の氷見山美咲は後悔を覚え始めていた。

「もう！　九重君。貴方はどうして正直に言わないのかしら？　貴方がやったことは万引きと同じで窃盗なのよ？　犯罪なの。大人になれば警察に逮捕されるようなことをしたの！」

「そうですか。でも、それはボクではないので」

「九重君！」

「す、涼香先生、落ち着いてください。私は怒ってはいませんし、言って聞かせればきっと九重君だって分かってくれますから。ね？」

「なにを言われても、ボクではないので分かりませんけど」

「素直に認めなさい！　ご両親に連絡しますよ！」

「どうぞどうぞ」

「九重君！」

三条寺涼香が声を荒らげるが、目の前の少年はまったく動じることがない。

悪いことをしたという自覚を一切持っていないようだった。

子供にはしっかりと善悪の区別を付けさせる必要がある。教師とは勉強だけを教えれば良いという存在ではない。

より良い人生、輝かしい未来を歩む為に、子供達が真っ直ぐ成長できるよう指針となり導いてあげることも、三条寺涼香は教師の義務だと思っていた。

そしてその第一歩となるのが小学校だ。

小学校の教師は、ある意味では家族のように接することも必要だ。集団の中での生活、上下関係といった自覚が出てくる高学年と違い、低学年になるほどその傾向は強くなる。

教育実習生として、このクラスに赴任してきた氷見山美咲の私物が九重雪兎の机から見つかった。掃除の時間、生徒が机を運んでいるとき九重雪兎の机の中から零れ落ちたことで発覚した。別に高価なものでもない。それがないと困るというものでもなかった。化粧道具とも言えないような、鏡のついた小さなコンパクト。

動機としては、氷見山美咲のことが気になって、つい彼女の私物を手に取ってしまったというところだろうか。先生をお母さんと呼んでしまうことがあるように、小学生の低学年という多感な年頃の少年少女達にとって、教師という存在は特別だ。ほのかな好意を抱いてもおかしくはない。

だからこそ、当初は三条寺涼香も氷見山美咲もそれくらいの軽い認識だった。授業が終わり、帰りの会で彼に尋ねる。彼が一言「ごめんなさい」と言えば、「もうしちゃ駄目よ」と笑って彼の頭を撫でる。それで終わっていたのだ。

笑って済ませられる、そんな些細な出来事のはずだった。

だが、そんな目論見とは裏腹に彼は真っ向から否定した。自分の非を一切認めようとしない。こうなると話は変わってくる。教育者として、生徒を正しい方向に導かなければならない。人の物を盗むことは悪いことだと、九重雪兎という少年が認識しない限り、これからも同じようなことを繰り返してしまうかもしれない。

そうなれば彼の人生は暗く後ろめたいものになってしまう。彼の担任として、一人の教育者として、そんなことにはさせないという使命感が三条寺涼香にはあり、そしてそれは氷見山美咲も同じ気持ちだった。

そう思い言い聞かせるが、どれだけ言葉を重ねても彼は謝らない。

それどころか罪を認めようともしない。徐々に苛立ち声を荒らげてしまったが、それでも九重雪兎は平然と受け止め無表情のままだ。

「本当に連絡しますからね！　良いんですね？」

「しつこいなぁ」

「涼香先生、そこまでしなくても……」

「私達が言って聞かせられないなら、ご両親に叱ってもらわなければなりません。九重君がしたことは犯罪なんです。このままだときっとこれから苦労します」

「ですが……」

「美咲先生、お優しいのは美点ですが、それだけでは教師は務まりませんよ。素敵な先生になりたいんですよね？」

「はい……。子供達が好きなので」

「だったらここは心を鬼にしないと」

「そう……ですね。本当はこんな風に大事にはしたくありませんでしたけど」

　まだ帰りの会の途中だった。クラスメイト達も全員残っている。長引く中、先に終わった硯川灯凪が教室の外で、不安げな表情を浮かべながら待っていた。

「おはなしはおわりましたか？　ひーちゃんが待っているので早く帰りたいんですけど」

「終わっていません！　いい加減素直に認めなさい！」

「なにをですか？」

「九重君、あのね。人の物を盗むのは悪いことなの。君がやったことは泥棒なのよ。とってもいけないことなの」

「さっきも聞きましたし、ボクではないので言われてもわかりません」

「美咲先生、親御さんに連絡しましょう」

「涼香先生……。それしかないんでしょうか……」

「もういいですか？　ひーちゃんが待ってるので帰ります」

　すぐに終わるはずだった帰りの会は一転、不穏な空気に包まれ始めていた。

　飽きたのか何人かが「泥棒だ泥棒ー！」と囃し立て始める。

　今になって三条寺涼香と氷見山美咲は、この場でこの話をしたことを後悔し始めていた。

取り返しのつかない完全な失態。

　小学生とはえてして敏感だ。この場で終わるはずだった些細な出来事は、長引いたことによって、クラスメイト達に記憶として深く刻み込まれてしまった。

「九重雪兎は泥棒である」そうしたマインドがクラス内に蔓延すれば、それがそのままイジメに繋がる危険性もある。

本来なら彼を職員室や空き教室に呼び出して個別に対応すべきだった。

彼にしても、このような形で晒し者にされて傷つかないはずがない。無表情を装っていても深く傷ついているはずだ。クラスメイト達の前で認めろと迫ったことが失敗だった。他の場所で彼一人に問い質せば、彼だって素直に認めていたかもしれない。きっと意固地になっているだけ。恥ずかしいだけ。

そうさせてしまったのは自分達の対応の甘さだと痛感してしまう。

三条寺涼香とて、まだまだ経験の浅い教師でしかない。全てを上手くできるはずもなかった。自身の認識の甘さに内心で舌打ちしてしまう。

このまま追及を続けるのは得策ではないと、そう判断するしかなかった。

「九重君、家でご両親に何が悪かったのかしっかり聞いてくるように」

決して九重雪兎を嫌っているわけではない。大切な大切な教え子。未来ある少年だ。むしろこれは彼を心配してのことなのだ。

その気持ちが伝わって欲しいと願いながら、教室から出ていく九重雪兎の背中を三条寺涼香と氷見山美咲は不安げに見つめていた。

「ひーちゃんごめんね。遅くなって」

「ううん。大丈夫だよ。でもひどいよ！　ゆーちゃんがそんなことするはずないのに！」

全てを把握しているわけではないが、それでも一連の様子を廊下で見ていた硯川灯凪は、ぷんぷんと怒りながら繋いでいる右手とは反対の左手をブンブン上下に動かしていた。怒りを表現しているらしい。

「ひーちゃんは信じてくれるの？」

「あたりまえだよ！　わたしとゆーちゃんは幼馴染なんだよ。ゆーちゃんがそんな悪いことするはずないって、わたし知ってるんだから」

「ありがとね、ひーちゃん」

「えへへ」

はにかんで笑うその表情に九重雪兎の心も軽くなる。

「それにしても、なんでボクの机に入ってたんだろ……」

「わかんない。拾った人がゆーちゃんのだと思ったのかな？」

「うーん。でも、ああいうの女の子しか持たないよね？」

「ママも持ってるよ！」

「だよね」

登下校はいつもこうして二人だった。他愛ないことを話しながら歩いていると、すぐに目的地に着いてしまう。普段通りの日常。それでも九重雪兎はこの時間が好きだった。大切なものだと思っている。

ふと、なにか引っ掛かるものを感じて歩みが止まる。

「あれ？」

「どうしたのゆーちゃん？」

「氷見山先生は昨日の放課後になくなったって言ってたんだ」

「そうなの？」

「うん。でも、おかしいよ。ボクは昨日もすぐにこうしてひーちゃんと帰ってたでしょ」

「いっしょに公園で遊んだよね！」

「じゃあ、やっぱりボクには盗ったりできないじゃないか」

　コンパクトが昨日の放課後に盗まれたというのなら、自分にそれをすることは不可能だ。

「そうだよ！　ゆーちゃんはわたしと一緒だったもん！」

「ひーちゃんと帰ってるとき、いつものお店の前を通ったよね。それと山本のお爺さんとも会ったし」

　人通りの多い道を歩けば、それだけ色んな人と出会う。犬の散歩をしていたご近所さんやお店の店員さん、知らない人もいれば顔見知りもいる。だとすれば、昨日そうして出会った人達の全てが、自分が犯人ではないという証明になる。

「帰ったら、行動記録をつくろう！」

「ゆーちゃん、またなにか思い付いたの？」

「うん。ひーちゃん今日は遊べないけどいいかな？」

「わたしも手伝います！」

「大丈夫だよひーちゃん。そんなに時間かからないと思うし。今日は遅くなっちゃったから、また今度遊ぼうね」

「そっかぁ……」

しょんぼりと、まるで感情を表すようにツインテールが垂れ下がる。硯川灯凪はとても分かり易い少女だった。

家に着くと、名残惜しそうに繋いでいた手が離される。

去来するほのかな寂しさ。少しだけ体温の高いその手の温もりは、自分はここにいていいのだと、いなくならなくていいのだと言ってくれているようで、だから九重雪兎はこの時間が好きだった。

「じゃあね、ひーちゃん。また明日」

「うん。ゆーちゃんもバイバイ！」

いつまでも、その手を繋いでいられたら良いのにと、ただそう思うことだけしかできなくて。

二十時を過ぎた頃、電話が鳴った。

それがなんの電話か九重雪兎には分かった。母親の九重桜花も帰宅している。

電話を受けながら、徐々に九重桜花の表情が困惑に満ちたものになっていく。

漏れ聞こえてくる会話から相手が担任の三条寺涼香であることは疑いようもなかった。

姉の九重悠璃も怪訝な表情でその様子を眺めていた。

電話が終わると、探り探りといった様子で桜花が口を開く。

もともとそれほど家庭内では会話が多くない。それどころか必要なこと以外、殆ど話さないのが日常だった。

そしてそうなったのはすべて九重桜花が原因であり、自らそれを自覚していた。だからだろうか、最愛の息子であるはずの九重雪兎に対して、どう接すれば良いのか、どう声を掛ければ良いのか、そんなことが九重桜花には分からない。

子供に対してどう向き合っていいのか分からない。だから、間違う。

決して本心ではないはずなのに、そんなことが言いたいはずじゃないのに。

「雪兎あのね。今の電話、担任の先生だったんだけど、教育実習で来ていた先生の物を盗ったりしたの？」

「なにそれ」

眉間に皺を寄せて剣呑さを隠しもせず、悠璃が呟く。

「盗ってないです」

「でも先生がそう言っていたわ。今日、何があったの？　教えて？　欲しいものがあるなら言ってくれていいのよ。なんでも買ってあげる。だから盗んだりなんてダメよ？」

「駄目、それは――！」

慌てたように悠璃が制止しようとするが、無駄だった。

「そっか。やっぱり信じないんだ」

ポツリと九重雪兎が呟く。それはまるでただの事実確認。

抑揚などない、なんの感情も感じ取れない、いつもの九重雪兎がそこにいた。

しかし、その言葉を聞いた桜花と悠璃は、ハッキリとそれが失敗だったことを理解してしまう。また間違えたのだと、気づいてしまう。

最初に掛けるべき言葉を誤ったことは明白だった。

「迷惑をかけてごめんなさい。でも、ボクはなにも盗ってないし、欲しいものもありません。すぐに解決してみせます」

リビングから自分の部屋に戻ろうと席を立つ。

「ま、待って！　違うの。話を聞きたいだけで疑ったわけじゃなくて——！」

「雪兎、私は信じてる！　アンタはそんなことしないって」

「べつに無理して信じなくてもいいです」

「無理なんてしてない！　私はいつだってアンタのこと——！」

「そうですか。ありがとうございます」

言葉とは裏腹な態度。去っていく背中がこれ以上の言葉を拒絶していた。虚しさだけがその場に残る。

何があったのか分からないまま、ただ茫然とすることしかできない。

もしかしたら、最初から信じてあげられていれば、なにか教えてくれたのかもしれない。

助けを求めてくれたのかもしれない。自分は盗っていないと言っていた。だったらどういうことなのか。食い違う言い分。

本来ならそれこそが息子に訊くべきことであり、その齟齬を埋めることが親の役割だった。にもかかわらず、息子が盗んだことを前提にしてしまった。

母親である自分は絶対に息子の味方になってあげないといけなかったのに、またこうして息子を裏切った。

後悔しても遅かった。「やっぱり信じないんだ」そんな言葉を呟いた。

最初から母親であるはずの自分が信じるとは思っていなかったのだろうか。

そして事実その通り、自分は信じなかった。皮肉にも息子は自分のことをよく分かっていると、そう思うしかない。

「どうしていつもいつもいつもいつも！」

怒った悠璃もまた自分の部屋に向かう。

悠璃が抱えるやり場のないフラストレーション。悠璃もまた大きな傷を負っている。壊れている家族関係。

それを作ってしまったのは自分で、家族の団欒なんてなくて、いつだって本心を伝えることすらできず、こんなにも想っているのに空回りばかりしてしまう。

「すぐに解決してみせますって……何をするつもりなの？」

息子はいつでも有言実行だ。何も分からないまま、何も知らないまま、きっとまた一人で全て抱え込んで終わらせてしまうのだろうか。

どうせ信じない母親なんて頼らずに。

だったら、何の為にいるんだろう。自分は何をしてあげられるんだろう？

「信じてあげることもできないのに、私にしてあげられることなんて……」

母親とは、これほど無力なものなのか。

「雪兎……」

愛しいその名前を口に出しても、答える者はもうこの場にはいなかった。


「ヨシ！」

思わず、ヘンテコな指差しポーズをしてしまう。

余っていた画用紙に記憶にあるまま書き出して作ったのは昨日の行動記録だ。

どうせならと思い、放課後だけではなく、昨日一日その時間に何をしていたか、何処にいたか、誰といたかを詳細に書き出した。

これを見れば自分が犯人ではないことが分かるし、そのときどきで会っていた人に聞けば、放課後に盗むことなどできないのは明らかだ。

誰が何のために自分の机に入れたのかは分からないが、自分ではないことが分かればそれでいいと九重雪兎は思っていた。

「ひーちゃんには感謝しないと」

こんなものを作ろうと思ったのも、幼馴染である硯川灯凪が信じてくれたからだ。彼女だけが自分を信じてくれた。だから無実を証明したいと思った。

いつだって、この世界は敵だらけだ。

それでも、たった一人だけでも信じてくれる人がいるなら生きていける。

砂漠の中に一粒だけ存在している、そんな宝石のような大切な相手。

握った手の温かさだけが、九重雪兎が今こうして生きることを諦めていない理由でもある。たった一つの存在理由。

これで解決したと気分良く眠りにつこうとする九重雪兎は知らない。

――悪意はいつも知らないうちに進行していて、彼を決して逃さない。

硯川灯凪と一緒に学校に向かう。

同じ学校に通っていても、嫌われている姉と登校したりはしない。

朝方、母親の桜花が何か言いたそうにしていたが、項垂れたままそれが言葉になることはなかった。九重雪兎も別にそれを聞きたいとは思わなかった。

校門を抜け、下駄箱に着くと異変に気付く。

「上履きがない？」

「どうしたのゆーちゃん？」

先に上履きを履いてこちらにやってきた硯川灯凪が視線の先を覗き見る。

「隠されたみたい」

「えっ！　どどどど、どーしよゆーちゃん！」

わたわたと全身で慌てふためきながら、ぴこぴこツインテールを揺らして、硯川灯凪が心配そうに声を掛けてくる。

自分の名前のシールが貼られた下駄箱から上履きがなくなっていた。ポカリと空いた空間にあるべきはずのものがない。

なくなったということはないだろう。隠されたに違いない。

学校ではよくあることだ。なくしたらまた買ってもらわないといけなくなる。そんな迷惑を母親には掛けたくなかった。

やったのはクラスメイトの誰かだ。あまりにも分かり易い嫌がらせ。

この手のことは一度始まると終わりが見えない。やる方は面白半分でも、やられた方は際限なく憎悪が膨れ上がる。そして毎日、何かされるのではないかとビクビクしながら学校に通わなければならない。そんなのは地獄だ。

しかし九重雪兎は心地よさを感じていた。

分かっていたから。拒絶も否定もいつものことだ。

それがあるべき姿だと、それが日常なのだと。

いつも、いつだって、誰もがそうして悪意をぶつけてくる。

だからやることだっていつも同じだ。

終わりが見えないなら自分で終わらせればいい。

なにもかも全てを断ち切ってしまえばいいだけだ。

煩わしいこの世界で、全てを――。

「ゆーちゃん！」

いつの間に目を閉じていたのだろうか、気付けば硯川灯凪の顔が眼前にあった。こちらを見つめる瞳が悲し気に揺れ涙を浮かべている。

「ひーちゃん？」

それがどうしてか分からず、九重雪兎はただ彼女の名前を呟く。

「ゆーちゃん、いなくならないよね？」

「ここにいるけど……」

「わかんないけど、ゆーちゃんいなくなっちゃやだ！」

その気持ちがなんなのか硯川灯凪は理解しているわけではない。

それでもまるで本能に従うように彼の手を強く強く握り締めた。

「いっしょに捜そ？」

どこにも行かないようにと、いなくなってしまわないようにと、幼馴染の彼が消えてしまわないようにと、彼女は彼がそこにいることを確かめるように手を握る。

どうしてだろう？

どうして彼女はこんなにも――。

消えさせてくれないんだろう？

何かが心の中で叫んでいた。

何かを訴えかけようとしていた。

しかし九重雪兎にはそれが何か分からない。強制力を持った思考が霞がかかったように感情を覆い隠していく。いったい、いつからこうなってしまったのか、思考と感情のリンクは途切れたまま繋がることはない。

それなのに、どうしてこんなにも彼女の言葉に惹かれるんだろう？

「だいじょうぶだよ、ひーちゃん。日曜朝のスーパーヒーロータイムに出てくるレッド並にボクのメンタルはさいきょうなんだ」

「ゆーちゃん、すごーい！」

くりくりと大きな目をまんまるにして硯川灯凪が驚く。

思考の牢獄に閉じ込められた感情を放棄して、九重雪兎はため息を吐いた。

「捜さなくていいよ。隠した奴に持ってこさせるし」

「そんなことできるの？」

靴下のままというわけにもいかず、来賓用のスリッパを取りに行く。

「すぐに解決するよ」

昨夜と同じ言葉を今度は幼馴染に告げて、九重雪兎は教室に向かった。

教室に着くと、そこでも異変はすぐに見つかる。

机の上に落書きされていた。『ドロボー』だとか『犯罪者』だとか好き勝手書かれている。引き出しの中から教科書を取り出してみると、教科書にも落書きされてボロボロになっていた。季節は五月半ば。まだ新しい教科書になってから二ヶ月ほどしか経っていないが、とても新品とは呼べない状態になっていた。

「誰がやったか知らない？」

隣に座っている風早朱里に尋ねる。

風早朱里は席が隣ということもあってか、普段何かと積極的に話し掛けてくる女子で、授業で分からないところがあったときなど、質問してくる風早に教えたこともよくあった。

「人の物を盗むなんて最低！　死んじゃえば良いのに。私のは盗らないでね」

ありありとその目に嫌悪と侮蔑を浮かべて吐き捨てられる。

クスクスと嘲笑される中、「ばーか」「うわっ泥棒だ」「どうしよう盗まれちゃう」といった言葉がアチコチから投げつけられる。

九重雪兎は何も言わず席に座る。それに気を良くしたのか、煽り立てる声はよりボリュームと密度を増していく。

しばらくして担任の三条寺涼香と教育実習生の氷見山美咲がやってくると、中傷する声はピタリと止まり、何事もなかったかのように静かになる。

朝礼前、三条寺涼香が話し出すのを待たずに九重雪兎は声を掛けた。

「先生」

「どうしたの九重君？」

その目は邪魔者でも見るかのように迷惑そうだと九重雪兎は感じた。氷見山美咲も同じような視線を向けてくる。

「今日、ボクの上履きがなくなってました」

「えっ！」

そこで初めて視線が下に向く。九重雪兎はスリッパを履いている。

それを見て三条寺涼香と氷見山美咲が顔を顰めた。自分達が軽率な行動をしたばかりにイジメが始まってしまったと直感する。後悔しても遅かった。もう少し配慮すべきだった。だが全ては後の祭りになっていた。

三条寺涼香はキッと表情を鋭くすると教室を見渡す。

「誰ですか九重君の靴を隠したのは？」

ゲラゲラと馬鹿にするような笑い声が教室内に響く。

「知りませーん。泥棒だから泥棒されたんじゃないですか」

「泥棒は嘘つきなんだから嘘じゃないの？」

「やめなさい！」

三条寺涼香が止めようとするが、崩壊したダムのように、決壊した河川のように、流れだした悪意は洪水のように濁流となってその場を呑み込んでいく。

誰が言ってるのか、或いは全員なのか。

増幅されて拡散していく悪意。

こいつはイジメてもいい存在。

傷つけても、馬鹿にしてもいい存在。

そんな共通認識が広がっていく。

氷見山美咲は顔面蒼白になっていた。

三条寺涼香もまた苦々しい表情を浮かべる。

教師になるからにはイジメは避けて通れない。誰もが直面する問題だと思っている。むしろ、そうしたことを避けるようなら教師になる資格などない。

見て見ぬフリをして無難に過ごすことが立派な教師と言えるだろうか。それが誇れる教育者だろうか。

三条寺涼香は一人の教育者として、氷見山美咲はこれから教師を目指す者として、今、目の前で起こっている問題を見過ごすことはできない。学級崩壊させるわけにはいかない。それが二人の共通した認識だった。

三条寺涼香が喧騒を鎮めようと声を出しかけるが、それを止めたのは他ならぬ九重雪兎だった。

「お昼休みまで待ちます。それまでに上履きを隠した人はボクのところまで持ってきてください。机と教科書に落書きした人は謝りに来ること。犯人を知っている人は教えてください。もう一度言います。昼休みがタイムリミットです」

クラスメイト全員に告げるが、それを聞いて更に嘲笑が強くなる。

「お昼休みまでに見つからなかったらドースルンデスカー」

ギャハハハと高山幸助(たかやまこうすけ)が馬鹿にしたように煽る。その勢いに乗って高山を中心としたヤンチャなグループが野次を飛ばす。男子も女子もまるで面白いオモチャでも見つけたかのように笑っていた。

もちろん、全員が全員悪意に染まっているわけではないだろう。

だが、そんな個人の抵抗など、今この瞬間クラスに蔓延(まんえん)する空気の前には無力だった。同調圧力という名の暴力。そしてこのような状況で自分には関係ないと無関係なフリをするのもまた結局は加害者でしかない。

そんな中、九重雪兎(ここのえゆきと)は何の感情も浮かばない瞳で見据えてただ宣言した。

「連帯責任で全員敵です」

何が面白かったのか、教室中に更に大きな笑い声が響き渡った。

一限目は自習になった。

九重雪兎は三条寺涼香に呼び出され空き教室にいた。氷見山美咲も一緒だ。

「九重君、大丈夫ですか？」

「なにがですか？」

「なにがって……」

どう声を掛けて良いものか逡巡(しゅんじゅん)してしまう。平気そうに見えても傷ついていないはずがない。自分達が軽率に生徒達の前で彼を責めてしまったことが、イジメの引き金を引いてしまった。その責任を三条寺涼香と氷見山美咲は痛感していた。

「大丈夫です九重君。君をちゃんと守ります。お話が終わったらクラス全員で捜しましょうね」

「私も協力しますから。ね？」

「別に捜さなくていいです」

「そんなわけにはいきません。意固地にならなくていいの。先生を信用なさい」

「先生はボクを信用しないのに、先生を信用しろと言われてもムリですよ」

「九重君！」

図星を突かれたとでも言わんばかりに二人は顔を歪(ゆが)めた。

だが、それを無視して九重雪兎は氷見山美咲に向き直る。

「ところで氷見山先生、先生の私物はいつなくなったんですか？」

まさかこの場で改めて聞かれるとは思わなかったのか、氷見山美咲は動揺しながらも答えた。

「一昨日(おととい)の放課後だと思うわ。それがどうしたの？」

「それは確実ですか？」

「そうね、間違ってはいないはずだけど……」

いったい何を言おうとしているのか分からず聞かれたままに答えるしかない。

「おかしいですね。その日、ボクはひーちゃん……三組の硯川(すずりかわ)灯凪(ひなぎ)ちゃんと放課後すぐに帰って遊んでいました。それなのに、いつボクが盗めたんですか？」

「え？……そ、そうなの？　じゃあ五限目が終わったくらいだったかしら――」

「さっき放課後と言ってましたよね？　先生は嘘をついたんですか？　いい加減なことを言わないでください」

「わ、私は嘘なんて！」

様子を見かねた三条寺涼香が割り込む。

「九重君、貴方(あなた)はまだそんなことを言っているの！　いつまでも強情を張っていないで素直に認めて謝りなさい。ご両親からも怒られたでしょう？」

「怒られる理由がありません」

「確かにみんなの前であんなことを言って責めたりしたのは間違っていたわ。でもね？　今ここには先生達しかいないの。素直になって九重君。いいですか、君がここでちゃんと謝ればそれで終わるの。そしたら先生達は貴方の味方になれるんです。靴を隠した子も落書きした子もちゃんと叱ります。絶対に差別したり見捨てたりなんてしませんから」

だから分かるでしょう？

と、聞き分けのない子供を諭すように、三条寺涼香は続ける。

「九重君、私は怒ってないし、先生も君の味方よ。もし君が私のことを好いてくれてるんだったら、それはとても嬉しいわ。でも、黙って盗ったりするのは駄目でしょう？」

優し気なその言葉が、九重雪兎にはたまらなくおぞましいものだった。

「あはははははは。味方なんていりませんよ」

「貴方がいつまでもそんな態度だから靴を隠されたりするの！　どうしてそれが分からないの！」

激高する三条寺涼香を無視して、九重雪兎は持ってきていた画用紙を取り出して広げる。

「氷見山先生、もう一度聞きます。いったいいつ盗まれたんですか？　これを見てください。この紙には一昨日のボクの行動全てが書いてあります。これを見れば犯人がボクじゃないことが分かると――」

「――いい加減にしなさい！」

三条寺涼香のビンタが頬を張った。

その拍子に手に持っていた画用紙があっけなく破れる。

「九重君！」

とっさに氷見山美咲がよろける九重雪兎を支える。

三条寺涼香は一瞬でハッと我に返った。反射的に体罰を振るってしまった。

昔は当たり前だったというが、現代の教育界では許されない。何の言い訳もできない。訴えられれば教師生命にも影響が出る致命的な失態。

感情的になりすぎている。どうしてか目の前の九重雪兎という少年を前にすると心がざわついてしまう。彼の持つ刹那的な雰囲気に呑み込まれてしまう。

「あーあ。せっかく昨日、がんばって作ったのになぁ」

無残に破れたそれを拾い上げると九重雪兎はグシャグシャに握り潰して放り投げた。

「なるほど。ボクもやっと分かりました。ボクが悪かったんですよね」

ようやく彼が漏らした謝罪の言葉。

その言葉に、咄嗟に自分も謝罪しなければいけないと三条寺涼香は思った。

当たり前だ。どんな理由があったとしても生徒に体罰を振るって許されることなどない。しかし今は社会的な責任や自己保身など考える前に、ただ自分のしでかしてしまったことについて謝らなければ大人とは呼べない。

「私も感情的になりすぎてしまいました。ごめ――」

「先生達は、真実なんてどうでも良かったんですね。だったら最初からそう言ってください。つまりボクが犯人じゃないと都合が悪いわけだ」

底冷えするようなゾッとする声が空き教室に響く。

もともと九重雪兎という生徒はどこか摑み所がなかった。思考や感情がなかなか見えず、何を考えているのか分からない。そうかと思えば勉強や運動は得意にしていた。不思議な生徒、そんな認識を三条寺涼香(さんじょうじすずか)は持っていたし、短い間ながら生徒達と接していた氷見(ひみ)山美咲(やまみさき)もまた似たような認識だった。

「なにを言って――」

「こんなの作ったボクがバカみたいじゃないですか。あ、そうか。話せば伝わると思った時点でボクがバカでしたね」

「――ッ！」

その目を見て思わず息を呑んだ。

深く深く、暗く暗く、ただどこまでも堕(お)ちていく。純粋なまでに、それなのにどこまでも濁りきった瞳が三条寺涼香と氷見山美咲を捉えていた。

「簡単なことでした。ボクが悪かったんです。アナタ達を教師と思ったことが間違いだった。ごめんなさい」

なんでもないことのように、あれだけ拒んでいた謝罪を九重雪兎はアッサリと口にした。

だが、その言葉、それは――。

「アナタ達も敵だったんだ」

紛れもなく決別だった。

三条寺涼香は空き教室から平然と戻っていく九重雪兎を呼び止めようとするが、どう声を掛けて良いのか分からず、そんな躊躇をしている間にスタスタと歩き去ってしまう。

「どうしてこんなことになってしまったの……」

氷見山美咲は悲嘆に暮れていた。こんなはずじゃなかった。

ほんの数日前まで楽しくやれていたはずなのに。教師という職業に充実感を覚えていた。天職だと実感していた。子供達を導く、そんな職業に抱いていた憧れがこの二日で粉々になっていた。

ふと、九重雪兎が投げ捨てた紙が目に入った。さっきは目を通すことさえしなかった。いったいアレはなんだったのかと覚束ない足取りで向かい、投げ捨てられグシャグシャに丸められた画用紙を手に取り広げる。

それが何を意味するのか、氷見山美咲はすぐに気づいた。

「す、涼香先生！　これを見てください」

「どうしたんですか？」

三条寺涼香もまた精神的に疲弊していた。まだ午前中とはいえ、疲労がピークに達している。心労が大きく体力を削っていた。自分が体罰を振るってしまったこと、そして最後に彼に言われたことが脳内にこびりついていた。

気もそぞろに氷見山美咲が広げた紙に視線を落とす。

「これは一昨日の……？　ま、待って！　そんなはずない！」

その画用紙には一昨日にあったことが克明に記入されていた。

それは九重雪兎の一日とも呼べるもの全てだ。朝の登校時、誰と一緒に学校まで来たか。授業中、休み時間、そして放課後に至るまで、誰と一緒にいたか、誰と会ったか、何処にいたか。それを見れば一目で分かるほど綺麗に書かれている。

だがしかし、そこまで自分の行動をハッキリと記憶しているものだろうか。

あまりにも詳細に書かれたそれは、嘘としか思えないほどの完成度だった。

いい加減に書かれた夏休みのスケジュールとは比べものにならない。

だが、そこに書かれている大部分は二人の記憶とも重なっている。

つまりそれは、書かれている内容の信憑性に疑いはないということでもある。

震える手が紙をなぞっていく。

放課後。この日は、授業が五限目までだった。

十四時四十五分には硯川灯凪という少女と一緒に下校したと書いてある。念には念を入れてか下校中の詳細まで書いてあるのが恐ろしかった。

「九重君じゃない？　ちょっと待って。だったら誰が、誰が盗ったの!?　私がしたことは、私が彼に言ったことは――」

「美咲先生、落ち着いてください！」

見たくなかった。嘘であってくれと最低なことを願うしかなかった。この紙に書かれていることが本当なら、どうあっても彼には盗むことができない。

「こ、これ！　見てください美咲先生」

紙の一点を三条寺涼香が指差す。

そこには下校前、事務職員の滝川と会って挨拶をしたと書かれていた。

「確かめないと！　急ぎましょう！」

「はい！」

居ても立っても居られなかった。真綿で首を絞められるかのように、自分達が根本的な過ちを犯していたのではないかと、三条寺涼香と氷見山美咲はようやくその考えに至っていた。

授業は自習になっている。早く教室に戻らなければまた騒ぎになっているかもしれない。それでも、今は真実を確かめることが重要だった。それが最優先であり、確かめない限り、もう二度と彼の前に立つことができない。

普段、廊下を走る生徒達に注意するはずの自分が廊下を走っている。

そんなことを自嘲しながらも、決定的な破滅が近づきつつあるのを三条寺涼香は感じ取っていた。

「滝川さん、滝川さんはいますか！」

事務室に駆け込んできた若い女性教師。その決死の形相に滝川は思わずギョッとしてしまう。何か不味いことでもあっただろうかと思いながら、声を掛ける。

「ど、どーされました？」

「滝川さん。一昨日の放課後、下駄箱の近くで生徒と会いましたか？」

「生徒ですか？　そりゃあ何人も会ってますが……」

漠然とした三条寺涼香の質問に滝川は曖昧な答えを返す。

「あっ、えっと。そうではなくこの子です」

三条寺涼香は顔写真の載っているクラスの生徒名簿を見せる。

「あぁ、彼ですか。嬢ちゃんと仲良く手を繋いで帰っておったのぉ」

「そ、それは何時頃ですか!?」

「チャイムが鳴ってからすぐだったと記憶していますが。十五時前ですかな。ちゃんと挨拶して帰っていきましたよ」

「そんな……ことって……」

その宣告はまるで死神の鎌だ。鋭利な刃が喉元に突き付けられる。

残酷な現実を前に氷見山美咲は崩れ落ち泣きじゃくる。三条寺涼香も同じ気持ちだった。それでもそれが自分に許されていないことを自覚するだけの経験とプライドが彼女を支えていた。

「ど、どうかされたんですか？」

事情を知らない滝川が慌てて氷見山美咲を助け起こす。

なにもかも、すべてが間違っていた。

最初から彼がすべて正しく、自分達がすべて間違っていた。

どうして？　どうして少しだけでも彼の言い分を聞こうとしなかったの？

どうして彼以外の可能性を考慮しようとしなかったの？

彼は徹底的に否定した。断固として認めなかった。

わざわざ自分の行動を詳細に記録した紙まで用意した。

それでも私は信じなかった。

だから、見捨てられ決別された。


今更、気づいて後悔しても、もう遅い。


お昼休み。

朝から誰も九重雪兎に話しかけないまま、その時間を迎えた。

当然、未だにスリッパであり、上履きは返ってこない。

九重雪兎がお昼休みまでと指定したことによって、逆にそれまで無視しようという空気が生まれていた。ニヤニヤと粘り付くような笑みを浮かべながら小馬鹿にした視線がアチコチから向けられる。

隣に座る風早朱里は大きく机をズラして距離を空けていた。嫌がらせなのか単に近寄りたくないという心理なのか分からないが、とはいえそんなことも九重雪兎は別にどうでも良かった。何故なら敵だから。

「タイムリミットだな。じゃあ行くか」

ポツリと呟き、九重雪兎は下駄箱に向かった。

掃除用具入れからゴミ袋を取り出す。

この時間、玄関に来るような生徒はいない。九重雪兎はゴミ袋にクラス全員の外履きを無造作に詰め込んでいく。一枚では足りず二枚になったが、しょうがない。肩にゴミ袋を担いで歩く姿は季節外れのサンタクロースのようだ。

やってきたのは中庭だった。といっても、そこまで大きくはなく、思い切り遊べるほど充分なスペースがあるわけでもない。九重雪兎の目的は池だった。

「うーん、このままじゃダメかな？　そうだ、石でも詰めよう」

縁石から石を拾ってゴミ袋に入れる。量も量だけに随分な重さになっていた。

そして軽くゴミ袋の口を縛ると、そのまま池へ投げ入れた。あっけなく大量の靴と共に沈んでいく。ゴミ袋は別に密閉されているわけではなく、すぐに中身まで水浸しになる。

「うわぁ。悲惨」

水に濡れた靴など履きたくない。ぬるぬるとした感触が気持ち悪いし。

そんなことを思いながら、今日クラスメイト達はどうやって帰るのかと心配することなど一切ない。興味も関心もない。

何故ならクラスメイトではなく、敵なのだから。

ガラスの少年は映し出す。

悪意には悪意を。ただそれだけでいい。

「いつだって、敵だけでいいんだ」

それが彼の知っている、たった一つの正解だった。


「ゆーちゃん、きょうは遊べるかなぁ？」

朝の通学路。二人の少年少女が並んで歩いていた。

幼馴染(おさななじみ)の硯川灯凪(すずりかわひなぎ)がくりくりとした目で隣の少年に問いかける。握られた手に少しだけ力が込められたことに少年は気づいていた。

「ごめんね、ひーちゃん。昨日はやることがあって忙しかったんだ」

「ひおちゃんも、ゆーちゃんと遊びたいって！」

「今日は遊べるんじゃないかな？」

「やった！」

ツインテールがピコンと跳ねる。ひおちゃんとは硯川灯凪の妹、硯川灯織(ひおり)のことだ。硯川灯凪が幼馴染なら、硯川灯織もまた幼馴染と言えるのかもしれない。

ニコニコと満面の笑みで硯川灯凪が歩く。とても楽しそうだ。真っ直(ます)ぐな言葉。裏表などない温かな心情。どこまでも素直に感情を表現する少女は、どこまでも純粋に少年の味方だった。

九重雪兎は思った。どうしてこんなクソしょうもないことに煩わされてるんだろう？と。敵と味方。優先すべきはいつだって味方だ。それなのに自分は敵の相手をしているばかりで、味方のひーちゃんと遊ぶ時間を失っている。

敵の相手などする価値はないのに。なんて、なんて無駄なんだろう。

「早く終わらせなきゃね」

「？」

その言葉は硯川灯凪の耳にも届いていた。意味は分からない。それでも硯川灯凪は聞き返さない。隣の少年はいつだって自分とは違うところを見ているから。

幼馴染といっても、他人でしかない少年の全てを理解している必要はなかった。重要なのは、心と心が繋がっていることだ。自分が相手を想って、相手も自分を想ってくれる。そう信じられるのなら、不安などない。

とことこと来賓用のスリッパを取りに行く九重雪兎に硯川灯凪の表情が曇る。

「ゆーちゃん、上履き見つからなかったの？」

九重雪兎がスリッパを履いているということは、未だ隠された上履きが戻ってきていないということだった。

「ん？　気にしなくていいよ。今日中には戻ってくるからさ」

「……そっか。うん。戻ってくるよね！」

じーっと大きな瞳が少年を捉える。少年の表情はいつだって変わらない。それでも、分かることもある。彼が今日戻ってくると言ったのならそうなるはずだ。

九重雪兎の言葉を疑うことを硯川灯凪はしない。何故なら信じているから。何故なら彼は言葉を違えたことなどないから。だからきっと大丈夫だ。

本当なら今すぐにでも一緒に捜したい。それでも、彼がそう言うのなら自分は信じる。

それが——信頼だ。

「いこ！　ゆーちゃん」

この手を離さない。離さないことだけが、自分にできる唯一のことだと硯川灯凪は理解していた。このとき確かに感じ取っていた。それは決して理屈ではなく、子供であるが故の純粋さからなのか、それとも本能なのかは分からない。

それでも確かにこの瞬間、少女は少年と心が繋がっていることを誰よりも正確に理解し、正解を導き出していた。

彼女がそれを見失ってしまうのは、もう少し後の話である。

九重雪兎が自分の教室に足を踏み入れると、その瞬間から膨大な敵意が突き刺さる。自分の机を見ると昨日以上に酷い有様だった。

机や教科書に書かれているのは既に落書きではなく誹謗中傷。母親が作ってくれた布袋はハサミだろうか、刃物でズタズタに斬り裂かれている。

「おいてめぇ！　よくも俺達の靴を池に沈めやがったな」

また母さんに迷惑を掛けるなぁ。などと九重雪兎が思っていると、誰かが何かを喚いていた。男子のグループが三人近づいてくる。

高山だっけ？　これまで深い接点などなかっただけにその程度の認識しかないが、どうしたことか酷く怒っているようだった。

「お前がやったんだろ！」

「びしょびしょで帰れなかったんだからな！」

「なにを？」

九重雪兎はすっかり忘れていた。何故なら昨日は忙しかったのだ。

あちこち動き回っていたせいで硯川灯凪とも遊べなかった。帰りも遅くなってしまったが、その後も色々あった。そんな慌ただしさの中、自分が何をやったかなど記憶から抜け落ちていた。

「池に靴を隠したのお前だろうが！」

「……あぁ！　そんなことがあったのか。知らなかった。泥棒のしわざじゃないか？」

そういえばそんなことをした覚えがあるが、すっとぼける。やったのは泥棒だ。自分の上履きを隠したのも泥棒がやったのなら、今度もそうだろう。そうであるはずだ。なにもおかしくなどない。

「ふざけんな！」

「泥棒が隠したんだろ？　ボクは知らないなぁ」

その返事がお気に召さなかったのは男子の集団だけではないようだった。

男子も女子も等しく嫌悪と侮蔑の視線をぶつけてくる。

敵意がよりいっそう鋭くなり、グラスに入れた水が零れる直前のように、表面張力によって保たれていた均衡は崩壊しようとしていた。

「やっちゃえ！」

誰かがそんな言葉を発した。女の声だった。だが、その女が言い出さなくても、いずれ誰かが同じことを口にしただろう。或いは目の前の男子達が限界に達する方が早かったか。それだけの違いにすぎない。

「クソが！　死んじまえ！」

高山と橋本、北川の三人が一斉に殴り掛かる。誰も助けようとしない。

九重雪兎は為す術もなく殴られた。クラスメイト達はその様子を愉快そうに眺めている。そこにあるのは期待。ムカつく奴を、異物を排除しようという基本原理。それは少年少女達にとって絶対的に正しいことだった。

だって自分達の靴を水浸しにしたのはアイツなんだから、全部アイツが悪い。

悪いのは九重雪兎で、九重雪兎が悪で、九重雪兎が敵なのだから。

「やめてよ！　ボクじゃない！　痛いよ！」

九重雪兎は懇願する。だが、暴力は止まらない。

「うるせぇ！　お前みたいな奴要らないんだよ！」

「泥棒死ねよ！」

数人がかりの暴力が九重雪兎を襲う。

無抵抗に頭を庇(かば)って小さくなる九重雪兎の様子に、高山幸助(こうすけ)達、男子のグループは気分を高揚させる。分泌されたアドレナリンがブレーキを破壊し理性を削り取っていく。一度動き出したら止められない。制御できない。

自分達がやっていることは正義だ。クラスメイト達だって応援している。

高山幸助は愉悦を覚えていた。相手は犯罪者で自分達の靴を池に沈めた悪い奴。日曜朝のスーパーヒーロータイムにやっている五人戦隊だって集団で敵をリンチしている。正義は自分で、悪いのは、犯罪者なのは九重雪兎。理性を働かせる障害など何もありはしない。

「ボクじゃない！　痛いよ！　やめてよ！」

クラスメイト達はゲラゲラと笑いながら、無慈悲な野次を飛ばす。

「もっとやれ！」「ボコボコにしちゃえ！」余程、靴を濡らされて腹が立つのか、暴行を止める者はいない。高山達はもう自分では止められなかった。

関わりたくないと、我関せずの者もいた。だが、充満する空気の中、それもまた意味をなさない。

高山幸助は嗜虐心が満たされるのを感じていた。自分は絶対的強者。他者を虐げる存在。弱い者を踏み躙って君臨する王。自分は強い。自分には力がある。目の前で蹲っているムカつく奴を殴りながら、その全能感に酔っていた。

自分は支配者だ。小学校低学年ではまだスクールカーストという概念が確立しきっていない。それでも、それは確実に生まれようとしていた。

人は平等ではなく、弱い奴が強い奴に楯突くことは許されない。それがこの世界の厳然たるルールだ。

「痛いよ！　やめてよ！　ボクじゃない！」

ふと、なにか違和感を覚えた。壊れたレコードのようなナニカ……。

しかしそんな些細な違和感は圧倒的なまでの陶酔感にかき消される。

今はただ目の前の惨めなゴミを、無様に這いつくばらせて、泣かして、嘲笑ってやることしか考えられない。

「貴方達、何をやってるの！」

「みんな止めて！」

三条寺涼香と氷見山美咲が教室に駆け込んでくる。

「コイツが悪いんだよ！」

嫌な予感が的中したことに三条寺涼香は胸を痛めていた。氷見山美咲もまたこの数日で日に日に憔悴を深めていた。

昨日の放課後はちょっとした騒ぎになっていた。生徒達の靴が池に沈められていたからだ。最初は靴が隠されていると、一人の生徒がそう報告してきた。

だがその報告は一人では済まなかった。このクラス全員の靴がなくなっていたからだ。誰かを虐めるにしてはあまりにも大掛かり。ターゲットが広すぎる。

ではイジメではないとすればなんなのか――。

生徒達と三条寺涼香、氷見山美咲は学校内を駆け回って捜すことになった。しかしそれは校内ではない場所から見つかる。見つかったのは中庭の池の中だった。

捜し回る生徒達の中に九重雪兎の姿はない。やったのは九重雪兎で間違いなかった。九重雪兎が言っていたことを思い出す。全員敵だと、確かにそう言っていた。

普通ならすぐにでも呼び出す必要があった。これだけのことをやって両親に報告しないわけにはいかない。

だがそれでも、九重雪兎で間違いないのだとしても、三条寺涼香は躊躇した。

自分達はやってもいない罪を擦り付け犯人に仕立て上げたばかりだ。

彼の母親にやってもいない罪を告げ、彼を諭すよう進言したばかりだ。

どれだけ確信を持っていても、どれだけ九重雪兎が犯人であることは明らかでも、冤罪を引き起こした自分達が、証拠もないのにもう一度九重雪兎を犯人扱いすることなどできなかった。だから躊躇した。

翌日、まずは九重雪兎から話を聞こうと先延ばしにした。

そう生徒達を説得したが、やはり納得は得られていなかったのだろう。また自分は対応を間違えた。その甘い判断が、今度は暴行事件を引き起こした。

決して喧嘩ではない。一方的な暴行。彼は弱々しく蹲っていた。

それがどこか信じ難い光景のように、三条寺涼香と氷見山美咲には見えたが、目の前の光景こそが真実だ。

「ボクじゃない！　やめてよ！　痛いよ！」

高山達は教師の姿が見えても暴行を止めない。いや、止められない。自制できる段階を大きく超えていた。

あぁ、楽しい。弱い人間を痛めつけることはどうしてこんなにも楽しいのだろうか。殴って、蹴って、屈服させることはこの上なく楽しい。

今この空間においてそれは最大のエンターテイメントだ。

それは人間としての本能とも呼べるかもしれない。剝き出しになった獣性。

それはどれだけ人間社会が成熟したとしてもなくなりはしない。

誰もが常に隙さえあれば、相手を陥れて、叩きのめして、跪かせてやりたいと、そう考えているのだから！

だからそう。

そんな暴力に対抗するのは、

そんな暴力を止めるのは、

いつだって――。

それを上回る暴力でしかなかった。

三条寺涼香は一瞬、九重雪兎と視線が合った気がした。

その瞬間、何事もなかったように九重雪兎は立ち上がると、高山幸助を蹴り飛ばした。

蹴り飛ばされた衝撃で机と椅子が散乱する。

「えっ？」

氷見山美咲は理解できない。いや、この場にいる全員の頭上に「？」が浮かんでいた。

あれほど騒がしかった教室が一瞬で静寂に包まれる。

九重雪兎は自分を摑んで殴っていた橋本の指を後ろに折り曲げた。

「ぎゃあぁぁぁぁぁぁぁぁあ！」

咄嗟に手を離す橋本をそのまま殴り飛ばす。

「な、なにやってんだよ！」

突然の暴挙に動揺の色を隠せないまま北川が殴り掛かってくるが、パンチを振り回しても下半身が付いてきていない。

そもそも九重雪兎は喧嘩に慣れていた。なにかと運が悪い少年は、こんなことに巻き込まれる経験もそれなりにあった。特別でもなんでもなく、日常のひとコマ程度にしか感じていない。立ち向かう為に、日々ランニングや筋トレなども欠かしていない。

高揚する気分に任せて、勢いだけで突っかかってくるような相手など、端から相手になるとは思っていなかった。

不安定な足を払うと、簡単に北川の体勢が崩れる。

そのまま引きずり倒すとサッカーボールのように蹴り飛ばす。

「……グッ！」

盛大な音を立てて再び散乱する机と椅子。

高山が何が起こったのか分からないといった表情を浮かべて起き上がる。

それでも先程まで抱いていた陶酔感に支配されたまま殴り掛かってくる。

「お前ぇぇぇぇええええ！」

真っ直ぐ殴り掛かってくる高山の膝に垂直に蹴りを入れると、ガクンと腰が落ちる。そのまま顔面に膝を叩き込む。

「ぷぎゃ」

聞くに堪えない声を上げて、崩れ落ちる。鼻血が出ていた。そのまま高山の髪を摑んで引きずり起こすと、顔面を壁に叩きつける。

「……ガァ」

誰も動けなかった。何が起こっているのか分からなかった。

そしてそれは高山達も同じだった。

　自分は強者だったはずだ。自分はヒーローだったはずだ。踏み躙って、跪かせて、弱い奴を支配し蹂躙する、そんな圧倒的な存在だったはずだ！

　それなのにどうして、どうして、
　今やられているのは自分なんだろう？

　どれだけ理解を拒否しても、何も変わらず、あれほど昂らせていたはずの熱が急速に引いていく。冷静になり、アドレナリンの分泌が止まれば、待ち受けているのは痛みという現実だけだった。

「そういえば、高山。ボクの上履きがないんだが知らないか？」

「な、なにを……」

　ゾッとするような冷たい言葉が耳に届く。

　おかしい。さっきまで、あんなに惨めに、無様に、懇願していたじゃないか！

　それなのに、まるでそんなことはなかったかのように平然とした様子で、その男は自分の顔面を再び壁に叩きつけた。

「――やめ、やめて！」

　グシャリと鈍い音がする。

「ボクがそう言ったとき、お前止めなかっただろ？　で、ボクの上履きは泥棒が盗んだんだっけ？」

　もう一度叩きつける。

「なぁ、高山。何処にあるのか知ってるんじゃないか？」

また叩きつける。

高山が瞳に浮かべていた嗜虐心は霧散していた。今、瞳に宿るのは怯え。

得体の知れない恐怖と痛みという現実に高揚していた気分は塗り潰され、萎縮していく。

「持ってこい」

ただそう告げる。

「うわぁぁぁぁぁぁぁぁぁあ！」

高山幸助は泣き喚きながら、教室から飛び出していった。

ぐるんと、顔を先程まで煽って野次を飛ばしていたクラスメイト達に向ける。

そして、つかつかとそちらまで歩いていく。誰もが逃げ出したいと思っていた。なのに脚が震えて動かない。一瞬で変わってしまった世界に認識が追い付かない。

「ボコボコにしちゃえだっけ？　だったらボクも殴って良いんだよな？」

「えっ……あ、ちがっ……」

風早朱里の胸倉を掴み上げる。

恐怖に身が竦んで言葉が出ない。自分の靴を水浸しにした奴が殴られているのを見て胸がすく思いだった。

だから声援を飛ばしていた。もっとやれと思った。私はなにも悪くない。

そのはずなのに、なんで、なんでこうなってるの？

金縛りが解けたように、ハッと三条寺涼香は我に返ると声を上げた。

「女の子を殴っては駄目！」

「今は男女平等の世の中です」

「そ、それはそういう意味ではありません！」

慌てて九重雪兎に近づき彼を制止する。恐ろしいほどの力で胸倉を摑んでいた。なんとか引き剝がそうとするが、まったく意に介さない。

「同罪なんですよ。一方的にボクは殴られていた。そしてこいつらはそれを煽っていた。知りませんか？　それも暴力です。見ていたでしょう？」

「そ、それは……」

ここにきてようやく三条寺涼香は気づいた。あまりにもその考えに至るのが遅すぎた。高山達の暴行は自分達が教室に来る前から始まっていた。そして自分達が来てからも続いた。この少年は、わざわざそれを自分に見せていたのだ。

最初から跳ねのけることができたにもかかわらず、自分の行動を正当化する為に。

そして、彼の言っていることは何一つ間違っていなかった。

教唆、或（ある）いは幇助（ほうじょ）。どのみち誰も彼を助けようとしなかった。つまりそれは彼にとって全員同罪だということにしかならない。

「貴女（あなた）達がボクにやったことも言葉の暴力です」

「それは……！」

反論の余地などなかった。その通りなのだから。この事態を引き起こした原因は全て自分にある。何一つ彼の言うことに耳を傾けなかったばかりにこうなった。

「今からボクはこいつら全員ボコボコにします」

「ひっ……！　わたし何もしてない！」

「俺だって知らない！　アイツらが勝手に――！」

責任逃れ、自己保身。ざわつきだす。誰だってそんな言葉を聞けば、そうなるだろう。目の前で彼はそれをやったのだ。わけもなく、実行するだろう。

「駄目です！　これ以上、暴力を振るっては！」

「だったらどうするんですか？　教科書も母さんが作ってくれた袋もボロボロです。これは暴力じゃないんですか？」

「どうしてこんな酷いことを……」

氷見山美咲はボロボロにされた布袋を震える手で持っていた。それが自分の罪なのだと言われているようで目を逸らすことができない。

「こいつら全員の親に連絡してください。それくらいできますよね？　やってもいないのに母さんに連絡したんだ。けれど、こいつらがやったことはすべて事実なんですよ」

どのみち隠し通すことは不可能だった。高山達の両親には連絡せざるを得ない。だが、目の前の少年はそれで済ますつもりなど毛頭ないようだった。

九重雪兎が言っていることは、つまりは全ての保護者に自分達がやった愚かな行為を伝えた上で、謝罪しに来させろということだった。

「ま、待って！　お願いだから少し時間をちょうだい！　決して、なかったことになんてさせません。今度こそ貴方の話をちゃんと――！」

狼狽、困惑、混乱。何も考えられない、何から考えて良いのか分からない。

今はただ、この場をどうにか収めようと必死に言葉を重ねるしかない。

「――何を騒いでいるのですか！」

そんな三条寺涼香の思考を中断させたのは、教頭の遠山だった。

「三条寺先生、これはなんの騒ぎですか？」

「いえ、これは……」

教頭の遠山が三条寺涼香に尋ねる。しかし、どう返せば良いのか分からず三条寺涼香は言葉に詰まった。

どうして教頭先生がここに？　そう思うが、これだけ騒がしくしていれば他のクラスにも聞こえているだろうし、たまたま通りがかった教頭がそれに気づいたのかもしれない。いずれにせよ運が悪い。もう少し場が落ち着いてからでなければ説明もままならない。

「あ、待ってましたよ教頭先生」

「君は……。この騒ぎは君が？」

しかし、どういうわけか教頭の遠山に親し気に話しかけたのは九重雪兎だった。三条寺涼香も氷見山美咲も直感的にそれが良くないことだと悟ってしまう。この少年が何かすれば、それはすべて最悪な方向にしかいかない。

「違いますよ。一方的に殴られていたんです」

「なんだって？　ちゃんと最初から説明しなさい」

平然としているとは言っても、あれだけ殴られていた分、九重雪兎はボロボロになっている。傍目にもそれが嘘でないことは分かってしまう。遠山の目が険しくなるが、まるでそんなことは関係ないとばかりに九重雪兎は続ける。

「それより教頭先生、昨日のお話をもう一度してもらっていいですか？」

「君は何を言ってるんだ？　それより何があったのかを説明しなさい」

「教頭先生がお話ししてくれればすべて明らかになります。お願いします。もう一度聞かせてください」

「それがなんだと……」

ペコリと素直に頭を下げる九重雪兎に遠山は毒気を抜かれる。

「はぁ……。分かった。なら君は何が聞きたいんだ？」

「ありがとうございます」

これから何が始まろうとしているのか、三条寺涼香はなんとなく、それを理解しつつあった。

教壇の前で、九重雪兎は教頭の遠山に質問を続けていく。

「教頭先生は三日前の放課後、この教室の廊下を通ったんですよね？」

「その通りだ。この先の倉庫にある備品を確認する必要があってね」

「それは何時頃ですか？」

「十六時すぎだったと思うが……」

「そのとき、このクラスに誰かいましたか？」

「あぁ、一人だけ生徒が残っていた。事故などないように気を付けて帰りなさいと、声を掛けたから覚えている」

「えっ？」

声を発したのは氷見山美咲だった。

その日は十五時前に授業が終わっている。十六時頃まで教室に残っている生徒など滅多にいない。

「その生徒は誰ですか？」

「うん？　そうだな……あぁ。彼だよ」

教頭の遠山はクラス内を見渡すと、アッサリと指を差した。

教頭が指したその生徒、岡本一弘（おかもとかずひろ）は下を向き、震えている。

「ありがとうございます教頭先生。最後の質問です。彼はそのとき、どこにいましたか?」

「ん?　そこの席に座って帰る準備をしていたが」

「これですべて解決しました。流石(さすが)は教頭先生。男前だし優しいしご立派です。よ、教師の鑑(かがみ)!　尊敬します」

「い、いきなりだね。そう言ってくれるのは有り難いが、それでいったいこんな質問で何が分かると……」

九重雪兎は岡本一弘に近づくと、そのままぶん殴った。

ガシャン!

と、大きな音を立てて岡本一弘は吹き飛ぶ。

「な!　君は何をやってるんだ!　止(や)めなさい!」

慌てて止めに入ろうとする遠山だったが、九重雪兎は岡本一弘を引きずり起こすとそのまま教壇まで投げ捨てた。

「教頭先生、岡本が帰る準備をしていたそこの席。ボクの机なんです」

「なに?」

「岡本、お前。ボクの席で何してた?」

今この瞬間、三条寺涼香も氷見山美咲も傍観者にすぎない。だから動けない。

まるでそう、演劇の観客のように、見せつけられる。これはつまり、彼がやっているのはつまり、断罪なのだと。

「なにもしてない！　たまたまそこに座ってただけで――」

「帰る準備をしていた？　お前はボクの机から何を出してた？　いや、何を入れようとしていた？　あの女のコンパクトを盗んだのはお前だな!?」

「ち、違う！　僕は――」

「お前が盗んだんだろうが！」

「違う！　ちゃんと後から返すつもりで――！」

恫喝（どうかつ）さえも演技なのか、ピクリともしない能面のような無表情。

静まり返る教室。その告白は何よりも雄弁に罪を自白していた。

「いい加減にしなさい！　いったい何があったと言うんだね！」

痺（しび）れを切らした遠山が声を荒らげる。

九重雪兎は周囲をぐるりと見渡して言った。

「簡単ですよ。つまりこいつらがグルになってボクを犯人に仕立て上げた。そういうことです」

〝こいつら〟。九重雪兎がそう呼んだ中に、自分が含まれていることを三条寺涼香と氷見山美咲は感じ取っていた。

想定外。岡本一弘にとって、ただそうとしか言えない。拡大する騒動に怖くなった岡本は自分が犯人だと名乗り出ることもできず、ただただ傍観するだけだった。

しかし、それは結局のところ、罪でしかなかったのだ。

「なんということを……」

遠山は苦渋の表情を浮かべる。九重雪兎は最初からすべてを話した。

そしてこのような場で三条寺涼香も氷見山美咲も嘘などつけなかった。

その間に泣きはらした高山が九重雪兎の上履きを持って戻ってきたが、その場で再び九重雪兎が殴りつけて、またひと悶着あり、とりあえず殴られた三人は保健室に移した。

「幸い教頭先生が目撃していたおかげで助かりましたが、ボクは弁護士に相談するつもりでした」

「べ、弁護士って……」

「ボクはコンパクトに一切触っていません。なので、コンパクトには犯人の指紋が付いているはずです」

「そんなことになったら……」

子供の口から弁護士などという言葉が出てきたことに動揺を隠せない。

そうなれば騒動は学外に波及し飛躍的に拡大していただろう。

尤も、そのような知恵を出したのは九重雪兎ではない。九重雪兎は、母親の妹である九重雪華に、犯人を見つける為にはどういった手があるのか相談していた。

九重雪華もあくまでも手段の一つとしてポロッと口にしただけであり、それを言うように指示したわけではない。ただそれを九重雪兎が真に受けて発言しただけだった。

「事情は理解した。三条寺先生、どうしてここまで拗れたんです？　貴女ならもっと上手くやれたのではないですか？」

「分かっています。分かっていますが……」

それこそ三条寺涼香が何度となく自問自答したことだった。ここまでの事態になる前に、何度も何度も何度も引き返すタイミングがあったはずだった。

そして腹立たしいことにそのチャンスを与えてきたのは九重雪兎だった。

彼は今日ここに至るまで何度も手を差し伸べていた。自分達にも、クラスメイト達にも。それは猶予だ。昼休みまでと言った。だが、誰も彼を助けようとしなかった。自分が犯人ではない証拠を出した。だが、誰も信じなかった。

その果てに引き起こした最悪の結果。悪いのは彼の手を払いのけた自分達。

なにもかもが自業自得で言い訳の効かない失態だった。それがどれほど彼を傷つけたのか、どれほど怒らせたのか想像もできない。

「でも、殴ったりするのはいけないことだ。それは分かるよね？」

「もちろんですよ」

三条寺涼香にはどうしても気になることがあった。

「高山君達にあそこまでしなくても良かったのではありませんか？」

「なに言ってんだこいつ？　あ、すみません。失言でした」

「貴方は――！」

「いいですか。ボクは一方的に殴られていた。どうしようもなく必死で反撃しただけです。手加減なんてする余裕ありません」

　嘘だ！

　誰もがそう思った。しかし、それを嘘だととがめることなどできるはずもない。

　結局のところ先に手を出したのは高山達であり、自分達は一方的に殴られる九重雪兎を見ている。彼が嘘だと認めない限り、絶対に覆らない。

　断罪は粛々と続いていく。

　九重雪兎がこちらに視線を向ける。なんて暗い目なんだろう。濁りきったその瞳はあらゆる感情を映さない。

　ふと、思い出す。そういえば、今日彼は一度も先生と呼んでいない。呼ばれていない。

昨日の言葉を思い出す。

　そうか、彼は。彼の中では私達はもう、教師ではなく――。

「散々ボクに言ってましたよね？　悪いことをしたら謝りなさいと。でも、誰も謝罪していないじゃないか。貴女達も高山達も、クソみたいなこの教室の連中も、そこの泥棒野郎も」

　ハッと氷見山美咲が顔を上げる。

　つまりは、自分達もまたこれまで九重雪兎に言ってきたことを何一つ実行していないことを突き付けられる。

「嘘つきなのはアンタ達だ」

　それから三条寺涼香と氷見山美咲は地獄の日々が続いた。事態の収拾だけでも数日。保護者に謝罪に向かう日々。自分の子供が殴られて帰ってきたことに激怒していた両親も、自分の子供がやったことを聞かされれば振り上げた拳を下ろさざるを得ない。自業自得でしかないのだから。

　なによりクラスの雰囲気は最悪だった。

　高山達はビクビクと怯え、別人のようになっていた。九重雪兎の顔色を窺うことしかできない。落書きされた教科書は全て弁償となった。布袋を刃物で切り裂いた犯人は高山達だったが、九重雪兎はまた容赦なく殴った。

「こ、九重君を犯人扱いするなんてアイツ酷いよね！」

「ウザいから話しかけるな」

　風早朱里が媚びを売るが、最早後の祭りでしかない。すべての元凶である岡本はどんどん孤立し居場所を失ったが、担任の三条寺涼香であろうと誰もどうにもできなかった。あれだけの騒動、他のクラスにも知れ渡り、クラスを移動することさえ難しい。そして環境に耐えられなくなった岡本は後日転校することになる。

氷見山美咲は限界だった。一介の教育実習生には荷が重すぎた。

それでも、彼女の矜持がこのままではいけないと言っていた。このまま終わることだけは許されないと、僅かばかり残った期間を必死で耐えた。

どうすれば許されるのか、どうすれば伝わるのか。自分はここで逃げられても三条寺涼香は逃げられない。このまま、壊れたクラスで担任を続けていかなければならないのだ。それもまた懸念事項となる。

今や三条寺涼香との関係は単なる先輩後輩というものではない。奇妙な友情が芽生えていた。或いは同じ罪を背負う共犯関係か。密に連絡を取り合うようになり、いろんなことを話した。

なんの為に、自分は教師になろうと思ったのか。

教師になってなにをしたかったのだろうか。

子供が大好きだった。

だから天職だと信じていた。

決して誰かを踏み躙りたかったわけじゃない。

傷つけたかったわけじゃない。

それなのに、現実はあまりにも無情で、

自分は、あまりにも愚かだった。

少しでも彼との関係を改善することが、自分にできる最後のことだと、それだけを信じることでしか、彼女には自分を支える術が残っていなかった。

「それでは、今日で美咲先生は最後になります。拍手を」

パチパチとおざなりな拍手が響く。充実感も達成感も、惜しまれるようなこともない。当然だ。自分がやったことはこのクラスに不和をもたらし崩壊させただけ。お前なんて、来なければ良かったのに。そう面と向かって言われないだけマシなのかもしれない。

生徒達の前で挨拶をする。彼に視線を向ければ、無関心そのものだ。

一切聞いてなどいないだろう。だが、このままでは終われない。終われるはずがなかった。

だから、氷見山美咲は彼の下に向かう。

そして、深く頭を下げた。

「本当にごめんなさい。君のことを信じるべきだった。君の話を聞くべきだった。今になって謝っても許されないことだと分かっています。それでも、謝らせてください。ご両親にもご迷惑を掛けてしまいました」

伝わっているのかいないのか、その表情からは何も読み取れない。

「私の気持ちです。帰ってから読んで欲しいの」

手紙を手渡す。昨日、氷見山美咲が徹夜して書いたものだった。

何度も何度も書き直した。言葉で謝罪することも重要だが、なにか形になるものを残したかったからだ。こんなことになってしまったとはいえ、自分がこれまでやってきたことには意味があるのだと思いたかった。

自分の気持ち全てが詰まった手紙。

それは氷見山美咲の贖罪(しょくざい)であり、同時に許されたいという甘えでもあったのかもしれない。

九重雪兎はそれを無視すると、そのままランドセルを担いで教室の出口に向かう。

「あっ……」

「それではさようなら」

こうして、氷見山美咲の心は折れ、彼女は教師の道を諦めた。

「うーん。やっぱり俺は氷見山さんと過去に会ったことがあるのか？」

国際通貨基金もビックリな好感度ハイパーインフレお姉さんこと、氷見山さんだが、どうやら過去に会ったことがあるのは間違いなさそうだ。

桃源郷から命からがら逃げ出したが、危うく昇天しかけるところだった。

赤の他人をママと呼んで許されるのは、小学校の担任か、ママ活くらいである。

偽のママとは如何なる存在なのか。さながらヤルダバオトのようなグノーシス主義を彷彿とさせるが、氷見山さんも母性が余り気味なのかもしれない。

お身体に気を付けてください。俺の身が持ちません。

昔のことについて聞かれたが、あまりにも辛そうで見るに堪えなかった。

いつまでも忘れたまま、知らないままで良いのだろうか。

思い出せないことばかりが積み上がっていく。記憶力には自信があるが、その一方で、過去のことはあまり覚えていない。

ロクでもない記憶は即デリートするのが日常だった。

忘れてしまった過去に答えがあるのかもしれないと、手探りで紐解いていく。

「……あんまり、ないな」

家に帰り、ペラペラと部屋でアルバムを捲る。写真もデジタル化されているとはいえ、こうして一冊のアルバムとして残すことは重要だ。

結局、後世に残るのは電子データではなく石板なのだ。クラウドではなくグラウンドにこそ情報は宿る。

若い頃の母さんも美人だなぁ……。あ、姉さんが生まれたときの写真だ！

九重悠璃生誕！　神々しい！　ピカーッと後光が迸っている。

家族の歩みを一から辿っていく。この頃は、沢山写真を撮っていたのか枚数も多い。俺が生まれて徐々に写真も減っていく。興味がないのだろう。

「……これって、俺？」

俺と思しきゼロ歳児が泣いている。俺と思しき一歳児が笑っている。

俺と思しき二歳児が怒っている。俺と思しき三歳児が――。

「――待てよ。そういえば、この時期、確か俺は……」

いつの間にか、無表情な俺がいた。この頃になると枚数も殆どなく、家族写真というより、ただ俺一人が写っている写真が点々と並ぶ。分かる分かる。一緒にフレームインしたくないよね。アルバムの中、たった独り、取り残されていた。

忘れていた記憶の欠片を掻き集めながら、必死に過去を振り返る。

思い出せ！　どうしてこうなった、いつから俺は間違っていた？

居場所なんて何処にもなくて、誰からも見捨てられて、いや、違う。

あのとき、手を差し伸べてくれた人が、救ってくれた人がいたはずで――。

「少し良いかしら？」

コンコンとノックを鳴らして、母さんが入ってくる。出掛けていたのか、普段よりフォーマルな格好をしている。大人の女性って感じで格好良い。

「どうしたの？　アルバムなんて見て。気になることでもあった？」

「なんでもないよ。それよりなに？」

一瞬、沈んだような表情を浮かべると、母さんが静かに口を開いた。

「……ごめんなさい。貴方を疑ったりなんてしてない。さっき、学校に抗議してきたわ。やるからには徹底的に戦うから。でももし、貴方があの学校が嫌なら、やめたっていい。他に転校したっていい」

「マジすか」

「正式に決めてから言うつもりだったけど、この先、私は独立しようと思っているの。仕事に困ったら、いつでも私を手伝ってくれるだけで嬉しい。だからね、雪兎の好きなようにしていいんだよ」

隣に座った母さんがそっと手を俺の膝に置く。

未来、それは俺がこれまで全く考えたことのなかったもの。

なのに母さんは、この歳になっても確かな将来像を描いている。

「――将来、どうしたい？」

「離島で蜜柑の栽培を……」

「蜜柑？」

喜ばしい選択肢。二つ返事で答えるべきはずなのに、戸惑う。

どのみち退学しようと思っていた。その後押しをしてくれるなら心強い。

灯凪達だって、まさか本当に学校をやめてまで付いてくるような真似はしないはずだ。

そんなことは両親が許さない。俺とは何もかも違う。でも、

「もう少しだけ家族で一緒に暮らしたかったなぁ……」

少しだけガッカリしてしまう。だって母さん言行不一致なんだもん。

俺の部屋に、また母さんや姉さんの私物が増えている。徐々に物置きにしていくつもりだ。さっさと出ていけと地上げ圧力を掛けられている。

転校すれば一人暮らしかな。ま、しゃーない。いずれにせよ、それを促すということは、一緒に暮らしている現状に不満があるのだろう。仕方ないことだ。

口では必要と言ってくれてはいるが、ところがどっこい行動が否定している。

少しずつ家に居場所がなくなって、学校からも追い出されようとしている。

そんな日が来ることを、ずっと予見していたはずだ。ショックはない。

ははーん、なるほど。さては最後の晩餐だな？

そうか、母さんの態度が最近おかしかった理由はこれだ！

俺がいなくなることを見越して、最後に優しくしてあげようというご慈悲。

母性とはつまり、アイオーンにおけるソフィアのような神性を有している。

「ほえ？　どうしたの？」

聖母の目にも涙。慌てて近くにあったハンカチで拭う。

「だって、貴方がしたいことを言ってくれるなんて……」

「あれ？　そんなに変かな？」

少しずつ、何かが漏れ出していた。自分でも気付かないくらいに。

「母親だって認めてもらえるように頑張るから、だからお願い。何処にも行かないで！　離島にも、あの子のところにも。だって、貴方は私の大切な――」

頭をそっと抱えられる。俺が希望を口に出すことが、そんなに珍しい？

天変地異が起こったみたいな驚きように困惑を隠せないが、その温もりが、想いが、先程まで自分が考えていたことが、全て虚構でしかないと教えてくれる。

歪んだ思考の認知。そろそろ俺は知らなければならないのだろう。

そのパラドックスの答えを。

放送室の前に学年男女問わず大勢の生徒達が集まっていた。

「協力してくれてありがと。サッキー！」

「いいのよ汐里。……今度こそ上手くやりなさい」

昼休みの校内放送。放送部の蓮村が担当する日だったが、神代が頼み込み一任してもらっていた。どのみち生徒会からのお知らせとして枠を取ってもらうつもりだったが、スムーズに事が運んだことに硯川は安堵していた。

「本当に良いんだな硯川？　それに佐藤。君達には辛い告白になると思うが」

「構いません。苦しんでいるのは、辛いのは私じゃありませんから」

「大丈夫です。馬鹿な真似をしたのは私だから」

「それより、アンタはそれで良いの？」

悠璃が厳しく祁堂に問い質す。

「何より最初から隠すようなことでもなかった。戒めだよこれは。この期に及んで、自らの恥部を晒すことに臆病になるなど、私が自分を殺したくなる」

「睦月ちゃん……ごめんね」

「裕美の所為じゃないさ。それに見たまえ。私のような張りぼての生徒会長とは違う。これが本物の人望、人徳というやつさ」

僅か数ヶ月の間に、随分と大勢の人間と九重雪兎は関わってきたものだと祁堂は感心してしまう。そしてその誰もが、彼を助けたいとこうして集まっている。

顔見知りもいれば、そうでない者もいる。互いに交友関係があるわけでもない。

それでも、今この場にいる人間には、たった一つの共通点があった。

「自分を卑下するのは止めなさい。あの子が悲しむでしょう」

「すまない悠璃」

悠璃の叱責に祁堂は素直に頭を下げる。そう、彼はそういう男だ。

「あの地獄から僕を救ってくれたのは雪兎君なんだ。父さんなんか、今にも殴り込みに行きそうなくらい怒ってたよ。ま、僕はそれを止めないけど」

御来屋正道が困ったような笑みを浮かべる。彼が今こうして笑えているのも九重雪兎のお陰だ。だからこそ許せない、この理不尽が。

「練二、絶対助けるよ。いいね？」

「麗嘉のことで散々悩みを聞いてもらったんだ。今度はこっちの番、だろ」

自棄になっていた周防の姿はもうない。寄り添って支えたのは藍原だ。そしてその二人を繋いだのが、九重雪兎だった。

「九重には借りを作ってばかりだからな。そろそろ返済しないと首が回らなくなる。それにバスケ部はアイツがいないと駄目な身体にされてしまった」

「敏郎、情けなさすぎない？」

「それにしても雪兎は今頃何してるんだ？　連絡しても繋がらないし。どうせアイツのことだから好き勝手やってそうだけど」

「ユキのことを心配しても仕方ないよ。だってユキだもん」

放送室に入りきらないくらい人で溢れている。これが彼のしてきたこと。そのことが、神代には誇らしかった。好きになる相手が彼で良かったと、そんなことを思いながら、決意を新たにする。

「あのー。私も交ざって良いかな？　ほら、女神様としてはさ、可愛い可愛い信者が困ってるのは見過ごせないよね――って、あははは……は？」

思いがけない人物に、ざわざわと喧騒が広がる。

相馬鏡花。二年生の中でも有名だ。

最近、雰囲気が見違えるように柔らかくなった。

「もぉぉぉぉおお！　やっぱり全然ウケないじゃない！」

「ありがとうございます！」

何故か頭を抱えている相馬に硯川が頭を下げる。硯川は驚いていた。

雪兎のことを何でも知っていると思っていた。でも、それは驕りでしかなかった。

自分の知らない無数の繋がり。それが大きな力になって、彼を救おうとしている。

広い視野を持て。その言葉の真意を硯川は実感していた。

雪兎のことばかり見ていた。二人だけの、そんな小さな世界で生きてきた。

でも、それだけじゃ駄目だったんだ。だから自分は間違えた。だから、自分を助けてくれる人は、雪兎しかいなかった。

これから本当の高校生活が始まるのだと、硯川は思う。

彼がくれた日常。彼が教えてくれた可能性に満ちた、そんな優しい世界。

さぁ、始めよう。そして、終わらせよう。

戻ってきた彼と、また一緒に過ごせるように。

「これで良いんだよね……雪兎？」

◆

「今すぐ止めさせなさい！」

職員室は大騒動になっていた。校内放送で次々と明かされていく真実は、否定しようのないリアリティを持って浸透していく。

代わる代わる様々な生徒の口から語られる一人の一年生。

謹慎処分を受けて、今は学校に来ていない。

どうして誹謗(ひぼう)中傷したのか、何故そうせざるを得なかったのか。被害者であるはずの硯川と加害者だった佐藤。二人の口から語られるのは、感謝。

どうしてB組の成績が良かったのか、今や運動部の中でも、特に熱心に部活に打ち込んでいるバスケ部、どうしてどうしてどうして。赤裸々に明かされていく背景は、まるでミステリーの謎解きのように痛快で、聞き入ってしまう。

生徒会長の祁堂が痴漢の冤罪(えんざい)を引き起こしかけたこと、それを誤解した者が退学になるよう仕組んだこと、それらもまた白日の下に晒されていく。

校長に指示され、慌てて止めに入ろうと急ぐ同僚を止めたのは三条寺だった。

「その必要はありません」

「何を言ってるんだね三条寺先生！　このままでは――」

「校長先生こそ何を仰っているのですか？　生徒達は何ら校則違反をしているわけではありません。ただの校内放送ではないですか。いったいどういう理由で止められるというのです？　我々がルールを守らないで、生徒達には守らせる。そんなことが通用するとでも？」

「今はそんな綺麗事を言っている場合ではないでしょう！」

東城からの圧力に内心諸手を挙げて喜んでいた教員達も、保護者から連日くるクレームへの対応、生徒達からの苛烈な反発に疲弊していた。そこにきてこの暴露。

今やもう九重雪兎に対して迂闊に何か発言することすら難しくなっていた。

「どうやら、腐った林檎は我々だったようですね。それに無理矢理にでも中止させれば、次は学校外に発信するかもしれません」

その方法を既に九重雪兎は示している。後は踏襲するだけ。次こそ大問題になるかもしれない。そうなれば学校が負う傷は甚大なものになるだろう。

既に穏便に済ませられる段階をとうに越えている。制御など不可能だ。

生徒達にこんな真似をさせてしまったことを藤代は悔いていた。

ここまで決定的な破綻を迎える前に収めることが大人の役割だ。にもかかわらず、その責任を生徒達に押し付け、あまつさえ、それを抑え込もうとする。

それは藤代が目指すべき教師像とは対極で、許せるはずがない。

（……賽は投げられた）

この先、どうなるのか誰にも分からない。藤代は内心で苦笑しながら、ただ流れに身を任せた。

◆

「九重という生徒はいるか!?　すまないが今すぐに呼んでくれ！」

渦中の最中、まさに血相を変えてというのだろう。その男は必死の形相で職員室に飛び込んできた。普段の面影は微塵もない。傍目にも分かるほど焦りが見られる。

「と、東城先生!?　どうされました？」

「あの生徒だ！　九重という。先日連絡しただろう。彼は今何をしている!?」

突然の来訪者に動揺しながらも、対応せざるを得ない。校長の吉永とてたかだか高校の一責任者でしかない。相手はこの学校のＯＢであり地元の名士。

そしてなにより県会議員だ。教育に熱心なことで知られる東城秀臣。不用意な態度が許される相手ではなかった。

「彼は現在謹慎処分中で――」

「今すぐに処分を解いて呼び出してくれ！」

「いったいどういうことですか？　彼は東城先生の指示で――」

「私は指示などしていない！　こういう生徒がいるのはどうかと言っただけだ！」

如何にも政治家らしい保身に満ちた物言いだった。自分に責任が及ばないように最低限逃げ道を残している。

しかし、にもかかわらず目の前の東城はただならぬ様子だ。

いったいこの男に何があったのか――。

誰もがそう思う中、東城が絞り出すように言葉を吐き出す。

「このままでは私は破滅だ」

東城秀臣は県会議員を三期十二年務めている。いずれは国政への進出も考えていた。そんな秀臣に珍しく娘が頼み事をしてきた。

一人娘である英里佳を秀臣は可愛がっていた。英里佳の話を聞いて秀臣は激怒する。そのような生徒が娘と同じ高校に通っているなど耐えられない。

　あまつさえ、逍遥高校は自分の母校でもある。その男がやっていることは紛れもなく犯罪だ。母校に相応しくないどころの話ではない。

　先日、視察したときは、勉学に励む生徒達を誇らしく思っていた。

　秀臣は電話を手に取る。もし、このとき、ほんの僅かでも英里佳の証言の裏取りをする労力を割いていれば、状況は変わっていたかもしれない。

　しかし、全ては後の祭りだった。

　数日後、秀臣の下に県連の幹部から電話が掛かってきた。

　その内容は寝耳に水だった。党公認の取り消し。ありえない事態だ。

　秀臣は与党から公認を受けている。県議会でも過半数を占める最大会派の一人だった。公認の取り消しとはすなわち、今後の選挙において組織の協力を得られなくなる無所属での活動を意味していた。当然、国政への鞍替えなど水泡に帰す。

　そんなことが受け入れられるはずがない。何かの間違いだ！

　秀臣は激高しすぐさま抗議するが、にべもない返答がくる。

　それは氷見山利舟からの指示だという。

　氷見山利舟。国会議員を八期務め、文部科学副大臣、総務副大臣、厚生労働大臣などを歴任した重鎮だ。既に国政から引退しているが、隠然たるその影響力は微塵も陰りを見せていない。

　――馬鹿な、あり得ない！

理解できない。それもそのはず、国政を目指す秀臣にとって氷見山利舟は雲の上の存在である。それ以前に会話したことも面会したことすらない相手だった。

自分を知っているはずがない。氷見山利舟からすれば路傍の石。その相手がどうして自分に対して公認の取り消しを求めるなどという真似をしたのか。

しかし、一つだけ分かっていることがあった。氷見山利舟に目を掛けてもらえれば、それは国政に進出する上で途方もなく大きな足がかりになる。

氷見山利舟の地盤は強固だ。誰がその地盤を受け継ぐのか、後継者争いにも注目が集まっている。もし、自分がその後釜に座ることができれば、飛躍を遂げるだろう。

逆にその氷見山利舟に嫌われるようなら、自分の未来はないということだ。

愕然とする秀臣の下に再び電話が掛かってくる。氷見山晴彦。

文部科学省に勤めるキャリア官僚。晴彦は冷然とした声で告げる。

事情を知った秀臣は真っ青になっていた。不味い、どうしてこんなことに！

最早、国政への転身どころではなかった。そんな夢想をしている場合ではない。

それどころか、今すぐにでもこの問題を収拾しなければ、自分の未来はない。

このままでは破滅する！　秀臣は全ての予定をキャンセルするよう秘書に指示すると、急いで母校に向かう。浅慮だった。浅はかだった。取るに足らない問題だと考えていた。

事実の確認を怠った。

それはそのまま東城秀臣が政治家の資質に欠けていることを意味する。

そう烙印を押されても致し方ない失態。

あの生徒がまさか、氷見山と繋がりがあるなんて！

無実の生徒を陥れてしまった。それが氷見山と繋がりがあるなど想像の範疇にすらない事態だった。

事実確認を怠った自分の愚かさを後悔しながら、秀臣は焦燥に駆られていた。

◆

「良かった！　本当に良かった……」

母さんの付き添いで病院に来ていた。乳がんの精密検査。

超音波検査の結果は「異常なし」。

母さんが言うには、乳がんの確率は元々低かったらしい。

とはいえ、平気なはずがない。疑いがあるというだけで、不安に陥るものだ。

ましてや誰にも相談できずに、一人で抱えるには重すぎる。

結果が出るまで、母さんの手は震えていた。俺の手を握りながら、ジッと恐怖に耐えていた。今は安堵したのか、よりいっそう、強く握られている。

「ごめんなさい。……貴方を付き合わせてしまって」

「暇だったしね。これくらいしかできることないけど」

謹慎処分中なので当たり前だが、学生は学校に行っている時間帯である。

このような時間に私服で出歩いているなど、俺は不良だった。

最早これはヤンキーと呼んでいいかもしれない。九重雪兎ヤンキーフォルムといったところだろう。だが、釘バットも木刀も持っていない。

人は何故修学旅行で木刀を買ってしまうのか、永遠の謎だ。

「ううん、そんなことない。貴方がいてくれなかったら、私、潰れてたかもしれない。傍にいてくれただけで心強かった。ありがとう」

母さんの様子に胸が痛くなる。真っ青だった顔にようやく生気が戻る。

どうして母さんなんだ。どうして俺じゃないんだ。

「俺が代わってあげられたら良かったのに……」

苦しむべきは俺であるはずだ。俺でいいはずだ。

母さんじゃない。母さんは苦しんで良い人じゃない。

いつだって、業を背負うべきは俺で、そんな役割は俺が——。

「優しいね。でも、二度とそんなことは言って欲しくない」

有無を言わさぬ強い口調。母さんの表情が強張る。

「母さん？」

「ごめんね。貴方のことを蔑ろにしてきたのは私なのに……」

母さんの大きな瞳にみるみる涙が溜まっていく。

その悲し気な表情に耐えられなくなり、慌てて話題を変える。

「そうだ。後で姉さんが帰ってきたら一緒にご飯食べに行こうよ。この前、美味しいお店を知ったんだよね」

無論、お代は俺が出しますよ、えぇ。普段、あまりお小遣いを使わない俺からすれば、こういうときに景気良く使わないでどうする。

大将に連絡しようとスマホの電源を入れると、着信がホラー状態だった。

留守電も凄まじい。面倒なので、見て見ぬフリを決める。

「雪兎からそんな風に誘ってくれるなんて……。そうね。悠璃にも伝えなきゃ。あの子も私の様子がおかしいことに気付いていたみたい」

どれほどの不安を抱えていたのだろうか。俺には到底理解できない。

死への恐怖。生への渇望。その狭間で母さんはずっと苦しんできた。

俺にできることは、懸念を払拭できるよう極力優しく振舞うことだけだ。

見てろよ。母さんを元気づけようとネットで学んだ必殺技を喰らえ！

「お母さんが無事で良かった。お母さん大好き！　ボクお母さんと結婚する！」

グハァ！　と、母さんがダメージエフェクトを撒き散らす。え、大丈夫!?

ドワハハハハハハ！　どうだ見たかこの威力。

母親が喜ぶことで検索したら、幼少期の子供にこう言われると嬉しいんだって。

振り返ってみると、とてもじゃないが俺は小さい頃にそんなことを言った記憶はない。

この歳になって言われても嫌がられるだけかもしれないが、これからもチャレンジ精神を大事にしていきたい。

「――本当に、貴方が私の夫だったら良かったのに」

潤んだ瞳に吸い込まれそうになる。アレ、おかしいぞ。なんか間違えた？

「えっと、母さん？　どうしてそんなに顔が近く……？　二度あることは三度ある。最近このパターン多くないかなって――ん――ん――！」

……なんかもう凄かった。深くは言及しないけど。

「ご、ごめんなさい！　あまりにも嬉しくてつい！……でも、本心よ」

どうしよう。色香が増している。それはまるで恋する少女のように。

「ママからやり直すつもりだったのに、貴方が私を甘やかすから、どんどん駄目になってしまうわ。これ以上は駄目――本気に――なるから」

ベッタリと抱き着いている母さんに、ここしばらく考えていた提案をする。

「あのさ、今度一緒に行きたいところがあるんだ」

「……私と一緒に？」

「うん」

自分探しの旅である。意識高い系の若者が陥りがちな精神疾患の一つだが、俺の場合はガチで自分探しの旅なので意識高い系と同一視して欲しくはない。

俺は急にインドとかに行って新しい自分に目覚めたりしない男、九重雪兎である。俺は俺に疑問を持っている。

これまでは何も気にならなかった。何も気にしなかった。傷つくことすらもうない。俺のメンタルはアルファゲルのように高い衝撃吸収性を持っている。誰に何を言われようと何をされようと傷つくこともない。だからどうでも良かった。

自分にも他人にも何の関心もなかった。俺が関心を持たないのと同じように、どうせ誰も俺に関心を持っていない。それで良いじゃないか。それで全ては片付く。そうやって全てを放棄していた。

きっと、俺はこのままでは駄目なんだ。俺の何かが変わらなければ、俺は同じことを繰り返す。誰かを苦しめ続ける。

どうしてさっき母さんは泣いた？　何の為(ため)に姉さんは俺にキスをした？　灯凪(ひなぎ)は何を証明しようとしていた？　汐里(しおり)はマネージャーになって何をしたかった？

俺に向けられている感情が何なのか、俺は多分知っている。

知っていて理解できないだけ。失ったと思っていた。でも、確かにそこにあった。

ぼんやりと浮かび上がる答えに、手が掛かった。

◆

「――そんな……じゃあ、私は!?」

「雪兎と連絡が付かない！　もう、何処に行っているの――」

「頼む、なんとか連絡が付く方法を――！」

校長室は荒れていた。担任の藤代小百合や悠璃もこの場に集まっている。

つい先程、ここにも教育委員会から連絡が来ていた。それは秀臣が聞いた内容と同じようなものだったが、問題は飛躍的に拡大し学校内では収まらなくなっていた。

目を覆いたくなる大炎上。吉永とて処分は免れないだろう。

睦月から全ての事情を聞いた英里佳は泣き崩れていた。父親の秀臣も生気を失っている。無実の人間を陥れようとした英里佳もまた処分を受けざるを得ない。

現に九重雪兎はなんら過失がないにもかかわらず停学処分と同等の謹慎処分を受けている。東城家が起こした馬鹿げた騒動に一方的に巻き込まれただけだった。英里佳は、事と次第によっては最悪退学ということにもなりかねない。

そして、こうなってしまえば、英里佳、秀臣、校長の吉永含め、それらの生殺与奪の権を握っているのは他ならぬ一生徒の九重雪兎だった。

少なくとも東城秀臣は九重雪兎に氷見山家へとりなしてもらわなければ未来はない。今の地位すら直に剝奪されるかもしれない。

「英里佳、君がやったことは許されないことだ。しかし、それが私の為というなら、私も同罪だな。センシティブな問題であるが故に周囲に何の説明もしてこなかったのは私の落ち度だ。最悪の場合、私も君と一緒に学校を去る」

「ごめんなさい睦月！　私が悪いのです！　貴女が去る必要などありません！」

二人に悠璃は冷たい眼差しを向ける。怒りが募っていく。

折角、良い方向に向かっていたと思えばすぐこれだ。いつだって、まるで悪意を持ったようにこんな騒動ばかりが襲ってくる。

そして、その度に九重雪兎は壊れていく。もう限界だった。ほんの少しだけでも、弟が自分に心を開いてくれたと思った矢先だったからこそ、また壊れるのではないか、また弟に他人のように扱われるのではないかと思うと耐えられない。

「二人とも退学して！　あの子の周りに傷つけようとする存在はいらないの！」

「悠璃……すまない……」

張り詰めたように空気が緊迫している。どうにもならない。

この事態を収拾できる唯一の存在がここにはいない――――はずだった。


「よっ、やってる？」

本当に似つかわしくない台詞と共に、まるでフラッと居酒屋に立ち寄ったサラリーマンのような軽薄さで、この場の生殺与奪の権を握るその男、九重雪兎は現れた。

「ジャッジメントで――」

「やめなさい」

「はい」

よく分からない台詞と共に。

「アンタ、どうしてここに……？」

「あんなに連絡があったら、何かあったと思うでしょ普通」

病院から出てスマートフォンの電源を入れると着信とメールが凄まじいことになっていた。個人情報が流出した結果、スパムが大量に送られてきたのかと思うほどだった。

しかし、相手は姉さんや学校からであり、流石の俺もこれは何かあったに違いないとこうして足を運んだわけだ。ついでにいえば私服のままである。

「連絡がつかなかったのはどうして？」

「あぁ、ちょっと出掛けててさ」

「君は一応謹慎処分中なんだが……」

「それに俺が従う必要ありますかね？」

校長の表情が気まずいものに変わる。当たり前だ。俺に一切の落ち度がない以上、従う理由がない。

明らかな不当処分であり、公になれば処分を決めた側が問題になるだろう。

「で、どうしたの？」

「九重君、申し訳ありませんでした！」

開口一番謝罪してきたのは三年生だった。初対面で面識はない。目を腫らしていた。泣いていたのだろうか。その隣には壮年の男性。矢継ぎ早に頭を下げる。

「本当にすまなかった！」

「まず何があったのか説明してくれませんか？」

到着して早々にこの荒れ具合。修羅場なのは分かるが、説明がないので俺にはちんぷんかんぷんだった。俺は十人の言葉を聞き分ける聖徳太子（しょうとくたいし）ではなく九重雪兎だ。凡人には一を聞いて十を知るような真似（まね）はできない。

一通り話を聞き終えた俺は渋い顔になる。そりゃそうだ。今回の事態は本当に降って湧いたような事件だったが、聞けば聞くほど無関係どころの騒ぎではない。

俺の知らないところで知らないままに起こっていただけだ。なにその理不尽!?

「つまりこういうことですか？　俺は今、貴方達（あなたたち）が勝手に起こした騒動の尻拭いまでさせられていると、こういうわけですか？」

迷惑すぎだろ！　完全に徒労でしかない。狩りゲーにおける卵運びクエスト並に不毛な行為だった。何故、進路上に巨岩を置いてまで妨害するのか。開発スタッフの嫌がらせに辟易（へきえき）しているのは俺だけではないはずだ。

「私は責任を取り退学致します。ですから、どうか、どうか睦月だけは許してください！睦月はこの学校に必要な生徒です！」

　東城と名乗った先輩は涙を流しながら懇願していた。だが、俺はそれを聞いてなんて自分勝手なんだろうと思った。この人は何も理解していない。

「勝手に勘違いして俺を貶めた挙句、勝手に退学するとか言ってますけど、先輩はそれで良いかもしれませんが、それが迷惑を被った俺に対する謝罪になっているんですか？」

「ですが……！」

「先輩、俺じゃなかったら、学校から不当な処分を受けて、もしかしたら自殺していたかもしれません。それでなくとも大きく傷ついたでしょう。貴女が退学したからって、その傷は癒えるんですか？」

「――自殺っ!?　ごめんなさい！　本当にごめんなさい！」

　先輩はショックを受けたように崩れ落ちる。それを彼女の父親が咄嗟に支えるが、この人も大概だろう。騒動を悪化させた張本人であり当事者だ。

　俺のメンタルがゴリラガラス並の硬度を持っているから問題ないだけであって、普通だったら絶望していてもおかしくない。

　あまつさえ学校側もグルになって処分を課している。味方なんて誰もいないと悲嘆に暮れてもしょうがない。

「先輩の悪意によって、もし死んでいたらどう責任を取るんですか？　貴方もです。東城さん。何故、事実の確認をしなかったのですか？　貴方は何の為にその地位にいるんです？」

「私の落ち度だ」

「俺を助けてくれる人がいたから何とかなっただけで、そうじゃなかったらこのまま不当な扱いを受け続けたかもしれない。その場合、どうなっていたんでしょう」

「雪兎、名誉棄損で損害賠償を請求しましょう」

「それもいいけど」

「それくらいなら幾らでも払おう。本当にすまなかった！　私はこれまで教育に力を入れてきた。その私がこんな真似をしてしまうとは……」

「お父様、いえ、私が悪いのです。私が――！」

「九重、責任の一端は私にもある」

まったくもって嘆かわしい。これほどまでに後悔するなら、どうしてもう少しだけ思慮深く立ち回れなかったのだろうか。さっきも言ったが、俺は無関係なのにその尻拭いだけをやらされるという最悪のパターンだった。

ここまで来ると女運の悪さもただのギャグでしかない。

はぁ。大きなため息が零れる。ビクリと周りが反応する。俺の表情を窺うように視線が集まるのを感じる。何故、こんな面倒事ばかり巻き込まれるのだろうか。

この世界はどうにも俺に厳しくできている。いい加減にして欲しい。

今までの俺だったら、こんなときどう返事をしていたのだろう？　そんなことを考える。退学するならすればいい。彼女がやったことは許されない。

　それに俺にとっては無関係でどうでもいい存在だ。いなくなったところで、何とも思わない。そんな風に答えていただろうか。

　祁堂（けどう）会長もまた苦渋の表情を浮かべていた。会長だって本来は何も関係ない部外者だ。この事態に関しては巻き込まれた被害者でしかない。

　東城先輩が退学になれば会長は悲しむだろうか。自分も一緒に退学すると言っていた。ＨＩＰＢＯＳＳは責任感が強い。そうでなければ、あれからしつこく俺に関わってこようとはしないはずだ。

　一つ思うことがある。俺は確かに女運が悪い。それはもう確実だ。

けれど、今回の事態、助けてくれたのもまた女性だった。氷見山（ひみやま）さんもそうだが、姉さんも怒ってくれていた。生徒会長も今この場でこうして責任を感じている。

　俺はこれまで一人で良いと思っていた。そうあるべきだと思っていた。

　俺は誰かを傷つけてしまう。一人でいることは俺にとってはとても好ましいことだ。まったく気にならない。寂しいという感情もない。でも、それでも離れていこうとしない人達もいた。寄り添おうとする人達もいた。

　俺は陰キャぼっちのはずだが、今では到底そう名乗れないほど人間関係が構築されている。陰キャはともかく、ぼっちだとはもう言えない。認めなければならない。現状を正しく認識して、俺は変わらなければ前に進めないのだから。

彼女達が向けてくれているはずの感情に、いつまでも気づかないままでいたくない。もう誰の泣き顔も見たくない。なのに、俺の前でまた誰かが泣いている。

東城先輩の泣き顔を見る。言ってしまえば彼女は敵だ。俺にとっては憎い相手のはずだ。だが、そんな誰かを恨むような感情など、俺にはとうになかった。

だから――。

「東城先輩、貴女に罰を与えます。まずは自分がやったことを公にすること。俺の信用回復に努めてください。じゃないと、このままだと俺はピカピカの鬼畜一年生ですからね」

「はい」

一息置いて、俺は先輩の手を取り、まっすぐに視線を向ける。

「それと、俺の友達になってください」

「えっ？」

「俺、全然友達いないんですよね。これまでぼっちだったので」

「えっと……」

「勝手に退学とか言って逃げるのはナシです。それで救われるのは先輩だけでしょう。俺にはなんの見返りもない。これだけ迷惑を掛けておいて、そんなことが許されますか？」

「で、ですが……貴方はそれで良いのですか？」

「迷惑を掛けた分の謝罪はちゃんとしてもらいますけど」

「……ありがとうございます。それと本当にごめんなさい！　どうして、どうして私は貴方のことを嫌って酷いことを……」

「そういえば、東城先輩はどうして俺達のことを知ったんですか？　会長がうっかり俺を冤罪で犯人に仕立て上げたことは、知られてなかったはずですが……」

「手紙が届いたんです。貴方が睦月を嵌める為に仕組んだ罠だと」

「ばっかもーん！　そいつが犯人だ！」

「いったい、誰がそんな卑劣な真似をしたんだ！　英里佳、その手紙は？」

「ごめんなさい。内容が腹立たしくて、すぐに捨ててしまいました」

「それにしても、これが日頃の行いってやつですかね。お遍路に行って禊してくるので、会長は気にしないでください」

　俺って、そこまで嫌われてたのか。ループ令嬢なら人生簡単にやり直せるのに。

　何故か後ろから姉さんに抱きしめられる。双丘が背中越しに存在を主張しているが、俺は窓から蒼穹を見上げて誤魔化した。柔らかいなぁ……（遠い目）

「雪兎、それで良いの？」

「良いけど、あの……どうしたの？」

「なんか取られそうな気がしたから。悪寒？」

　姉さんがよくわからないことを言っている。

「しかし、九重雪兎。君は実際に処分を受け、英里佳も騙されたようだ。秀臣さん、このままというわけにはいかないのではないか？」

「そうだな。吉永（よしなが）校長、学校としても情報の取り扱いには細心の注意を払っていただきたい。どうにも、なにか不審な点があるようだ」

「も、もちろんです」

その場で俺の謹慎処分は解除された。これで晴れて自由の身だ。

学校側に県会議員の東城秀臣などとは比較にならないほど、強烈なプレッシャーが掛けられたらしく、どちらにしても即刻解除となったそうだが、いったい氷見山さんは何をしたのだろうか。恐ろしい。でも、聞くのはもっと恐ろしい。

前回、家に行ったときのことを思い出す。アレは魔女だ。魔女に違いない。俺を誑（たぶら）かす魔性の女だった。だいたい何で胸を――おっと、口が滑りそうになる。

「すまないが九重君。君にこういうことを言うのは非常に心苦しく無責任だとは重々周知している。全て私の責任だ。だが、頼む！　どうか氷見山先生に繋（つな）いでくれないだろうか？」

「氷見山先生って、俺は美咲（みさき）さんしか……」

「美咲……？」

「そもそもそっちは俺はノータッチであって――」

「頼む！　このままでは私はもう終わりなんだ。ともすれば英里佳もこれまでと同じように生活させることも難しくなるかもしれない！　どうか頼む！」

大の大人が土下座していた。県議会議員じゃなかったのかこの人？

余程、氷見山さんに強烈なお灸をすえられたのか、恥も外聞もなく情けない姿を晒している。先程の言葉からすれば、議員生命が脅かされているのだろうか。

いずれにしても大人の話すぎて、俺が介入するような余地はない。

氷見山さんに唯々諾々従うまでだ。

「分かりました。でも、知っているのは美咲さんという女性だけです。その人に話を通しますから、後はそちらでやってください。俺にはよくわからないので」

「ありがとう恩に着る！　女性……ということは利舟先生の親族なのか？」

「お爺ちゃんと言ってましたから、お孫さんじゃないでしょうか」

「そうだったのか。どうりで先生がすぐに動かれるはずだ。君は本当に凄いな。いったいどうやってそんな人脈を……」

「胸が……胸を……どうして服を……脱ぐのは……やめ……触っ……」

「雪兎！　どうしたの雪兎!?」

「――ハッ!?　封印したはずの記憶の扉が!?」

「ちょっと今の何！　何があったの!?」

「危うく母性で溺れ死ぬところだった」

「ねぇ！　どんな関係なの!?　正直に言いなさい！」

しかしながら、これまで九重雪兎ヤンキーフォルムとして過ごしてきた分、明日からまた普通に登校しなければならないのはそれはそれでダルい。

「あの……儂は？」

「ギルティ」


その後、校長の吉永は懲戒処分となり、減給一ヶ月という処分が下った。

その結果、すっかり九重雪兎のご機嫌を伺うような態度に変貌してしまった校長の姿が度々校内で目撃されるようになり、ますます九重雪兎はヤベー奴扱いされるようになっていたのだが、本人は知る由もない。


校長室を出ると、大勢の生徒達が集まっていた。

こちらの姿を見るや否や、駆け寄ってくる。

「ユキ、大丈夫だった!?　ユキがこのままいなくなったりしたら私……。ねぇ、ど、どうしたの？　なにかされたんじゃ……。ユキ！　ユキってば！」

「チーン」

女子の中で肉体強度最強を誇る汐里のベアハッグが炸裂する。その尋常ではない威力にミシミシと骨が軋む音を聞きながら、次第に意識が遠のいていく。

「ちょっと、やめさない汐里。貴女の所為で九重君が大丈夫じゃなくなってるわよ」

窮地を救ってくれたのは、意外にも俺を嫌っていたはずの蓮村さんだった。

「私も、貴方には迷惑を掛けてしまったから……」

蓮村さんがぎこちない笑顔を見せる。以前、呼び出されたときは睨み付けられていたが、そのときとは随分と印象が異なる。本来の彼女はこちらなのかもしれない。

「九重、すまない！　俺達がもっと君のことをちゃんと伝えられていれば！」

「これからもっと積極的にシュウちゃんと頑張るね！」

「その伝道師的振舞いを見直すという選択肢はないのか？」

吟遊詩人コンビに釘を刺しておく。

「謹慎、解除されたんだ。良かったね雪兎君！」

「はぐれ女神先輩……」

「あら、どうしたの？　感極まっちゃった？」

「はい。はぐれ女神先輩って、ちゃんと非常階段以外にも出現するんですね」

「よし、今度という今度はもう許さないぞ」

ひたすら謝った。

「まったく。いつもいつも心配させやがって」

爽やかイケメンがボヤく。クスクスとあちこちから笑い声が響いた。

見知った顔ばかりだ。クラスメイトの姿もあれば、上級生もいる。

姉さんが急いで声を掛けて集めてくれたらしい。

いやはや、その優しき御心に感服するばかりだ。いったい現世でどれほどの徳を積むっもりなのか。熾天使ユウリエル、そなたに感謝します。

さっき聞いたのだが、姉さんや会長、灯凪達が俺を助けようと随分と骨を折ってくれたらしい。複雑骨折してないか心配だ。

「ありがとうございました」

全員に向かって頭を下げる。見返りもなく、手を差し伸べることは難しい。

無視したところで誰も咎めない。所詮は赤の他人だ。

いつの間にか、九重雪兎悪人伝説は霧散していた。むしろ聖人伝説が開幕している。極めて心外だが、そんなこと言えそうな雰囲気じゃない。

荷が重すぎる。後でご尽力いただいた皆様方に御礼状をしたためておかないと。

たかだか俺如きの為に、いったい、どうしてそこまでしてくれるのだろう。

「他の誰かじゃない。雪兎だからだよ」

集団の中から灯凪が一歩前に踏み出す。

そういえば、俺以外全員制服だ。場違い感が否めない。自分が異物であるかのような疎外感。それこそ、慣れ親しんだ感覚だと何処か安心する。

けどそれは、もう許されないのかもしれない。

どうしようもなく助けられてしまった。

こんなにも大勢の人達から。

こんなとき、語るべき言葉はいつだってシンプルだ。

「おかえり」

「ただいま」

俺はあのときと同じ光景に魅入られていた。何処までも遥か高く、遥か低く、吸い込まれそうな空と地上。その絶景は以前と変わらず俺を惹きつけて止まない。

刹那的な衝動に駆られる。あれから随分と時間が経ってしまった。

もしその誘惑に身を委ねていたならどうなっていたのだろう？

あのとき、俺は確かに「死」を願っていた。少なくとも理解しないまま意識はしていた。

しかし、いつからか俺が死を願うことはなくなっていた。

それはまるでアイギスの盾のように俺を守り続けた。九重雪兎のメンタルは傷つかない。

だから死を願うこともない。

単純な理屈だった。でも、何故気づかなかったんだろう？

そんなことなど、あり得ないということに。

「雪兎！　雪兎大丈夫！」

母さんが俺を呼んでいる。そうだ、あの日も確か、こんな表情をしていた。

朧げな記憶がまろびでる。いったいどうしたんだろう？

そんなに俺が今にもここから飛び降りてしまいそうだと、そう思うのだろうか。

そうかもしれない。あのときの俺ならきっとそうしていたのだから。

現に俺には前科がある。心配になるのも当然だ。

だからこそ俺は、今日ここにいる。

全てを前に進める為に。壊れてしまった日々を取り戻す為に。

◆

「こうして一緒に出掛けるの初めてよね。ふふっ。嬉しいわ」

母さんがはにかんだ笑みを浮かべている。子供と一緒に出掛けるだけだというのに、妙に気合が入っていた。お化粧もバッチリだ。とても可愛い。

俺と母さんはスカイツリーに来ていた。姉さんはいない。

今日は母さんの仕事が休みだった為、俺からお願いした。

二つ返事でＯＫしてくれたが、泣かれたりとちょっと大変だった。

「ごめんね。本当は私が……」

今もまたうるうるしている。俺はこれまで母さんにただの一度も何かして欲しいと言ったことはなかった。どうせ何を言っても聞いてくれないと思っていたし、嫌われていると思い続けてきた。

でも、あのとき、大嫌いだと俺を拒絶した姉さんから、少し前に大好きだと言われた。どっちが本心なのか俺には分からない。

それでも、いや、だからこそ話さないといけない。母さんとも。

展望台から降りて、外に出ると良い時間だった。もう少し母さんと二人だけで話したかった。むしろ、本来の目的はそっちだ。

夕暮れの帰り道、俺達はただ静かに会話を重ねる。

これまでの時間を埋めるように、空白を塗り潰すように。

「今日は急に誘ってごめんね？」

「ううん。嬉しかったわ。今までそんなこと一度もなかったから」

「迷惑じゃなかった？」

「そんなはずないでしょう？」

悲しそうに目を伏せる。そういえば、母さんはいつもこんな表情をしていた。

そうさせたのは俺だ。俺がこんな風に悲しませてきた。

「母さんは俺のことが嫌いなんだと思ってた」

「そんなことない。どうして？　嫌いなはずないでしょう？」

「でもあのとき、母さんは俺を見捨てたよね」

「――ッ！　違う。雪兎、貴方何か言われたの!?　貴方はあのとき――」

「だから俺は要らない存在だと思った。必要だと言ってくれなかったから」

「……ごめんね！　辛かったよね……！」

「姉さんからも嫌われていると思っていた。でも、姉さんはこの前、俺を好きだと言っていた。だから母さんにも聞きたくなったんだ」


「――俺は、消えなくて良いのかな？」


ポロポロと母さんの大きな瞳から涙が零れていた。

折角の綺麗な顔が台無しだ。化粧が落ちるのにも構っていられないらしい。

母さんは最近本当によく泣いている。その原因の全ては俺だが、今日だけはここで話を打ち切るわけにはいかなかった。

この九重雪兎という人格をもう一度あるべき姿に矯正する為にも、必要な行為だった。壊れた俺じゃない本当の俺を取り戻す為にも。

母さんの身体が震えているのが分かる。固く強張っているのが伝わってくる。

「俺はもっと母さんと話したかった。伝えたいことが沢山あったんだ」

「うん……」

「でも、母さんは忙しそうで、いつしか俺は何も言わなくなった。そしてその気持ちは姉さんに向かってしまった」

「悠璃（ゆうり）だって嫌っていたわけじゃないわ」

「母さんからも姉さんからも拒絶され、俺の居場所はなくなった。だから俺は消えようとした。それが母さんと姉さんが望むことならそれで良かった。でも、好きだと言うなら、必要だと思ってくれるなら、どうしてあのとき、反論してくれなかったの？　どうして守ってくれなかったの？」

「それでも俺は、一緒に暮らしたかったんだ」

俺が、今の九重雪兎になったのは、あの日からだ。

◆

私の気分は高揚していた。初めて息子から行きたいところがあると誘われた。

それが初めてであるという事実が如何（いか）に私が罪深い存在なのかということを物語っている。子供の頃、仕事の忙しさにかまけて私は甘えさせてあげることができなかった。

大切に思っている。私の宝物だ。

そんなことを幾ら言っても行動が伴わなければ伝わらないのに。

こんなにも愛しているのに、遠い存在になってしまった雪兎を私は見ていることしかできなかった。そして悠璃の変化にも気づいてあげられなかった。

それによって、あの事件が起こる。息子が自ら死を選ぼうとするなど、考えもしなかった。途方もない恐怖。今でも悪夢にうなされる。

自分の所為(せい)で息子が死を選ぼうとするなど、私は親として失格だった。

そんな息子が私と出掛けたいと言ってくれた。胸が温かくなる。

これまで一度だって、そんなことなかったから。

本当はいつだってそうしたかったのに。可愛がって、甘えさせてあげたかったのに。親がそれをできる時間は限られている。子供はどんどん成長してしまう。

愛情を注いであげられる時間が有限だということに、気づくのが遅すぎだ。

もう私の言葉は届かないのかもしれない。そう思っていた。

だから、誘ってもらえたことが、この上なく嬉しかった。まだ親として見てもらえている。必要とされている。ここ最近、雪兎には変化が見られていた。

とても重要で大切な変化。悠璃などは毎日ベッタリで頻繁に一緒に寝ている。

私も人のことは言えない。昨日も一緒に寝てしまった。そうしないと、変わろうとしている息子がまた以前のように戻ってしまうような気がしたから。

いつもと雰囲気が違う。真剣な表情。いつも真顔なのは変わりない。

ただ、いつもはもっと常に突拍子もないことを言い出すのが息子だった。

でも、今日はそんな姿を微塵も感じさせない。

「それでも俺は、一緒に暮らしたかったんだ」

その言葉が胸に突き刺さる。あの日、雪華に連れていかれるこの子を、守ってあげることができなかった。だから雪兎は行ってしまった。

親としての自信を喪失して、私といることが不幸なんじゃないかって、そう思ってしまった。当たり前だ。悠璃にあんなことをさせたのも、雪兎が帰ろうとしなかったのも、それで大怪我したのもすべてすべて私の責任だから。

雪兎は私が見捨てたと言った。違う、見捨てたりなんてしてない！

醜い言い訳。いつも手遅れになってからしか気づけない。

もっと話し合っていれば、もっと真剣に向き合っていれば。

いつだって、そんな後悔ばかりを繰り返す。

息子は今、私と向き合っている。ここで答えを間違えたら、今度はもう帰ってこない。

きっと、本当に手の届かないところへ行ってしまうのだろう。

展望台で見た目は、それを証明するかのようだった。暗い暗い底に沈んで、どこまでも溺れていくようなそんな儚い雰囲気を纏っていた。

今だって、こんなに——！

えっ？　嘘……。どうして……？

「大丈夫だから。気づいたんだ。俺は変わる為に今日ここにいる」

「雪兎、笑っているの……？」

「笑ってる？……俺が？　俺は笑っているのかな母さん？」

きょとんと不思議そうな顔をしている。ペタペタと顔を触っている。

笑っている？　この子が？　愚かにも息子が前に笑っている姿を見たのがいつだったかすら思い出せないほど、私達の関係は歪んでいた。

私に一生懸命話しかけようとしてくれていた頃は確かに笑っていたのに、笑顔が可愛かったのに、いつしか笑顔は消えて、その笑顔を奪ったのは紛れもなく私だ。

母親失格。もう二度と自分にそんな顔を向けてくれないと思っていた。

なのに――！

「とても大切な話があるんだ。――今の俺は、俺じゃない」

◇

いつもと同じように俺はその部屋の前にいた。マンションの一室。いつもと同じようにチャイムを鳴らす。けれど、俺の精神状態はいつもと違うものだった。

外灯が暗がりを照らしている。静寂が辺りを包んでいる。彼女には今日、俺が行くことを伝えてある。それはいつもと同じようで特別な一日。

目的の人物は待ち構えていたとばかりに、すぐに出てきてくれる。いつもと同じように見慣れた笑みを浮かべて、優し気に微笑(ほほえ)みながら俺を待っていてくれた。

でも、今日はいつもとは違う、九重(ここのえ)雪兎という人間の始まり。

すべてはここから、この部屋から今の俺は始まっていた。

「ユキちゃん。待ってたわ！　さぁ、入って。お寿司(すし)でも取りましょう」

「お久しぶりです。でも、その前に少しだけ良いですか？」

「どうしたの？」

「貴女(あなた)が、俺をこんな風にしたんですね雪華さん？」

「もしかしてユキちゃん、気付いたの!?」

瞳孔が見開かれる。驚きが入り交じったような表情。歓喜と寂しさ。

正反対の感情が複雑に絡み合っているような。俺にはそんな風に見えていた。

九重雪華さん。母さんの妹であり、俺にとってはもう一人の母親といって良いかもしれない。雪華さんはとにかく俺を甘やかしてくれる。

そんな雪華さんと本格的な接点を持ち始めたのは俺が家出をした後からだ。

姉さんに突き飛ばされ、そのまま家に帰らなかった俺は、家とは逆の方向へ向かって歩き続けた。消えなければならない、その衝動だけが俺を動かしていた。

気が付けば俺は警察に保護されていた。目の前で母さんと姉さんが泣きじゃくっていたのを朧気ながら憶えている。

骨折していた俺はそのまま入院することになった。

退院の日、家では母さんと雪華さんが大喧嘩していた。といっても、責め立てているのは専ら雪華さんの方で、母さんは何も言えないような状態だった。

激怒していた雪華さんは、「姉さんが育てられないなら私が育てる！」と言い出した。俺はただ茫然とその様子を見守っていることしかできなかった。

憶えていることがある。そのとき、俺は母さんにそれを否定して欲しかった。幾ら雪華さんが母さんの妹だと言っても、俺の母親じゃない。

そんなことはさせないと反論して欲しかった。守って欲しかった。

でも、母さんは雪華さんの剣幕に何も言えず、俺は雪華さんに引き取られ、一ヶ月間一緒に暮らすことになった。

別れ際に見た母さんの目。あのときの母さんは、俺という厄介者がいなくなって清々したと、どうして帰ってきたの？　そのまま消えれば良かったのにと、そんな風に思っていたのだろうか。俺の中でそんな感情がどんどん膨れ上がる。

姉さんからも拒絶され、母さんからも見捨てられた俺に存在価値はない。消えなければならない。そんな俺を雪華さんは救ってくれた。

「ユキちゃん、本当に気づいたの？　私の暗示に」

「はい。アルバムを見ていて気づいたんです。俺が感情をなくしたのは、ここに来てからだって」

自分の思考に疑問を持った。俺の思考に掛けられているなんらかの制限。それがどんなものかまで詳しく知る必要はない。俺にそれができる人物はたった一人だけ。俺が今の九重雪兎になる切っ掛けは雪華さんしかいないのだから。

雪華さんは大学で心理学を専攻していた。俺にもよくそんな話をしてくれた。だとすれば、すべては雪華さんが知っていることだ。雪華さんは俺に嘘はつかない。俺が聞けば必ず話してくれるだろうという確信があった。

「どうして……どうしてそんなことを？」

「二人でスカイツリーに行ったときのこと、覚えてる？」

やっぱりそうだったのか。あの日、だから雪華さんは——。

「俺が雪華さんに引き取られてすぐですよね」

「そう。あのときのユキちゃんを見て思ったの。このままだと、またユキちゃんは命を投げ出してしまうんじゃないかって。きっとまた消えようとするって」

「それは間違ってなかったと思います」

「怖かった。またユキちゃんが消えようとするのが。あのときはたまたま運が良くて助かっただけ。もしまた同じことになれば、次は間に合わないかもしれない」

「それで俺の思考を捻じ曲げたんですか?」

「ううん。私がしたのはそんな大したことじゃない。ユキちゃんにちょっとしたおまじないを掛けただけ」

「おまじないですか?」

雪華さんは自嘲気味に笑う。リビングで俺達はこれまでの答え合わせをするようにただ言葉を重ねていく。

「そう。私はユキちゃんが死なないように、消えたいと思わないようにユキちゃんにマインドセットを掛けた」

「それはどういうものなんですか?」

「ユキちゃんは自分は要らない存在だと思っていたでしょう?」

「はい」

「ユキちゃんは自己が希薄だった。ユキちゃん自身が自分の存在をどうでもいいと思っていた。だから、ユキちゃんにはまず、自分が九重雪兎だと強く認識するように誘導したの。心がオーバーフローしたとき、耐えられなくなる前に、リセットできるようにしたつもりだった」

それを聞いて俺の中で一つの疑問が氷解する。俺が事あるごとに「九重雪兎だ」という自己認識を繰り返していたのは、すべて雪華さんの所為だったのか。

「でもね、本当はそんなのすぐに解けるはずだった」

雪華さんの声のトーンが一段下がる。

「姉さんだって、ちゃんとユキちゃんのことを愛している。悠璃ちゃんだってそうだよ。だから、それがユキちゃんに伝われば、すぐにでも解ける簡単なもの。本格的でも専門的でもない、本当にシンプルなおまじないのはずだった。でも……」

「？」

「ユキちゃんはとにかく女運が悪かった。あの後も、ユキちゃんにはユキちゃんを傷つけようとすることばかりが起こった。中学の頃なんて酷かったよね。その度に、私の掛けたおまじないは、より強固にユキちゃんを縛るようになっていった」

「俺のメンタルが最強なのはその所為ですか？」

そうか、俺は勘違いしていた。俺は壊れているから傷つかないんじゃない。傷つかないから壊れるんだ。傷つかないことと壊れることはトレードオフだった。

最強のメンタル、それが俺をおかしくしていた原因。

でも、それがなければきっと俺はどの時点かで命を投げ出していただろう。

「ユキちゃんは傷つかない。でもね、その度に少しずつユキちゃんは壊れていく。その頃にはもう私ではどうにもできなくなっていた」

「どうして母さんや姉さんに言わなかったんですか？」

「いつもユキちゃんの近くにいる二人には耐えられないよ。壊れていくユキちゃんの姿に我慢できない」

「じゃあ雪華さんは――」

雪華さんは泣いていた。妹だけあって、何処となく母さんの面影がある。

また俺は泣かせてしまったんだ。もう誰も泣かせたくないと思っていたのに。

どうしていつもいつも俺は――。

抱き締められた。母さんと同じように。でも、少しだけ母さんとは違う匂い。

思い返せば、俺はいつも雪華さんにこうして抱きしめられていた。

きっと、母さんに甘えられなかった俺を雪華さんなりに甘やかしてくれていたのだと、今になってみれば分かる。

「気付いたってことは、やっと知ったんだね。ユキちゃんがちゃんと愛されていることに。ユキちゃんに消えて欲しくない。みんながそう思っていることに」

「はい。多分……俺がそうしたら悲しませることになるんだと、そう思います」

「ごめんなさい……辛い思いさせちゃったよね……ごめんね！」

これまでのすべてを洗い流すように雪華さんは泣いていた。

俺はこの人をどれだけ心配させてきたんだろう？

この人はこんなにも俺に尽くしてくれている。

幾ら母さんの妹とは言っても、他人でしかないはずなのに。

「雪華(せっか)さんはどうしてそこまで俺にしてくれるんですか？」

「今のユキちゃんなら分かるんじゃない？」

「……好きだからですか？」

「当たり前じゃないそんなの。好き。私もユキちゃんのことが大好き！」

唇に感じるその感触。とても甘くて柔らかい。

あぁ、どうしてこんなに、こんなにも人は温かいのだろう。

「一つだけ聞きたいことがあったの。ユキちゃんはずっと私の前ではいつも通りだったよね。ユキちゃんに掛けたマインドセットはどうしようもないほどに進行していた。それなのにどうして？」

そうだ、いつもの馬鹿げた思考。それは雪華さんの前では鳴りを潜めていた。

そんなことはこれまで考えたこともなかった。思い返せば不思議だが、その答えはとても簡潔で明瞭だった。

それはきっと——。

「だって、雪華さんは一度だって俺を傷つけたりしなかったから」

そうだ、この人はずっと俺を守ってくれていた。今にも死のうとする俺を助けてくれていた。すべてから拒絶されたと思っていた俺にずっと愛情を与えてくれていた。俺に居場所をくれた。ここにいて良いと、そう言ってくれたんだ。

あの頃から今日までずっと、俺の為にこの人はどれだけの想いをくれたのだろう。それは献身としか言えないものだ。

それをずっと俺に捧げてくれていた。自然と頭が下がる。

「ありがとうございました」

「ユキちゃん……ユキちゃん！」

雪華さんは笑っていた。その涙は、きっと悲しさによるものではないのだと、俺にも分かるくらいに輝いていた。

「お腹いっぱいだね」

「そういえば、お寿司を握れるようになったんです」

「そうなの？」

「大将に教えてもらいました。今度、雪華さんも行きましょう」

俺と雪華さんは一緒にお風呂に入っていた。あの頃からずっと続く習慣。

雪華さんのところに来ると毎回強引に誘われるので今更恥ずかしがったりはしない。とはいえ、視線は虚空を彷徨っていた。ほら、思春期だしさ俺。

「おまじないが解けたユキちゃんは、これから傷つくことがあるかもしれない。それでも大丈夫？」

「大丈夫です。助けてくれる人が大勢いるみたいです」

「そっか。安心した」

「雪華さんだって、助けてくれますよね？」

「あぁんもう！　今日のユキちゃんは可愛(かわい)さが五割増しくらいになっていて、お姉さんもう耐えられない！」

いつだって味方は沢山いた。悪意と同じだけ、善意もそこにあった。

俺がそれに気づかなかっただけだ。傷つかない代わりに壊れ続けてきた。

それはもう終わりだ。傷ついても、俺は誰かを悲しませるように壊れたくはない。

超硬度ナノチューブのような最強のメンタルは失われた。今の俺には必要ない。

でも、それでいい。ようやく俺はこれから感情を取り戻せるのかもしれない。

無敵な俺は今日で終わりだ。

「でも――」

俺は思わず笑ってしまった。

なんてことだ。俺は随分とそれに慣れ親しんでいたらしい。

思えばそれも当然だ。あまりにもその期間は長すぎた。もう十年以上の付き合いになる。

何を言ったところで、既に俺の一部であり、俺そのものでもある。

「どうも俺は、これまでの九重雪兎も好きみたいです。雪華さんが俺の為を想ってくれたものまで失いたくない」

「ユキちゃん……？」

ガバッと浴槽から立ち上がる。パオーン

「過度な円安に備えてドルを買うのがこの俺、九重雪兎だ！」

やはり現在の世界情勢を考えれば、いつまで日本で安穏としていられるかは分からない。貯金を少しずつドルと交換しておくのも、立派な資産形成の一つである。この令和は平和ボケが通じる時代ではないのだ。

まったくもって笑えてくる。そうだ、こんな俺も俺じゃないか。それは決して造り物の人格じゃない。偽物なんかじゃない。違っていた。この俺も俺なんだ。

「ユキちゃん立派よ！　それとその……下の方も立派よね」

雪華さんの頬がポッと赤く染まっている。え、ちょっと待って。俺は雪華さんに何を見せつけてるの？　堂々としすぎでは？　確かに雪華さんとは小さい頃から一緒にお風呂に入っていたとはいえ、そんな俺も思春期なわけで。パオーン

「大丈夫！　ちゃんとゴムも用意してあるし。なんならなくても平気だから！」

「違う、そうじゃない！」

「逆バニーも用意してあるから！」

「なんてこった！　今この状況で聞きたくなかった最悪の回答ありがとう！」

もしや、これが光源氏計画なのか!?

パオーン

ユキちゃんが可愛らしく寝息を立てている。ようやくこの日を迎えた。

私達にとって、今日は「約束の日」。この日だけを待ち続けた。

ずっとずっと壊れていくユキちゃんを見ながら、自分が愛されていることに気付いて欲しかった。

ユキちゃんは私が一度も傷つけなかったと言ったが、実際は違う。

私が一番ユキちゃんを傷つけていた。私があんなことさえしなければ、ここまで拗れることもなかった。それでも、あのときは、ああするしか方法がなかった。

私の願いはただ一つ。ユキちゃんに死んで欲しくなかった。

でも、それがユキちゃんを苦しめ続けてきた。

なのに、ありがとうと言ってくれた。報われたような気がした。

私がやったことをユキちゃんは肯定してくれた。

ようやく霧が晴れたような気がして、涙が止まらなかった。

もうユキちゃんは大丈夫だよね。自ら、それに気づいてくれたもの。

私とユキちゃんの出会いはユキちゃんがもっと小さい頃だ。覚えてさえいないだろう。

当時、私は色々あり悩んでいた。自分がどうすべきか迷いを持っていた時期だった。そんなとき、姉さんの家でユキちゃんの面倒を見る機会があった。

当時からユキちゃんは手の掛からない子供だったけど、あるとき、私のことをママと呼んだ。姉妹だ。姉さんと顔立ちは似ている。勘違いもするよね。

フラフラとやってきたユキちゃんは、私のことをそう呼ぶと、コテンと眠ってしまう。今よりもっとあどけない顔で。

その瞬間、私の中で迷いが消え去っていた。自分はなんてつまらないことを悩んでいたんだろうと吹っ切れた。悩みなど取るに足らないことだ。

人生にはもっと大切なことがあるのだと、私はユキちゃんの寝顔を見ながら、そんな思いに耽（ふけ）っていた。

そんなユキちゃんがあんなことになるなんて、私には耐えられなかった。

初めて姉さんに強い憤りを覚えた。想定外だったのは、ユキちゃんがとにかく運が悪いということだった。何かとトラブルに巻き込まれる。そういう体質なのかもしれないが、少なくとも幼少期のユキちゃんの心はそれに耐えられなかった。

なんとかしてあげたかった。それは些細（ささい）な手助け。ちょっとした対症療法。

あくまでもすぐに解けるようなおまじない、最初はそんな気持ちだった。

それがまさか、ここまで尾を引くことになるなんて……。

でも、それもようやく終わりだ。ユキちゃんは自分には助けてくれる人がいると言っていた。だから大丈夫だ。

ユキちゃんの心を守るおまじないはもう要らない。

心をリセットする必要はもうない。

私が干渉するのも、もう終わりだね。きっと、これからは今までみたいにユキちゃんは私のところに来てくれなくなるよね。寂しいな……。

「……雪華さん……」

寝言だろうか。むにゃむにゃとユキちゃんが呟いている。

駄目だ駄目だ駄目だ！　これ以上、ユキちゃんを私が縛り付けてはいけない！

これまでずっとユキちゃんを苦しめてきたのは私だ。私がユキちゃんを壊してきた。そう思うのに、理性はそう判断しているのに、ユキちゃんの姿を見ると我慢できない。甘やかしたい衝動に駆られてしまう。

だって、こんなにも愛おしい。

ユキちゃんが真実に気付いたとき、きっと私は嫌われると思っていた。

当たり前だ。すべての原因であり元凶。ユキちゃんには私を恨む権利がある。

それなのに、それどころか感謝してくれた。ユキちゃんの笑顔なんて、ずっと小さい頃、私をママと呼んだあの日に見て以来だった。

これまでは何処か罪悪感と義務感を持っていた。

でも、ユキちゃんが許してくれるなら、これからは——。

なんて年甲斐もない。友人達に話したら正気を疑われるだろう。
厳然たる事実として年齢差は覆せない。
でも、それでも抑えきれない。
この気持ちに蓋をすることができない。
——私は今、この少年に恋をしている。

エピローグ

The girls who traumatized me keep glancing at me, but alas, it's too late.

「なんじゃこりゃあぁぁぁあああ！」

愕然(がくぜん)として膝から崩れ落ちる。遂(つい)にこの日が来てしまった。

覚悟していたとはいえ、心の準備をする時間くらいは欲しい。

なにやらソワソワしていた母さんと姉さんから、少し家から出るように言われて数時間。

家族からハブられ悲しみに暮れる中、非情な追い打ちが待っていた。

外出から帰って部屋に戻ろうとすると、室内が一変していた。

なんということでしょう。匠(たくみ)もビックリなビフォーアフターが広がっている。

クリーム色の壁紙が目に優しい。お洒落(しゃれ)なインテリアにカーペット。

しっかり蛍光灯までＬＥＤに交換されている。寿命三倍、エコだよそれは！

居住空間性能が格段にアップしている。自室の面影は微塵(みじん)も残っていない。

何よりも目立つのは、これでもかと存在を主張しているクイーンサイズのベッドだ。途方もない威容を誇りながらデデンと鎮座している。

「とうとう地上げの期限が……」

「おかえり。どう？　素敵じゃないかしら」

姿が見えないと思ったら、旧・俺の部屋で母さんと姉さんが寛(くつろ)いでいた。

「アンタの部屋、殺風景すぎるからリフォームしておいたわ。感謝しなさい」

「え、俺の部屋？」

不穏すぎる発言に思わず聞き返す。追い出されたわけじゃないの？

「他に何があるのよ。どう見てもアンタの部屋でしょ」

「どう見ても俺の部屋じゃないけど……」

改めて見回すが、やはりどう見ても俺の部屋とは似ても似つかない。

こんな居心地の良さそうな部屋では心が休まる気がしない。

「ここがアンタの居場所なの。だから、それに相応しいように変えただけ」

姉さんの顔が一瞬、憂いを帯びる。見透かされたような気がして、言葉を呑み込んだ。

居場所。不思議な感覚に囚われる。ここが、俺のいるべき場所なんだろうか？

今まで自室を自分の居場所だと思ったことなどなかった。

俺はここにいて、家族と一緒にいて、良いのかな？

「貴方の部屋、少しだけ寂しかったから。勝手に弄ってしまって、ごめんね」

母さんに謝罪される。無料で住まわせてもらっている身からすれば文句などありはしないが、とはいえ気になる点はある。それも沢山。

「な、なんでベッドがこんなに大きいの？」

「最近、いつも一緒でしょ。だから貴方が窮屈かもしれないと思って」

「……えっと、自分の部屋で寝れば良くない？——あぁ、母さん泣かないで！」

至極真っ当な意見は当然ながら封殺される。

「寝るだけならともかく、シングルだと狭いでしょ」

寝る以外にどんな用途があるのか知らないが、見知らぬチェストを開ける。

華美な下……中を見なかったことにして、そっと閉めた。

嫌な予感がして、ＹＥＳと描かれた枕を裏返す。予想に反してＹＥＳだった。

「両方ＹＥＳなのかよ！」

腹立たしくベッドに叩きつける。何処に売ってるんだこういうの……。

「は？　私は断らないもの。ＮＯはありえないわ」

「何を!?」

「このベッドなら、激しく動いても大丈夫だし」

「だから何を!?」

姉さんの瞳にハートマークが浮かんでいる。まさか本気で――！

「あ、これ？　ただのコンタクトレンズだから」

「器用に紛らわしいことするんじゃない！」

「一緒に寝るの、楽しみね」

「あ、ハイ」

聞かなかったことにした。壁に目を向けると、ポスターが二枚貼ってある。

Ｂ１ビックサイズ母さんポスターと姉さんポスター（非売品）だ。

「自己主張がすごい」

非売品ではなく卑猥品ではないだろうか。

「来月は水着だから。楽しみにしててね」

「更新されるのこれ!?」

なんかちょっと楽しみになってきたな。二人とも美人だしさ。

「因みにアンタのポスターは私と母さんの部屋に貼ってあるから」

「どうもありがとう」

いやいや、感謝している場合じゃない！　俺は激怒している。プンプン！

「こんなポスター貼ったら、誰も遊びに来られないじゃないか！」

知り合いにはとても見せられない。毎回剝がすのも大変だ。どうしてくれる！

「アンタ、友達とか連れてきたことないじゃない」

「それもそうか」

悲しい決着を迎えたところで、机の上に置かれている写真立てが目に入る。

つい先日撮ったばかりの家族三人の写真だ。無表情の俺を挟んで、仏頂面の姉さんと朗らかに笑う母さんが頰を合わせて写っている。

姉さんと母さんはギャルに流行のポーズとやらをしているが、致命的に似合っていない。

姉さんは表情が、母さんは年齢的に……。無理すんな二人とも。

「不愉快な波動を感じる」

「嘘ですごめんなさい悠璃様マジ美人で最高です許してくだせぇ……へへっ、どうです旦那、あっしが肩でもお揉みしましょうか。ほら、遠慮なさらず」

姉さんに媚びを売ってると、二人一緒に母さんに抱き締められた。

「これから、ううん。これまでの分も、家族でいっぱい思い出を作っていきたいの。我儘だよね。もう遅いよね。でも、こうして記憶と記録に残しながら、少しずつ積み上げていきたいんだ。だから――」

ただただ優しく頭を撫でられる。まるで母親のように。母親なんだけど。

「これからも貴方達の母親でいさせてください」

どうあっても、母さんは母さんで、代わりはいない。

嫌いになったことなどないし、いつだって感謝しかない。

夫婦は離婚すれば他人だが、血縁関係はそうはいかない。とても深い繋がり。

それはきっと、「好き」という気持ちを大きく超えた先にある、深淵なる想い。

もし、望むというなら、ここが居場所だというなら、もう少しだけ、俺はここにいても良いのかもしれない。この三人で、家族で。

そんなささやかな希望を抱いていても許されるのかもしれない。

ピンポーン。ふいに、チャイムが鳴った。

抱きしめられて地味に恥ずかしかったのか、少し赤い顔をした姉さんがそそくさと逃げるように玄関に向かう。悠璃さんは、ああ見えて打たれ弱いのだ。

「こんにちは悠璃ちゃん。うん、これから一緒にご飯行こうか。あれ、姉さん何処にいるの？　ここってユキちゃんの部屋じゃ――」

馴れ親しんだ声がする。来客は雪華さんだった。

「あ」

部屋の入口で目が合う。そのまま雪華さんが、ぐるりと部屋を見回した。

「あら、どうしたの雪華？」

「なんじゃこりゃあぁぁぁあああ！」

◇

「これから授業参観ですね。はぁ、気が重いです」

「今となっては俺もやりすぎたと反省してます。こんな結果になるとは思ってなかったんです。精々半数くらいだとばかり」

「もう君という生徒は。……そんなに大人は信用なりませんか？」

「そんなことないですよ。庇ってくれてありがとうございます」

悪童と名高い俺と生徒指導の三条寺先生は因縁のライバル関係にある。

しかし、意外と目の敵にされているわけではなく、こうしてお茶を啜りながらお説教されるくらいの仲だ。謹慎中も心配して連絡をくれたし、ずっと味方だった。

「どのみち、今回のことはこちらが悪かったんです。嫌な思いをさせてしまって、ごめんなさい。でも、ふしだらなことはいけませんからね！」

「いっぱい遊んで満喫した謹慎期間だったので、気にしないでください」

「それもそれでどうなのかしら……？」

今日も日経平均株価は大暴落していた。三日続けての続落である。

しかし、下がったときに株を買うのがこの俺、九重雪兎だ。

そろそろ買い気配が高まっている。早速、雪華さんにメールで買って欲しい銘柄を送っておいた。因みに資金は俺の個人マネーなのであしからず。

すっかり元の俺に戻ったわけだが、今更急に真面目な九重雪兎君になってもそれはそれで違和感バリバリだろう。俺はこのままの俺で良い。それがこれまでの俺だったのだから、今になって慌てて変わる必要などなかった。

俺は決して偽者ではない。これまでの俺とこれからの俺は繋がっている。

そんなわけで、今日、俺は三条寺涼香先生に生徒指導室に呼び出されていた。

三条寺先生は眼鏡の知的美人でとても人気のある先生だ。怜悧な視線が鋭く俺に突き刺さっていた。呼び出された理由はよく分かりません。俺が呼び出されることなど日常すぎて、何もない日の方が非日常感があるくらいだ。

日常とはいったい……うごごご！

なんか、ふしだらとか言われた気がするが、三条寺先生に視線を向ける。

室内には三条寺先生の芳醇な色香が漂っている。暑いのかブラウスの第一ボタンを開けていた。谷間が見えている。それに何故、タイトスカートで足を組んでしまったのか、チラチラと見えてはいけないものが……ふぅ、黒か。

今日は嬉し恥ずかしブラックフライデーなのであった。

「いいですか、風紀を乱すような真似は厳に慎むこと！　私が教育を――」

先生の方が風紀を乱しているのでは？　という疑問が喉まで出かかるがグッと堪える。俺にとっては眼福でしかないので、わざわざ言葉にする必要などなかった。これからも欲望には忠実に生きていこうと思います。

すると、突然生徒指導室のドアが勢いよく開かれた。

「なにをやっているんですか！」

「三条寺先生、彼がいったい何をしたというのです！」

怒濤の勢いで姉さんや生徒会長などが流れ込んでくる。突然の乱入に俺と三条寺先生は目を白黒させていた。

「なんですか貴方達！」

「先生こそ、いったい何をしようとしていたのです？」

「私は問題のある生徒に指導を――」

「九重は何もしていません！」

「これのどこか指導なんですか！　先生が迫っているように見えますけど？」

姉さんがスマホで撮影していた画像を見せると、三条寺先生の顔が強張る。まったく姉さんの心配性にも困ったもんだよ。

三条寺先生は生徒思いの素晴らしい先生であり、決して生徒を誘惑するような人ではないというのに。因みに俺の目は節穴である。

だいたい客観的にも俺が問題児なのは公然の事実なので、こうして三条寺先生にお呼ばれすることはさもありなんといったところだが、これまでの経験上この程度どうということはない。

「こ、困るよ三条寺先生！」

「校長先生までどうしてここに？」

血相を変えて校長も入ってくる。余程慌てているのか息を切らしていた。

「彼が何かやったという証拠はあるのかい？」

「いえ、ですが彼は何かと騒動を……」

「そのような不確かなことで指導するのは頂けないな三条寺先生。すまなかったね九重君。このことはどうか内密に、どうか君の胸に納めてくれないか!?」

「校長先生、急に人格まで正反対になられたようですね」

校長も必死であった。最近は何かと顔色を窺われている気がするのだが、一介の生徒に対する態度ではない。学級崩壊ならぬ学校崩壊といっても過言ではない。教育現場の嫌なリアルであった。

「いいかい三条寺先生。これ以上、彼に何かすれば私だけじゃない、君だっていつ処分されるか分からないんだ。くれぐれも、く・れ・ぐ・れ・も慎重に行動するように！　頼むよ三条寺先生！」

「おかしくないですか？　そのような生徒がいていいはずが――」

「この件には一切議論の余地はない！」

いつの間にか俺は超絶権力者になっていた。なに処分って⁉　学生にそんな権限があったら怖すぎる。日本の教育制度は深刻な問題を孕んでいる。

「さ、こんなところからさっさと帰るわよ」

ズルズルと姉さんに引きずられていく。概ねこんな騒動は俺にとって日常茶飯事なのであった。バルクナノメタル構造を持つ強靱なメンタルは失われたといっても、それでこれまでの経験が全てゼロに戻るわけではない。

今更この程度で傷つくほどヤワではないのだ。

俺は俺のまま、今ここにいる。

◆

とは言ってみたものの、サーセン舐めてました。

Ｂ組では唐突な修羅場が繰り広げられていた。

「雪兎、お弁当作ってきたの。一緒に食べよ?」

「いきなり言われても、俺には母さんの愛母弁当が……」

「そう思って、いきなりだし量は少な目にしておいたわ」

「ユキ、私も一緒して良いよね?」

「うるさいわね。貴女達は要らないの。私がこの子と食べるんだから」

「何故、姉さんはここに?」

「アンタと一緒に食べる為に決まってるでしょう?」

「その一点の曇りなき眼に何も言えねぇ」

俺の周りは台風が吹き荒れていた。さしずめ姉さんは台風十二号といったところだろうか。灯凪が十号で汐里が十一号だ。

ここ最近しょっちゅう姉さんは俺のクラスまでやってくる。たまに姉さんの友達も一緒にニヤニヤしながらついてくる。そうなると決まって灯凪や汐里とギスギスしだすのだが、この二人も最近はよく俺と一緒に昼食をとっていた。

「九重君、いる?」

「九重雪兎、私達と一緒しないか?」

「よろしければ、お昼をご一緒させてくれませんか?」

暑さで海水温が高くなると、海上で渦を巻きながら上昇気流が発生する。

それによって発生した積乱雲が台風を発生させるわけだが、この学校のホットスポットと名高い俺の周囲は常に荒れ模様だ。台風が一つで済むはずがない。

生徒会長と三雲先輩、東城先輩が俺を呼んでいた。台風十三号と十四号と十五号である。クラス内に暴風雨が吹き荒れる。

「あの、雪兎君いないかな？」

「そ、相馬先輩⁉　すぐに呼んできます――――！」

台風の連続発生はまだ終わっていなかった。さぁ、お待ちかねの十六号だ。

慌てたクラスメイトに呼ばれる。相馬先輩って誰？

何処かで聞いたことあるような気がするが全く思い出せない。

「お前、いつ相馬先輩と知り合ったんだよ。どうなってんだ交友関係？」

「いや、俺にもそんな記憶ないが」

「雪兎、お前良くなったように思いきや悪化してるぞ」

呆れた様子の爽やかイケメン。俺達は今、バスケ部に所属しているが、一年が三人しかいなかったはずのバスケ部は徐々に新入部員が増えつつある。

汐里とこの爽やかイケメンのおかげだ。間違っても俺の所為ではないはずだ。

で、結局相馬先輩って誰なんだよ！　渋々そちらに向かう。

「って、なんだ、天照大神先輩じゃないですか！」

「ついに和風になった⁉　それと君、本気で私の名前覚える気ないでしょ？」

「ドンマイ！」

「腹立つ！　腹立つのにノコノコここまで来てしまった私にも腹立つ！」

「で、どうしたんですか天照大神先輩？　天照大神って引きこもりだったことを考えると、ぼっちの先輩とシンパシーありますよね。あはははは」

「ぼっちじゃないって言ってるでしょ！　私の話を微塵も聞こうとしないのなんなの!?　最近の君は以前にも増してキレてるけど。――って、そうそう。君、謹慎から復帰したのに、全然お昼に来てくれないけど、私といるの飽きちゃった？」

ピシリと凍り付いたようにクラスが静かになっていた。

あれ、どうしたの？　楽しい楽しいお昼だよ？

ところどころ「相馬先輩まで……」という声が聞こえてくるが、よく分からない。

「あー、それはえっと購買に行く機会が少なくなっているといいますか、激しい拘束を受けているといいますか……」

「寂しいから来てよ」

「そこの女狐、自分のクラスに帰りなさいハウス！」

「あら、九重悠璃さん？　どうしてここに？」

「がるるるるる！」

むしろ姉さんの方が狂犬であった。俺は猫派です。にゃーん

「ちょっと雪兎、相馬先輩とどんな関係なの!?」

「そうだよユキ、何処で知り合ったの!?」

ギャアギャアと二人も騒いでいる。何気に先輩達も加わって俺の周囲は大所帯になっていた。騒音が六十デシベルを超えている。そろそろ規制が必要だ。

「九重、今日は私の家に来ないか？　両親が出掛けていてな。私の処――」

「言わせないよ!?」

「私も父が貴方と仲良くなりなさいと」

「こっちにもいた!?」

本来、引っ込み思案で大人しい三雲先輩らしからぬ獅子奮迅の活躍をしている。

毎度、思うんだけど、処――ってなに!?

彼女いない歴＝年齢の俺には皆目見当が……と、言いたいところだが、周囲の白い目がそれを許してくれない。

だって、そんなこと言われても俺はどうすれば良いのさ。

まさか、まさか、まさかこれは……。

俺は重大なことに気付いてしまった。

「エリザベス。聞きたいことがある」

「えっと……何かな九重君？　聞いてはいけない気しかしないけど」

俺はグルッと周囲を見渡した。

仮に勘違いだとすれば末代までの恥だが、俺はこの疑問を解決せねばならない。

「――ひょっとして、俺ってモテてる？」

「今更!?」

クラス中からツッコミが入った。

そうか、俺ってモテてたのか……。

◆

廊下にはズラリと授業のない教師陣が並んでいる。

校長以下直立不動だ。額に脂汗を浮かべ、表情は引き攣っている。

対応の不備は万が一にも許されない。まさに崖っぷちであり背水の陣。

「ふっ、私も脇汗びっしょりだ。震えが止まらん」

「知りたくない情報、教えてくれてありがとうございます」

小百合先生が現実逃避していた。ついでに俺も現実逃避しておこ。へへっ。

いやはや壮観、壮観。誰か俺を自宅に送還してくれぇぇぇぇぇ！

授業参観。教室内は保護者の皆さんで溢れていた。こんにちはー。

ＨＩＰＢＯＳＳに聞いたら、逍遥高校始まって以来の参加率なんだって。

「おぉ！　雪兎君。君が何事もなくて良かった！」

「御来屋パパさん、お久しぶりです」

隣には御来屋ママさん。ペコリと挨拶される。離婚しているとはいえ、正道にとってはどちらも必要不可欠な両親だ。そう、ただでさえ馬鹿げた参加率を誇っているＢ組の授業参観だが、中には両親共々参加しているご家庭もある為、教室内の人口密度が凄まじいことになっていた。ご両親同士の挨拶も盛んだ。

教師陣は既に保護者の逆鱗に触れていることもあり、これ以上、怒らせてはならないと、総出でお出迎えと相成っている。あ、東城パパもいるし……。

「ふんっ。雪兎君、私は貴方のこと許したわけじゃないんだからねっ！」

「ママ！　コテコテなツンデレは時代遅れなの！」

「そうなの？　私が若い頃はまだ主流だったのに」

顔を真っ赤にした灯凪が茜さんを引きずっていく。許してもらえるとは思ってないが、そろそろ菓子折り持って謝罪に行った方が良いかもしれない。

「……君が噂の子か。へぇ、良い感じじゃん。ウチはさ、成績で苦労したから、娘には同じ思いさせたくないんだ。だから、これからもヨロシクしてやって」

「ちょ、九重ちゃんに変なこと言わないで！」

今のは峯田の母親か。うん、なんか面影あるな。ってことはもしかして。

「エリザベート夫人ですか？」

「ママにまで変なあだ名付けないで！」

「あら、私？　うふっ、なんだかむず痒いわね」

流石はエリザベスのお母さん。なんとなく気品に満ち溢れている。

あっちの背の高いイケメン夫婦は病院で会ったことがある。神代一家だ。

挨拶をしに行くと、時計のことでめっちゃ感謝された。いいってことよ。

「まぁまぁまぁ、君が九重君ね！　ほら、暗ちゃんもいらっしゃい」

現実離れした雰囲気のフワフワお母さんは釈迦堂のママだったかー。

爽やかイケメンも母親の前では形無しなのか、居心地悪そうにしている。

「雪兎、この状況で、よくそんなに平然としてられるな……」

いつもより大人しくキレに欠ける爽やかイケメン。顔面発電量も曇り空だ。

「その目は節穴か。俺のどこが平然としてるんだ。これを見てみろ」

「あん……？　お、おい雪兎……もしや、それは……か、紙オムツ!?」

ごめんな、俺、ちびるわ。

「なんなん!?　あの人達なんなん!?　なんか関係ない人いるけど、なんなん!?」

ここまで現実逃避しといてなんだが、ギギギと後方に顔を向ける。

パァと、花が咲いたような満面の笑みを浮かべて、手を振ってくれた。

「ユキちゃん、ハロハロー！」

「もう、大人しくしてなさい雪華」

「雪兎君もちゃんと高校生になったのね」

母さんと雪華さんまでは分かる。というか、二人とも血で血を洗う争いに決着がつかなかったのか、どういうわけか二人揃って授業参観に来ていた。

オーケー。俺も高校生だ。理不尽なことも呑み込もう。そこまではいいさ。

「どうして氷見山さんまでいるんでしょうか？」

「社会復帰の一環かな。それに、話をしないといけないこともあるでしょう？」

現代に蘇った魔女こと氷見山さんが意味ありげな視線を送ると、校長達がビクリと震える。東城パパなど顔面蒼白だ。俺は何も見なかった。いいね？

それはそうと、ノータイムでボディータッチしてくる。手先が絶妙に俺を撫でまわしていた。相変わらず油断も隙もないが、俺に逃げる手段はない。成すがままだ。悶えている中、意外にも助けてくれたのは母さんだった。

「あの……すみません。息子も嫌がってますし、そこら辺で」

「あっ、ごめんなさいね。でも、雪兎君も嫌じゃないよね？　この前だって、私の胸をあんなに――」

「胸!?　ちょっと雪兎、胸ってどういうこと？　なにもしてないよね!?」

「どうして下着を……それを脱ぐのは……桃色の……見えてはいけな……」

「うふふふ。雪兎君も男の子ね」

「雪兎、何があったの!?　するなら私にしなさい！」

「――ハッ!?　消し去ったはずの黒歴史が!?」

「私はいつでも良いのよ雪兎君」

「これが魔女裁判か……」

魔女裁判ではなく、大岡裁きなのかもしれない。

どうなってんだよ！　キャパシティオーバーなんだよ！　いい加減にしろ！

「もう、ユキちゃん！」

雪華さんが怒っている。やっぱり雪華さんは味方だ！

母さんと氷見山さんにガツンと言っちゃってください！

「ユキちゃんは私のですから！」

「違うわよっ！　いつから雪華のものになったの!?　雪兎は私の子供で――」

「そこの美人姉妹、ちょっと黙っててくれる？」

「まぁまぁ。雪兎君、私のおっぱいを出るようにしてくれても良いのよ？」

「もうダメだ……おしまいだぁ……」

反抗期を迎えたことがない俺は母さんに逆らったりなんてできない。

また苛烈な姉妹喧嘩勃発の気配を感じて戦々恐々と怯える。

最早、撫でまわすどころではなく、氷見山さんにベタベタと抱き着かれていた。

おかしいですよ氷見山さん！　俺の訴えはまったく届きそうにないが、母さんも雪華さんも額に青筋を浮かべている。

「雪兎、早くそのド変態女から離れなさい！」

「そうよ！　ユキちゃんは私とランデブーするんだから！」

「雪華も私の子供に何を言ってるの!?」

「ユキちゃんは私の子供でもあるから」

「尚更おかしいでしょう!?」

「私ならおかしくないもんね？　雪兎君は誰が好き？」

禁断の質問が放たれてしまう。それは最早、命と引き換えに魔王を封印する為に放つ大魔法のような切れ味だった。その質問に答えたが最後、俺はどうなってしまうのだろう？　教会に行かなくちゃ……。

「雪兎、私よね？　だって、貴方の母親は私で――」

「姉さんがそんな台詞言えると思ってるの？　ユキちゃんは私が一番好きに決まってるでしょ！」

「私なら、雪兎君がしたいこと、全部させてあ・げ・る♡　うふふふ」

なんだこの状況!?　なにこのカオス!?

ここまで来ると、なんかもう色々と馬鹿らしくなって笑えてくる。

これまで俺は随分苦労してきたが、今日はその極みといって良いかもしれない。朝からとにかく色んな女性が俺を困らせてくる。

これまで俺は女運が悪いと思い続けてきたが、逆に良くてもそれはそれで問題だということを実感した一日でもあった。

すべてはマイナスから始まっていた。ようやくそれがゼロになったにすぎない。

俺と彼女達の関係はここから、これから始まっていくのだろう。

それにしてもだ。

はぁ、まったくどうして俺はこんなに――。

「これが、女難の相か……」

俺は女難の相を極めし男、九重雪兎。

そんな俺の恋愛はこれから始まる……のかもしれない。

あとがき

まずは本作を手に取っていただき、ありがとうございます。

皆様の応援もあり、こうして無事二巻を発売することができました。

ラブコメにあるまじきビックリな表紙の二巻、いかがだったでしょうか。

一巻ではヒロインを助ける為（ため）に動いた主人公を、二巻ではヒロイン達（たち）が助ける構図にしてみたのですが、大切なものを取り戻していく、それぞれの奮闘をお楽しみいただけると幸いです。

実はＷＥＢ版は、本作のエピローグで一度完結にしていました。

コンセプトが「手遅れから始まる全く始まらない勘違いラブコメディー」だったので、恋愛が始まったら終わってしまいます。なので、当初はこれから恋愛が始まるラブコメのスタートラインをゴールに設定していました。マイナスを挽回（ばんかい）し、スタートラインに立つまでの物語。

その後、続けることになったのですが、こうして書籍化していただけることになり、折角なので色々と物語を大きく展開できるようにしようと、二巻では今後に続くような、ＷＥＢ版にはない様々な展開を入れています。もしかしたらこの先、氷見山（ひみやま）家に気に入られた主人公が政界を志す、『九重(ここのえ)雪兎(ゆきと)立志伝』が始まるかもしれません。

　なんならいっそのこと全員で異世界に転移とか余計なことばかり思い浮かぶのですが、ラブコメであることを忘れないよう重々肝に銘じておこうと思います。

　二巻ではまた更に登場人物が増え、緜(わた)先生には新たに素敵すぎるキャラクターを描いていただきました。感謝しかありません。本当にありがとうございます。

　関わっていただいた多くの関係者の皆様に感謝を。そして何より、ご購入していただいた読者の皆様、心よりお礼申し上げます。今後も応援よろしくお願いします！

　コミックガルド様でコミカライズ企画も進行中です。そちらについても、順次情報が公開されていくと思うので、ご期待ください！

　まさかのお母さんがメインという、これでもかと不穏さを増す『俺にトラウマを与えた女子達がチラチラ見てくるけど、残念ですが手遅れです』。

　作中時間は夏に差し掛かりつつあります。ということは、「夏だ！　海だ！　プールだ！　水着回だ！」な、次回お会いできることを楽しみにしています。

俺にトラウマを与えた女子達がチラチラ見てくるけど、残念ですが手遅れです 2

発　　行　2022年11月25日　初版第一刷発行
　　　　　2024年1月25日　　　第二刷発行

著　　者　御堂ユラギ

発 行 者　永田勝治

発 行 所　株式会社オーバーラップ
　　　　　〒141-0031　東京都品川区西五反田 8-1-5

校正・DTP　株式会社鷗来堂

印刷・製本　大日本印刷株式会社

Printed in Japan ISBN 978-4-8240-0332-4 C0193

オーバーラップ　カスタマーサポート
電話：03-6219-0850 ／ 受付時間 10:00～18:00（土日祝日をのぞく）

作品のご感想、ファンレターをお待ちしています

あて先：〒141-0031　東京都品川区西五反田 8-1-5 五反田光和ビル4階　ライトノベル編集部
「御堂ユラギ」先生係／「緜」先生係

PC、スマホからWEBアンケートに答えてゲット!

★この書籍で使用しているイラストの『無料壁紙』
★さらに図書カード（1000円分）を毎月10名に抽選でプレゼント!

▶https://over-lap.co.jp/824003324
二次元バーコードまたはURLより本書へのアンケートにご協力ください。
オーバーラップ文庫公式HPのトップページからもアクセスいただけます。
※スマートフォンと PC からのアクセスにのみ対応しております。
※サイトへのアクセスや登録時に発生する通信費等はご負担ください。
※中学生以下の方は保護者の方の了承を得てから回答してください。

オーバーラップ文庫公式 HP ▶ https://over-lap.co.jp/lnv/